愛你，不只七日

SEVEN DAYS IN JUNE

A NOVEL

TIA WILLIAMS

SEVEN DAYS TO FALL IN LOVE, FIFTEEN YEARS TO FORGET, AND SEVEN DAYS TO GET IT ALL BACK AGAIN...

蒂婭・威廉斯 著

嚴麗娟 譯

這本書為創作小說。姓名、人物、地點及事件皆來自作者的想像，皆為虛構。若與真實事件、地點或人物（在生或已經去世）有任何相似之處，純屬巧合。

獻給我最愛的CC及FF。

序言

耶穌紀年的二〇一九年，三十二歲的伊娃．默西嘴裡咬著一塊口香糖，差點就噎死了。她正在自慰，口香糖掉進了喉嚨，堵住了氣管。伊娃抓著草莓口味的潤滑劑和名叫四分衛的人造陰莖（震動的速度絕對比廣告上說的更快——能用口香糖噎死人的頻率），慢慢暈了過去，腦海裡的影像是她的女兒歐卓，穿著一身耶誕節圖案的睡衣褲，動個沒完。訃聞的標題會下成「快樂棒致死」。遺留給十二歲女兒這樣的回憶，夠厲害吧。

不過伊娃沒死。她最後把口香糖咳出來了。驚恐慌亂的她拉開抽屜，裡面放滿了嘻哈演唱會的T恤，把四分衛埋進深處，戴上年代久遠的貝雕戒指，輕手輕腳穿過走廊，該叫醒歐卓了，她最要好的朋友在漢普頓辦生日派對，是時候出門了。雖然才跟死亡擦身而過，她可沒時間細想。

伊娃不否認自己是超讚的好媽媽，也是才華洋溢的小說家，但她真正的天分則在於能夠拋開怪誕不經，認真活下去。這一次，她表現得有點過頭了，該看見的卻看不見。

伊娃．默西還很小的時候，母親告訴她，克里奧爾的女人看得到徵兆。有多小呢？聽到「克里奧爾」，她只知道隱約跟路易斯安那州及姓氏為法文的黑人有關係。到了中學，她才明白——怎麼說呢？——她的母親很古怪，用「徵兆」幫自己的奇想找藉口（瑪麗亞．凱莉發行的專輯是不是叫《幸運手鍊》？我們去Zales吧，房租不付了！我要買鋯石吊墜！）重點是，伊娃天生就相信大宇宙會傳給她訊息。

所以，口香糖事件後，她應該要有這個想法，期待一場劇變。畢竟，她以前有過瀕死的經驗。

那一次跟這一次一樣——一覺醒來，整個世界都變了。

星期天

第一章 要你管

「敬我們的性愛女神，伊娃・默西！」一個有著小天使外貌的女人舉起香檳杯大喊。昨天的口香糖意外讓伊娃的喉嚨仍有些刺痛，即使對「性愛女神」一說嗤之以鼻，還是強迫自己吞了回去。

擠在長桌邊的四十個女人大聲歡呼。她們都喝醉了。讀書會的成員都是中上階級的白人女性，喧譁吵嚷，大多已經五十多歲，她們特地從俄亥俄州的代頓來到曼哈頓，跟伊娃一起吃早午餐慶祝。伊娃最暢銷的（嗯，應該說是之前最暢銷的）情慾系列小說《受詛咒的戀人》出版滿十五年了，所以有了今天的慶祝會。

支會會長蕾希扶了扶頭上的紫色女巫帽，轉向坐在上首的伊娃。「今天，」她大聲說，「我們要慶祝這個充滿魔力的日子，就在今天，我們遇見了我們那位有古銅色眼睛的吸血鬼，賽巴斯汀——和他的真愛，到處惹事生非卻又無害的女巫，吉雅！」

尖叫聲四起。伊娃慶幸她們在包廂裡，這家性虐主題餐廳在時代廣場旁邊，叫「來者不拒」，俗氣到讓人覺得精神錯亂。對了，這個包廂也值得一提。大量的紅絲絨蓋住了天花板，牆上密密麻麻的都是綑綁用繩和短馬鞭。哥德風燭台顫顫巍巍低懸在黑漆桌面上。

最吸引遊客的則是疼痛／愉快的菜單。按你的選擇，穿著綑綁服飾的服務生會輕輕鞭打你、坐在你大腿上跳舞，愛怎樣就怎樣。就看你有什麼慾望。

伊娃一點慾望也沒有。但她很捧場，畢竟代頓的嬌妻們遠道而來。她們跟她是一國的——讓她經濟無虞的狂熱粉絲。尤其是最近，因為吸血鬼現象（和小說的銷售量）已經降溫了。

因此，伊娃從菜單上挑了「手銬+餅乾」。接著坐上了哥德式王座，雙手被銬到椅背後面，穿著人造皮馬甲的女服務生一臉無聊，餵她吃肉桂奶油餅乾。

現在是下午兩點四十五分。

她應該要覺得很窘迫。但她很熟悉這種場景。畢竟，她確實出版過放在超商結帳台的色情小說。其他的作者大多會到書店、大學和時尚的私宅發表演說，而伊娃辦的活動呢，則走淫蕩路線。她在情趣用品店、歌舞俱樂部和譚崔性愛工作坊都辦過簽書會。二〇〇八年，她參加過「成人電影中的女性主義者」協會的會後派對，還順便賣書。

她對工作一向很認真。看著讀者為書中的角色心醉神迷，她臉上浮現出寵溺的微笑，那兩個永遠十九歲的怪咖性慾旺盛、心態異常，在創造他們的時候，她也一樣是十九歲的怪咖，一樣性慾旺盛、心態異常。

伊娃在開始寫作時，從沒想到她的名字會跟女巫、吸血鬼和性高潮劃上等號。除了拿到創意寫作的學位，伊娃覺得她也很了解深度憂鬱症，但不小心走上了寫作之路。那年她在念大學二年級，寒假開始了。她無處可去。她只能窩在宿舍房間裡，把青春期的焦慮和幻想出的恐怖情節一股腦兒倒進猛烈的情慾集合裡——室友悄悄地幫她報名了《*Jumpscare*》雜誌的小說新人獎。她得了第一名，也有了經紀人。三個月後，伊娃從大學休學，簽了數十萬美金的協議，準備要出好幾本書。

諷刺的是，她靠著寫火熱性愛來維生。可是上一次跟個活人（應該不會是死人吧）赤裸相對是什麼時候，伊娃已經想不起來了。寫作、到外地辦活動、獨力撫養即將步入青春期的火爆少女，還要對抗慢性病（有時還好控制，有時候則讓她一蹶不振），她已經精疲力竭，無力和真實生活中的陽具談情說愛。

沒關係。伊娃慾念一起，就寫書來滿足自己。就像即將參加重大比賽的拳擊手，她將無處發洩的情慾寫成賽巴斯汀和吉雅的狂野熱戀。小說因此有了素材。

每天晚上，不到九點二十五分，她就吃止痛藥吃到失去知覺，倒在沙發上流口水，但在社交媒體的年代，沒有人希望自己最愛的情色作家是這個模樣。所以在公開場合，伊娃表現得很得體。她有獨特的率性性感風。今天，她穿著很短的灰色T恤洋裝搭牛仔褲、愛迪達球鞋、復古的金色大圈圈耳環，畫了暈開的黑色眼線。性感的祕書眼鏡和垂到鎖骨的捲髮是她的標誌，大家應該都會相信她能迷倒不少男人。

說到假裝，伊娃是個高手。

「……祝福你，」蕾希繼續說，「因為你讓我們相信激情，雖然吉雅跟賽巴斯汀受到古老詛咒的束縛，高潮後醒來，發現兩人分別在世界的兩端。你讓我們建立了社群。我們有共同的迷戀。真希望《受詛咒的戀人》快出第十五集！」

在掌聲中，伊娃一臉燦笑，想站起來。很可惜，她忘了自己被銬在椅子上，猛地被拉了下去。眾人倒抽了一口氣，看著伊娃重重落地。打扮成施虐女王的服務生過了兩秒才反應過來，把她從翻倒的椅子上解開。

「哇喔，喝太多了。」伊娃咯咯笑著從地上跳起來。騙人的；因為健康因素，她不能喝酒。喝個兩小口，她就要送急診了。

伊娃對著面前那群醉醺醺的嬰兒潮世代舉起盛了氣泡水的杯子。大多數人跟蕾希一樣，戴著吉雅常戴的紫色女巫帽。少數人的Chico's襯衫上別著閃亮的S吊墜。那是賽巴斯汀的S，意在模仿這名吸血鬼潦草的簽名（在伊娃的網站evamercymercyme.com一個賣29.99美元）。

伊娃的前臂也紋了一個同樣的S。幾年前做的傻事，那天晚上的記憶已經模糊不清，那個女孩的樣子也模糊不清。

「真的太感謝大家了，」她滔滔不絕地說了下去。「真的，靠著你們的支持，《受詛咒的戀人》才有一個精采的世界。希望第十五集能符合你們的期望。」

寫得出來的話。一個星期內要交稿，但創作碰到了瓶頸，她寫的還湊不到五章。

她馬上岔開話題。「那，有人看了《*Variety*》時尚雜誌嗎？

這群人只看《*Redbook*》美容雜誌跟《*Martha Stewart Living*》生活風格雜誌，所以無人回應。

「昨天的新聞很刺激呢。」伊娃拿著杯子坐下，塗了黑色指甲油的手指扣住下巴。「我們的願望要實現了。《受詛咒的戀人》要翻拍成電影！」

尖叫聲四起。一頂女巫帽飛到空中。漲紅了臉的金髮女人咻一聲掏出iPhone，錄下伊娃的演說，等一下就可以發布到《受詛咒的戀人》臉書粉絲頁上。伊娃的打書平台不少，Tumblr和推特有幾個粉絲帳號，臉書也非常重要，讀者會到上面分享同人畫、聊八卦、寫露骨的同人小說，她們幻想《受詛咒的戀人》能拍成電影好幾年了，也會在粉絲頁討論卡司。

「我找到了製作人」——黑人女性製作人，感謝上帝——「她完全能融入我們的世界。她的前一部電影是情慾短片，入選日舞影展，講房屋仲介勾引狼人的故事！我們現在正在找導演。」

「賽巴斯汀要演電影了！你們能想得到嗎？」戴著紅色假髮的女人興奮到快暈過去了。「我們要找一個有古銅色眼睛的黑人演員。是個咬人大師。」

「伊娃，要怎樣才能讓我老公咬我呢？」一名形似梅莉·史翠普的女人哀怨地問。每次都有人問這種問題，討論閨房私事。

「咬人真的能挑起情慾，你知道吧。叫作咬人癖，」伊娃一本正經地說。「直接說，你要他咬你。在他耳邊呢喃。」

「咬我吧。」梅莉嘟噥著。

「很簡單吧。」伊娃對她眨了眨眼。

「我好想看吉雅上大銀幕。」一個深褐髮色的女人用嘶啞的聲音說。

「她真的很勇敢，女戰士。賽巴斯汀應該要很威，但為了保護他，她殺了一大群吸血鬼獵人。」

「對吧?青少女的激情可以幫好幾個國家發電。」伊娃的眼睛閃閃發亮，開始她早已倒背如流的簡短獨白。這一段依舊很好玩。「我們都學到了，男人只有動物的本能跟自我。女孩卻能跑在前面。」

「然後，社會卻狠狠踐踏女性。」褐髮女說。

「很貼切。」伊娃知道她的痛快發作了。每次發作前，她的面具會滑落，黑暗的伊娃跟著跳出來。

「就看歷史吧，」伊娃繼續說，揉了揉太陽穴。「羅珊・香緹十四歲就在饒舌對戰中打敗成年男性。小威廉絲十七歲得到美國網球公開賽的冠軍。瑪麗・雪萊寫《科學怪人》的時候才十八歲。約瑟芬・貝克十九歲時用舞技征服了巴黎。賽爾妲・費茲傑羅高中時的日記寫得太精采了，她未來的丈夫整本抄襲，寫出《大亨小傳》。十八世紀的詩人菲莉斯・惠特利十四歲的時候發表了她的第一首詩，當時她還是白人的奴隸。聖女貞德。環保少女童貝里。青少女改造了這個討厭的世界。」

彷彿有電流通過，所有人都默不作聲。但伊娃要沉下去了。太陽穴的騰騰亂跳愈來愈劇烈。糖分會引發疼痛，她剛才又被餵了一堆餅乾。她早該想到了——可是雙手也被銬住了。

伊娃心不在焉地彈了一下右腕上總不離身的橡皮筋。能轉移對疼痛的注意力；她慣用的招數。

「你記得電影裡凱特・溫斯蕾逃下鐵達尼號的時候嗎?」褐髮女提問。「然後跳回船上，回到李奧納多身邊?那也是青少女的熱情。」

「只要能到李奧納多身邊，我也甘願，」蕾希坦承，「我都四十一了。」她其實是五十五歲。

「跟吉雅一樣，」一名頭上別著假髮髻的嬌小女人吸了一口氣。「在每一集，她都努力奮鬥，回到賽巴斯汀身邊——她也明白，只要跟他做愛，詛咒就會讓他們再度失去彼此。」

「這是一個隱喻，」伊娃說，覺得眼前一片模糊。「不論過程有多危險，真正的靈魂伴侶絕不放棄。儘管有距離、時間跟詛咒，誰不想要一段燃燒不止的戀情？」

她不想要。想到危險的愛情，她就想吐。

「我要招供一件事，」倒了第四杯粉紅葡萄酒的金髮女紅著臉輕聲說。「我兒子是俄亥俄州立大學籃球隊的隊員，每次看比賽我都慾火中燒。在我眼裡，那些好看的黑人球員都是賽巴斯汀。」

伊娃不知道該回什麼，只得把氣泡水一飲而盡。

這就是我會留下的東西，她心想。我認識的人會發起抗議造勢，報導的美國種族問題登上《紐約客》，還贏得普立茲獎。我自己的女兒很激進，參加市中心的中學生遊行時還求警察逮捕她。但我對這混亂的世代有什麼貢獻？鼓動某個年齡層的白人女性把黑人學生運動員當成性幻想的對象，他們只想平平靜靜地進入NBA吧。

然後，伊娃的腦海裡響起如雷的撞擊聲。她顫抖的手指抓住椅子的邊緣，硬著頭皮承受每一聲撞擊。眼前一片模糊。人臉像達利畫裡的時鐘一樣融化了；包廂裡互爭高下的香水味讓她反胃，撞擊彷彿迎面而來，更快更猛，想把她打殘了，耳邊的聲音喧嚷到令她精疲力竭——空調、互相敲擊的餐具，還有天啊，康乃狄克州有人撕開了一張糖果紙嗎？

自童年起就折磨她的劇烈偏頭痛從不留情，一定要飛速升級，美國東岸獲獎最多的專科醫生也束手無策。

伊娃的眼皮開始往下掉。習於偽裝的她挑了挑眉毛，展現精神抖擻的模樣，對著觀眾燦爛一笑。看著這些好色的女人，她心裡浮現一股輕微的妒意，在團體裡，她老有這種感覺。她們是正常人。她們愛怎樣就怎樣。

可以做一般人的事情。比如一頭跳進游泳池裡。與其他人對話超過二十分鐘。燒香氛蠟燭。喝醉酒。即使地鐵F線上有人在吹薩克斯風，響亮刺耳的〈Ain't Nobody〉延續九個站，也能平安無事。用費勁的體位做愛。笑得太開懷。哭得太用力。吸氣吸得太深。走路速度太快。

就是，活著。她敢打賭，上述事情這些女人幾乎都做得到，不必擔心遭受到極度的痛苦，不會有憤怒的天神來處罰她們。不會痛，是什麼樣的奢侈感受？

我是外星人吧，伊娃心想。她總覺得自己只是在扮演人類，好吧，沒關係。但她心心念念的卻是沒有病痛。

「啊……我失陪一下，」伊娃努力擠出這一句。「我——我得打電話給我女兒。」

她平靜地抓緊手提袋，快步穿過包廂的紅絲絨大門。來自郊區的劇院觀眾正熱烈討論著《漢彌爾頓》這部音樂劇，她繞過他們的桌子，找到接待區後方的女廁。她急忙衝進有洗手台的殘障廁所，對著馬桶狂吐。

接著，伊娃站在那裡，忍著痛深呼吸，她看過的神經科醫生、針灸師和東方療癒師教過她呼吸的方法。然後她又吐了。

快倒下的時候，她抓住洗手台的邊緣，穩住身體。眼線已經糊成一團了。還好她本來就化了煙燻妝。她無法預測什麼時候會發作——如果她的化妝美學能用凌晨三點的蕾哈娜來形容，就可以假裝是故意的。

伊娃從手提包裡拉出裝了拋棄式止痛針的盒子。她使勁扯下牛仔褲，露出傷痕累累的大腿，把針插進去，然後丟進垃圾桶。接著，她抓起裝了Altoids喉糖的鐵盒，挑出醫用大麻口味的小熊軟糖（紐約市頂級疼痛學家開的處方，非常感謝）。她咬下小熊的耳朵。唉，管它的，她心想，把整隻熊丟進嘴裡。止痛的效果應該能延續到晚上，她可以完成母女放學後的儀式，然後就去睡覺。

伊娃小心地往後靠在貼了磁磚的牆上。眼皮倏地闔上。

生病一點都不好玩。而且她的殘疾肉眼看不見——四肢健全，身上沒打石膏。其他人應該料想不到她有多痛苦。畢竟，大家都會頭痛，比方說戒斷咖啡的時候，或得了流感的時候。所以她瞞著別人。大家只知道伊娃常會取消約定（「忙著寫小說！」）。也很容易暈倒，在迪妮絲跟陶德的婚禮上就昏過一次（「喝太多Prosecco氣泡酒了！」）。或者話說到一半，忘了要說什麼（「抱歉，剛想到別的事情」）。或者好幾個星期不見蹤影（「閉關寫小說了！」——絕對不是住在西奈山醫院疼痛科的病房裡）。

善意的謊言總比真相容易接受。

例證：那些性慾高漲的俄亥俄州女人如果知道她想勒死賽巴斯汀和吉雅，會有什麼反應？把他們放逐到《暮光之城》裡面那些混蛋去的地方？

在一開始的時候，她很愛自己的作品。寫作會帶來刺激，想法如野火般閃出火花。然後，也是為了寫給讀者看。現在，她的情節都取自《受詛咒的戀人》粉絲網站的評論——作者可以作弊到這種程度。

反正，她再也不能沿街叫賣「虐戀」了。幾年前，她認為愛情如果不令人傷心，就不是真的。曾有一度，她跟賽巴斯汀和吉雅都是青少年，有同樣扭曲的想法。賽巴斯汀跟吉雅不會長大。但伊娃已經是成人了。

她希望《受詛咒的戀人》就此打住，但這一系列的小說可以給歐卓穩定安全的生活。伊娃克服了艱鉅的挑戰，不讓心愛的女兒跟她有一樣的童年。她贏了。她只希望，能找到新的火花。電影或許能幫她一把。

除此之外，在內心深處，伊娃也希望藉由這部電影重新出發。簽約後，她終於可以暫時把《受詛咒的戀人》放在一旁，專心寫她夢想的小說，她已經醞釀了一輩子。她不只光會寫這本愚蠢又淫穢的羅曼史（至少她希望自己能寫別的題材）。是時候向自己證明她能寫別的。

稍微恢復後，伊娃用隨身攜帶的漱口水漱了漱口。幾乎是無意識地，她舉起戴著復古貝雕戒指（沒戴的話就感覺沒穿衣服）的左手中指，點在自己的鼻子上，深吸一口氣。她一直有這個習慣──很久以前的女人在戒指上留下了若有似無的香水味，能帶來撫慰。

最後，靜默了一下子，她決定看看手機。

今天，下午 12:45

希西女王

夫人。你在哪？作為你的編輯，我「希望」你在寫書。作為你最好的朋友，我「命令」你給我休息一下。大事發生了。快回我訊息。

今天，下午 1:11

製作人悉妮

找你找三個小時了！我找到一個人能當我們的導演！打給我。

今天，下午 2:40

寶貝女兒

你買了我女性主義象徵 #feministicon 藝術專案要用的羽毛嗎？我要做外婆肖像的頭髮，因為她一頭毛毛。謝啦媽，享受尷尬的性愛午餐喔愛你。

今天，下午 3:04

潔姬，疑病狂保母，緊急專用

歐卓吃完辯論隊的披薩午餐回家了。但她帶了二十個小孩回來。我在ChildCare.com的檔案已經註記，我不接受一大群小孩。（廣場恐懼症、潔癖、幽閉恐懼症）

「天啊，歐卓，」她忍不住抱怨。

小熊軟糖加止痛針，讓她頭昏眼花，她叫了一台Uber，向俄亥俄州的參與者道歉，六分鐘後，朝著布魯克林前進。

第二章　單親媽媽超級英雄

「潔姬！歐卓呢？」

上氣不接下氣的伊娃站在自家公寓的門口。視線匆匆掃過她採取折衷主義風格、採光明亮的公寓。HomeGoods買來的印尼抱枕和地毯都在該在的地方。最愛紫色的歌手王子去世後，她買了一個紫色大衣櫃，後方的整面大書櫃裡的書仍擺得整整齊齊。這個按著Pinterest給的靈感設計的家位於公園坡，看起來跟她出門的時候一模一樣。

公園坡曾是布魯克林的嬉皮區，現在已經更上一層樓，住滿富裕的自由主義家庭。大多數爸媽有小孩的時候都快四十歲了，在新媒體、廣告、出版等領域打下了事業的江山，一個很有名的例子是《冰雪奇緣》的歌曲創作者。這一區的居民大多是白人，但感覺很多元化，因為到處能看到同性伴侶和雙種族人的孩子（主要是亞洲人和猶太人、黑人和猶太人或亞洲人和黑人的組合）。

伊娃和歐卓特別不一樣，因為⑴伊娃比其他的媽媽年輕十歲；⑵她是單親；⑶歐卓的母親是黑人，還有個黑人父親，而不是猶太人或越南人。也不是女人。

「噢，嘿。」保母潔姬在沙發上癱著，雙腳擱在波西米亞風的椅凳上。

「潔姬，我正在工作！我一路從時代廣場趕回來！」

「用跑的嗎？」潔姬在哥倫比亞大學念神學，常聽不懂別人的言外之意。伊娃只能瞪著她。

「歐卓跟其他小孩在她的房間裡。玩Snapchat。」

伊娃緊緊閉上眼睛，雙手握拳。「歐卓・若拉・東妮・默西－摩爾！」

歐卓的房間在短短走廊的另一頭，她聽到窸窸窣窣的說話聲。然後是爆裂聲。咯咯笑的聲音。歐卓終於砰地一聲開了門，內疚地咧嘴微笑。

十二歲的歐卓跟伊娃一樣高，有她的酒窩和捲髮，還有同樣的榛果色肌膚。但她的打扮風格比較像威爾・史密斯的女兒薇洛・史密斯，和演員亞拉・沙希迪，頂著雙丸子頭，上身穿紮染的露臍上衣，搭配牛仔短褲和Fila運動鞋。長長的睫毛配上笨拙的動作，看起來就像初次參加Coachella音樂節的小鹿斑比。

歐卓奔向母親，給她熱情的擁抱。

「媽咪！這是我的牛仔褲嗎？你看起來好可愛。」聽起來像是豪ㄎ愛。

伊娃掙脫了歐卓的擁抱。「我說過你可以把整個辯論隊帶回家嗎？」

「但是……我們只有……」

「你以為我不知道你在幹什麼嗎？」伊娃放低了聲音。「你是不是跟他們收錢了？」

歐卓結結巴巴地回嘴。

「你，是，不，是，跟，他，們，收，錢，了。」

「媽！只是以物換物！我提供諮詢，他們付費！赤夏中學的人都很愛我的Snapchat療程！你記得嗎？德莉拉本來不敢搭經濟艙，被我治好了。我是傳奇。」

「你是小孩。還沒睡醒的時候，你都會把『早餐』說成草倉。」

歐卓氣得哼了一聲。「好啊，等我以後變成有名的治療師，一年賺幾百萬美金，再來邊喝珍珠奶茶邊聊這件事，一定很好笑。」

「我叫你不要再幫別人治療了，」伊娃咬著牙說。「我送你去上貴得要死的私立中學，不是要給你機會去搾乾白人小孩的午餐錢。」

「賠償金。」坐在沙發上的潔姬說。

伊娃嚇了一跳，她忘了保母還沒走。潔姬知道自己該滾了，在歐卓惡狠狠的怒視下一溜煙走了。

她猛地一轉頭，對著母親說：「我夠大了！不需要保母！而且潔姬爛透了，她看我的眼神就是很有偏見，穿布希鞋還配襪子。」

「歐卓，」伊娃揉著太陽穴，開口了。「我怎麼跟你說的？」

「堅持，堅持，再堅持。」她大聲背誦。

「還有呢？」

「我這輩子從來沒這麼想睡。」

「還有呢？」

歐卓嘆了口氣，她輸了。「我信任你，你信任我。」

「沒錯。你不遵守我的規定，我就不能信任你。你被禁足了。兩個星期不能用手機。」

歐卓大聲尖叫。叫聲在伊娃的腦袋裡迴響了三十秒。

「沒有手機？那我要做什麼？」

「你問我，我問誰？我像你這麼大的時候，讀《雞皮疙瘩》吧，不然可以寫詩寄給唱歌的亞瑟小子。」

伊娃氣呼呼地穿過走廊，進了歐卓的房間。雙層床和地板上擠了二十個女孩，趁著春假曬黑的皮膚連成一大片，每個人都穿著露臍上衣。

「嗨，大家好！你們知道的，如果歐卓先徵求我的同意，我很歡迎你們來。但她沒問我，所以……該散會了。」伊娃笑容滿面，努力維護自己「酷媽」的名聲，名聲應該不重要，但還是有關係。

「我們再找個時間讓大家來過夜，」伊娃提出了承諾。「我不會呼攏你們！」

「拜託，『呼攏』都來了。」歐卓在客廳裡哀號。

女孩一個接一個出了房間。歐卓無力地靠在前門邊上，像棵垂下的柳樹，悲慘無比。歐卓從後褲袋抽出一疊現金，每個女孩都還了本屬於她們的二十美元。幾個女孩抱了她一下。感覺好像一場告別式。

「嘿……等等！」伊娃突然看到一個金髮男孩，想趁亂溜出去。他站直了身體——比伊娃高整整三個頭。

「你是誰？」

「天啊，媽！他是可可琴的哥哥，她爸爸另一個太太生的。」

「你是可可琴的繼兄？你怎麼這麼高？」

「我十六歲了。」

「你是高中生？」伊娃凌厲的目光轉到歐卓身上，她快步跑過走廊，一頭倒在雙層床的下鋪。

「是啊，不過我很屌。我在道爾頓念榮譽課程。」

「噢，我可以放心嗎？你幹嘛跟十二歲女生一起混？」

「嗯，因為歐卓很有天賦，她的心理治療太強了。我對麩質過敏，所以很焦慮，她在幫我治療。」

「我先問一句。你對麩質過敏，是我女兒診斷出來的嗎？」

「他一吃佛卡夏或烤吐司就會過敏！」歐卓從臥室裡對著外面大喊。「不然你以為是什麼？」

「聽我說，你看起來像個好孩子（好騙的孩子），但未經過我允許就來我家，就是不可以。」

「我還蹺掉了嘻哈小提琴呢，真是上當了。」他邊抱怨邊氣沖沖走了。

伊娃靠在門上站了一會兒，思考該抓狂到什麼程度。碰到這種情形，她只希望她有跟別人一樣的媽媽，可以打電話問她該怎麼辦。

她有前夫，但她也不能打電話問他的意見。特洛伊．摩爾在皮克斯擔任動畫師，有兩種設定：興高采烈，以及非常興高采烈。複雜的情緒會擾亂他的世界觀。正因如此，伊娃愛上了他。他是一道光線，而那時伊娃的世界裡是一片黑暗。

在西奈山醫院的大廳裡，她被他絆到，也真跌倒了。特洛伊在那裡當志工，幫病人畫肖像。她發現自己喜歡他，因為她手忙腳亂地想蓋住手臂上打點滴留下的瘀痕（她已經在樓上的病房住了一個星期）。他們的約會就像浪漫喜劇一樣，過了六個星期，兩人在市政廳舉行婚禮。七個月後，歐卓出生。但在那時，婚姻已經岌岌可危。特洛伊愛上的女生，在約會時活潑自發，來過夜時火辣刺激，在家裡卻不一樣。疼痛和藥丸讓她恍恍惚惚。過不了多久，她的病就壓垮了特洛伊的人生——扼殺了耐心，勒死了愛情。

特洛伊屬於正面思考派。即使目睹伊娃的掙扎——睡覺時反覆用頭撞床頭板，或去百視達的時候倒在《玩命關頭2：飆風再起》的看板前——他仍相信真正的問題在於她的觀念。不能靠冥想解決嗎？把正能量送進宇宙呢？（伊娃總覺得很困惑。宇宙的哪裡？他不能告訴她該怎麼走嗎？正能量登陸時會有人歡迎它嗎？歡迎的人會不會跟她想的一樣，是電影《新綠野仙蹤》裡面蓮娜・荷恩飾演的女巫葛琳達？

某天深夜，在皮克斯加完班的特洛伊爬上床，躺在縮成一團的妻子身旁。她剛在腿上打了一針止痛的Toradol，些許血漬從OK繃滲出來，沾染了鴿灰色的床單。一動就痛苦難當，所以伊娃選擇不換床單。透過眯起的眼睛，她看到了嫌惡，以及嫌惡之下的苦不堪言。

她太噁心了。可愛的女生不該讓人覺得噁心。特洛伊靜靜地離開房間，睡在沙發上——再也沒回到他們的床上。他們去過一次婚姻諮商，他也坦白了。

「我想要一個妻子，」他哭著說。「不是一個病人。」

特洛伊很有禮貌，不肯先提離婚。所以伊娃就放他自由。那時歐卓十九個月大；她二十二歲。特洛伊遇到第二任妻子，過著幸福快樂的生活，她叫雅典娜・馬利高德，是瑜伽老師。他們的日常用詞包括「原始人」和「手工」，住在聖塔莫尼卡，歐卓每年暑假都會過去。下個星期天，歐卓就要搭飛機去「爹利福尼亞」（西岸旅行的代號），特洛伊會當個無憂無慮的夏季好爸爸。

但他怎麼面對棘手的問題？例如一個準成人偷偷進了他寶貝女兒的房間？這不是他的管轄範圍。

伊娃拖著腳走到沙發旁邊。穿著牛仔褲會阻礙思路，她扭啊扭地把褲子脫掉了。穿著神力女超人的內褲坐在沙發上，她用手機搜尋管教青少年的祕訣。第一篇文章建議訂立「行為合約」。她不懂法律，也沒有精力去撰寫合約！氣呼呼地把手機一丟，她開了Apple TV。人生的挑戰如果過於艱難，她就想看《閨蜜向前衝》。

「媽咪？」

她抬頭一看，看到了歐卓，框在一百二十歲的古董拱門裡。她哭腫了臉，滿臉淚痕。除了原本的衣服，她披上了黑色披肩，也戴上超大的雷朋太陽眼鏡。

伊娃努力繃著臉。沒穿褲子，實在不容易保持嚴肅。

「歐卓，你這是什麼打扮？」

「這是我的高級難過穿搭。」

「夠搭。」伊娃承認。

歐卓清清喉嚨。「治療是我的天職。但你叫我休業的時候，我就應該不做了。對不起，還有，我不該讓可可琴的哥哥來我們家。不過，只因為他是男的，就說我們……很怪，你就是異型。」

異型。布魯克林的私立中學會培養出超前進的學生。他們抗議墮胎禁令，遊行要求政府控制槍枝。上個月，歐卓的七年級班提著水桶走了兩英里，穿過展望公園，感受撒哈拉沙漠以南婦女的困境。

好的一面？頂級的自由教育。不好的一面？孩子們不太懂怎麼除小數，也不知道某州的首都在哪裡。

「親愛的，給我一秒鐘，好嗎？」伊娃嘆口氣，閉上眼睛。「我要想一想。」

歐卓知道「想」等於「讓她的腦袋休息」，含著怒氣回房了。伊娃把一邊眼睛睜開，看著她，感覺到充滿惆悵的劇痛。在她認識的小孩裡，歐卓最愛做白日夢，也最討人喜歡。現在她翻白眼的樣子就跟一般人一樣。就要十三歲了，會變得多恐怖？她會偷溜出去，學會說謊，跟朋友吸大麻。但不會是伊娃深藏在快樂棒抽屜裡的大麻。

就在此刻，她的手機嗡嗡作響。希西・辛克萊爾來電，她是伊娃最好的朋友，帕克及諾威出版社最出名的書籍編輯。

伊娃接起電話，用受盡折磨的聲音說：「怎麼啦？」

「你還活著！」

「看我的Fitbit運動手環，我已經死了好幾個星期了。」

「你在家。我聽到伊莎蕾的聲音，你在看《閨蜜向前衝》。我在外面——我自己進去嘍。」

幾秒後，希西衝了進來。她從頭到腳都攝人心魄——六英尺高、柔滑的可可色肌膚、漂成金色的捲髮。她畢業於斯貝爾曼學院，暑假都會去瑪莎葡萄園島，戴著白手套與剛入選有才能的十分之一（Talented Tenth）一起跳方塊舞，她只穿設計師侯斯頓的老式服飾，看起來總像剛從一九七八年的《時尚》雜誌封面跳出來。至少，會讓人以為她認識帕特．克里夫蘭。

事實上，她也真的認識這名超模。希西交遊廣闊。她今年四十五歲，出版資歷深厚，惡名也是數一數二，但她非正式的頭銜則是黑人文學界的社交女王。她收集作家並培養他們，邊喝雞尾酒邊輕聲建議情節該怎麼寫——她辦的出版界／藝術界／電影界派對要有身分才能參加，已經成為傳奇。贏了短篇小說比賽後，希西成為伊娃的編輯，伊娃很快就知道了希西的傳說。

初次在普林斯頓大學碰面吃午餐的時候，希西看了一眼眼前這少女「魅影重重的大眼睛，咖啡店詩人般毫無秩序的捲髮」（她常重複這段描述），她的靈魂就大叫，「養成計畫！」

不知不覺中，她變成寵溺伊娃的大姐姐。希西幫她搬到布魯克林，戒掉毒品，學習整理捲髮的藝術——帶她進入新興年輕作家的社交圈。

希西頤指氣使到可怕的地步，但她有這個權力。沒有她，就沒有伊娃。

魅力女神哼著歌進了廚房，隨即捧著一杯義大利灰皮諾葡萄酒跟伊娃放在冷凍庫裡的冰敷袋出來。希西坐到伊娃身邊，用誇張的動作把凍硬的冰敷袋放在伊娃頭上，彷彿幫她戴上皇冠。真正了解伊娃病情的人不多，希西就是其中一個，她也盡力幫忙。

「我來，」她慎重地宣布，「是為了討論黑人作家現況的座談會。」

「你明天要在布魯克林博物館主持的活動？貝琳達是座談委員，對不對？」知名詩人貝琳達．洛芙是她們的好朋友。

「希西阿姨！」歐卓再度現身，穿著今天的第三套衣服：霓虹配色的獨角獸連身衣。

「歐卓熊熊！我本來要發簡訊給你，我需要壓力管理的建議。家裡廚房在整修，我快煩死了。」

歐卓一屁股坐到希西的大腿上。「試試看巧克力冥想。把賀喜水滴巧克力放到嘴裡，靜坐，讓巧克力融化。不能咬。重點是正念。」

「寶貝，我相信你，但有沒有無糖的選擇？」

「希西，別離題，」伊娃嗚咽著說，把冰敷袋壓到太陽穴上。「座談會呢？」

「噢。有一個作家臨時不能來。她去英屬哥倫比亞的餐車買東西吃，結果沙門氏菌中毒。」

歐卓皺了皺眉。「哥倫比亞大學有英國分校？」

又是布魯克林學校做的好事，伊娃心想。沒有地理觀念，卻是正念大師。

「英屬哥倫比亞在加拿大，寶貝。」伊娃說。

「有意思。要是有手機，我就可以查一下。」歐卓氣呼呼地站起來，躲回自己的房間。

「長話短說吧，」希西接著說，「我建議你替代她參加。你要參加座談會了！」她抖了抖肩膀，似乎很開心自己有這種魔力。「所有的媒體管道都會來。也有現場直播。你的事業就需要推這麼一把。」

伊娃突然臉色慘白。「我？不行。我不能……我沒資格對美國的種族問題表示意見。你知道，這種場合向來很緊張。大選以後，每一本黑人寫的書都變得有覺醒意味。」

「你的女兒跟出名的人權鬥士同名。你還不夠覺醒嗎？」

「我的覺醒是一種娛樂。貝琳達跟其他座談會的人是專業的覺醒。他們拿過美國全國有色人種協進會的獎，上過巡迴脫口秀！到底是誰食物中毒了？」

希西頓了一下。「查蒂．史密斯。」

伊娃很氣餒，做了個鬼臉，把冰敷袋滑到眼睛上。「希西，這是《紐約時報》贊助的座談會，在布魯克林博物館舉辦。我沒有寫過嚴肅的書籍。我感覺自己像上飛機前在機場亂買的東西。」

希西皺起了眉頭。「我們認真說實話吧。你努力了很久，才簽了電影版權。終於找到了製作人，卻沒有夠格的導演，因為《受詛咒的戀人》太俗了。給好萊塢看看你有多行！這可是最好的公關。是啦，還有你星期天會拿到的二〇一九年黑人文學傑出獎。」

「你覺得我會拿獎？」

「在《受詛咒的戀人》第十四集，有吸血鬼、女巫跟美人魚的性愛，」希西指出。「光是這份勇氣，就該你贏了。」

伊娃把臉埋進抱枕，發出抱怨的聲音。「我沒有心理準備。」

「要跟貝琳達同台，你很緊張嗎？她只是美髮師的女兒？」

伊娃瞪著她。「碧昂絲的母親也是髮型師。」

「好啦。你去跟歐卓解釋啊，為什麼一碰新的東西，你就怕成這樣。」

她舉手投降。希西一抬出歐卓，她就受不了。每次伊娃想做什麼的時候，都會考慮女兒的看法。

伊娃的教養方式應該得不到好媽媽部落客的讚許。她們常吃披薩當晚餐，看《繼承之戰》看到睡著，此外，因為找保母很貴，歐卓也常常跟著她出席成人的活動。還有，在頭痛欲裂的日子，歐卓做完功課後，伊娃任她無止境地看抖音影片，好讓自己休息一下。

但伊娃不會因此覺得內疚。說到怎麼當媽媽，她比較在乎自己能不能當一個模範。在歐卓回顧一生時，伊娃希望她記得一個有膽識的女人，從頭創造出她的一生。沒有男人、沒有援助、沒有問題。

單親媽媽的英雄迷思，伊娃心想，是個陷阱。

伊娃把掌根壓進眼窩裡。「我要穿什麼？」

希西咧嘴一笑。

「我已經幫你預訂了Gucci的衣服。你長得這麼可愛，打扮卻像是嘻哈podcast的主持人，」她說著嘆了口氣。「會是一場大冒險！作家需要刺激。光把Amazon上的正面評價記在心裡，有什麼痛快。」

「我很久沒背了。」伊娃咕噥著。

「說到刺激，你可以再去試試Tinder嗎？跟某個人約了三次會，你就消聲匿跡，這像話嗎？」

「我消失，是為了他們好。」伊娃指指她的神力女超人內褲。「看到這個，誰硬得起來？」

「每種東西都有戀物癖。」希西的口氣寬宏。

伊娃輕笑了一聲。「寂寞的時候，我會滑一下Tinder，提醒我自己我錯過了什麼。我錯過了用椰子油滋潤鬍鬚的男人，照片背景都是小飛象的塗鴉牆，個人資料全用表情符號。我就想到，我不寂寞。但我是一個人。寫作跟養小孩讓我昏迷不醒，痛到不能煮飯、講話或微笑的時候，我縮起身子，『一個人』就像我的安全毯。一個人不在乎我在冬天沒有刮腿毛。一個人永遠不會因為我而覺得失望。」伊娃嘆了口氣。「這應該是最美好的愛情關係了。」

「你在打比方？」希西問，「還是你約會的對象叫作一個人？」

「你在開玩笑吧。」

「我家的管理員是SoundCloud上的饒舌歌手，名字叫真誠。誰能說得準呢。」

「我喜歡單身，」伊娃悄聲繼續說。「我不想要一個需要了解我的人。」

她們坐著，不發一語，伊娃懶懶地彈著腕上的橡皮筋。

「我很怕，」她最後承認了。「很好。」希西在她臉上親了一下。「我看過你很怕的時候能端出什麼。」

第三章　浪漫喜劇

二〇〇四

「親愛的，你起來了嗎？」莉澤特一口路易斯安那懶洋洋的腔調，既甜膩又像耳語。別人的媽媽講話都不是這個樣子。

「你醒了嗎？珍納維伊芙？伊芙甜心？伊娃天后？醒了嗎？」好的，珍納維伊芙，別名伊娃天后，已經起來了。被子直蓋到眉毛上，她縮成胎兒的模樣，躺在老舊的雙人彈簧床上。就在四天前，珍納維伊芙．默西耶跟母親從辛辛那提開車到華盛頓特區，她們走樓梯把床墊拉上五樓，摔在臥房裡打了補丁的地毯上。從此就放在那裡了。珍納維伊芙跟莉澤特一樣骨瘦如柴，沒有錢雇搬家工人，努力把珍納維伊芙的床墊和母親的床墊、一張小餐桌和兩把折疊椅弄上樓後——再加上六月的高溫——這對到處搬家的母女決定這些家具就夠了。

珍納維伊芙睜開一隻眼睛，掃視了一下小小的空間。她今年十七歲，這是新的臥室，但跟她十五歲、十二歲或十一歲在別的城市住的房間差不多。平凡無奇，沒什麼值得注意的，只有一樣一看就知道屬於她的東西：格子圖案的行李箱，堆滿了裝不進去的衣服、藥瓶跟書。空空的窗台上只放了一元商店買來的鬧鐘，她瞇著眼看看時間。早上六點零五分。一分不差。

莉澤特總在珍納維伊芙起床準備上學的時候回到家。她的母親是純夜行動物。彷彿，她們的人格特別大，大到無法共存——所以母親佔據了夜晚，把白天留給女兒。

白天屬於負責任的人，莉澤特很敏感，心不在焉，纖弱到無法處理成人生活中的細節。例如煮飯。還有繳稅。還有打掃（有一次，珍納維伊芙看著母親用吸塵器，用了一個小時才發現沒插電）。莉澤特的美貌讓她們生活過得去，但珍納維伊芙知道，這不容易——所以其他事情都由她來處理。去銀行的時候，她仿造莉澤特的簽名。她會監督莉澤特煩寧藥瓶裡的藥丸。她幫莉澤特烤捲餅。莉澤特要去「賺錢約會」前，她幫她把頭髮弄捲（可以賣了——開個價吧……）。

從珍納維伊芙還在學走路的時候算起，她們搬了好幾次家。每次都是因為有人承諾要給莉澤特耀眼的人生，而每次都是不同的男人。他們會幫她找地方住，付所有的費用。一開始的感覺像大冒險。一年級的時候，珍納維伊芙住在洛杉磯桂冠街區的豪華別墅裡——一個很有名的流行樂製作人幫她們租下來，還買了一隻叫艾拉妮斯的鸚鵡給她。前一年，一名石油大亨讓她們入住聖莫里茲的度假小木屋，那兒的廚子教她怎麼用無懈可擊的瑞士腔德語說出Birchermüesli，一種放了很多材料的燕麥粥。但莉澤特芳華逝去，再也不是「年輕辣妹」後，也沒那麼耀眼了。她們居住的城市愈來愈髒亂，公寓愈來愈破敗，男人愈來愈小氣；變化的速度本來很慢，然後突然一落千丈。

現在這個男人並沒有幫她們付房租。他開了一家酒廊，叫「狡狐」，雇用莉澤特當領檯員，付她雙倍工資。為什麼是雙倍，珍納維伊芙並不想知道。

莉澤特沒脫下身上的Bebe牌性感洋裝，就鑽進被窩裡，依偎到女兒身邊。她塗了口紅的嘴唇在珍納維伊芙臉上輕輕一吻，又緊握住她的手。珍納維伊芙無可奈何地嘆了一口氣，陷進母親濃濃香水味的懷抱裡。莉澤特只噴伊麗莎白・泰勒的白鑽香水，珍納維伊芙覺得那個味道魅力十足，卻又有安撫的效果。

她的母親就跟這個味道一樣。白色的鑽石。黑人的戲劇。

「我生出來的孩子，你現在有多痛？」莉澤特用她濃重的路易斯安那州西南部口音下達指令。

珍納維伊芙把頭從枕頭上抬起來，搖了搖頭。她每天早上都用搖頭來檢查自己的頭有多痛，決定一早起來要吃幾顆止痛藥。還好，今天不怎麼嚴重。只是緩慢、穩定的砰砰敲門聲。在一敲一擊之間，她還能呼吸。

「可以活下去。」她回報母親。

「好，那給我講個故事吧。」

「我還在睡呢！」

「你已經醒了。來嘛，你知道的，不聽故事我睡不著。」

「我們能不能回到從前呢？就是你負責講故事的時候。」

「我願意，但是五年前，你個小壞蛋就不讓我講故事了。」她柔聲說，呼出波本威士忌的氣息。

幾年前，莉澤特會在早上回到家，

講一堆故事讓珍納維伊芙聽個過癮，然後再去上學。她們最喜歡的故事包括很久以前的醜聞，發生在莉澤特的家鄉，路易斯安那州的貝兒花兒。雖然珍納維伊芙沒去過貝兒花兒，但她覺得自己對這個地方瞭若指掌。

貝兒花兒是個小港口，只有大約八個姓氏，都是黑人，屬於克里奧爾文化，每個人的血統都能追溯到十八世紀的同一對父母：擁有農場的法國人和他的非洲女奴。從此以後，他們的後代混合了海地革命叛亂分子、原住民和西班牙人的血統，造就出豐饒、與世隔絕、黃樟樹葉粉風味的文化，篤信宗教，非常迷信。也極度多采多姿。

不過，最多采多姿的應該是莉澤特的母親和外婆。母親叫可洛蒂德，外婆叫德爾菲娜，名聲如名字一般狂野，並充滿戲劇性。謀殺、瘋狂和難以解釋的狂怒影響了她們的人生。有許多爆炸性的祕密，而且女兒都沒有父親。珍納維伊芙的母系血緣彷彿就自然而然地從外星人的船艙裡繁殖出來。

小時候，珍納維伊芙認為這些都是無稽之談，片面的事實。但她的外祖母和曾外祖母聽起來還是一樣精采。

莉澤特不是多愁善感的人，她只在乎她所在的時刻。但她倒也留著一本薄薄的、破破爛爛的剪貼簿，珍納維伊芙小時候在搬家紙箱裡找到這本簿子。最後一頁有兩張四乘六英寸的黑白照片，莉澤特在下面用她在天主教學校學到的草書體草草寫上「德爾菲娜」跟「可洛蒂德」。珍納維伊芙凝望她們的面龐，直到視線模糊，兩張照片融合在一起。就像時間錯亂了。而且她知道，莉澤特的故事是真人真事。

德爾菲娜跟可洛蒂德看起來被附身了，很緊張，很瘋狂。她們似乎生錯了腦袋，生錯了時間。她們長得很像莉澤特，也長得很像她。

突然之間，她們一點也不精采。她們散發出黑暗、危險和自殘的氣息。她非常熟悉的氣息。

珍納維伊芙腦子的某些角落讓她很害怕。她沒有朋友，焦躁不安，疼痛變成一切的主宰。在狀況最好的時候，她覺得自己算不上精神健全。如果曾外祖母、外祖母跟母親都是神經病（沒錯，她媽一定是瘋子），她也跟在後面。

珍納維伊芙想當正常人。所以她決定把故事說出來。不過時間太早了，想不出原創的故事，她就把莉澤特塞到電影情節裡。

「從前從前，」她起頭了，「有個運氣不太好的正妹，叫莉澤特。她穿著過膝靴，戴銀灰色的假髮，是鮑伯頭，她在……嗯，好萊塢星光大道上班。做人力資源管理。有一天晚上，她碰到一個很有錢的生意人，帥得要命。他不在乎她吃龍蝦的時候亂七八糟……」

「這是《麻雀變鳳凰》的情節，」莉澤特嘆口氣。「李察．吉爾是黑人——我感覺到了。」

「除非有證據，不然每個人你都說是黑人。」

「除非我看到他的族譜報告，不然我不會心安。」

莉澤特認為，既然貝兒花兒到處都是看起來像白人的黑人，就數據來看，很多白人有可能是黑人。她會說，在美國南方，黑白僅有一線之隔。既然那些農場主人犯了罪，強姦了很多女人，有白人孩子也有黑人孩子，每個人彼此之間只差了六度。這是南方白人的夢魘。

莉澤特放開珍納維伊芙的手，像貓咪一樣伸展身體。「我想睡但是睡不著。親愛的，幫我泡一杯立頓好嗎？」

珍納維伊芙像機器人一樣點了點頭。現在是六點十七分，她應該在夢鄉裡。但這是她的工作。白天由她負責。她掙脫了莉澤特的懷抱，拖著腳走過短短的走廊，進了廚房。

走廊是黑的，但廚房燈亮著。不尋常。莉澤特非常在意燈關了沒有，絕對有必要才能開燈。除了節省電費，也能營造氣氛。

她站住不動，胸口升起毛骨悚然的感覺。

不會吧。拜託不要是今天。

她求過母親，不要帶男朋友回來。莉澤特總向她保證再也不會了，她們家不准男人踏足。但在酒精裡泡過漫長的一晚後，莉澤特總記不得她的承諾。也不記得最初為什麼要立下這樣的承諾。

還沒看到那個人，她就聞到他的味道。軒尼詩跟紐波特啤酒。他在那裡，矮胖的男人，看起來約莫六十歲，倒在她們小小的救世軍餐桌上，鼾聲忽高忽低。身上是便宜的西裝——手肘跟膝蓋都磨亮了——厚實捲曲的黑色假髮，跟人一樣不正派，又不要臉。

珍納維伊芙猶疑著踏進廚房，亞麻地板　啪響了一聲。她彎下身，到他面前打了個響指。沒有動靜。

很好，她心想。失去知覺的男人無害。

她屏住呼吸，踮著腳尖從男人身邊走過，準備打開水槽上方的櫃子。伸手拿立頓的時候，她撞掉了一盒Bisquick烘焙粉。盒子掉到流理台上，發出一聲悶響，瀰漫出一團烘焙粉。

「珍納維伊芙，」他含糊不清地喊她。他的聲調比平常高了一點。一天抽兩包菸的人會有這種刺耳的聲音。「怎麼啦，珍納維伊芙？你叫這名，對嗎？」

「對啊，」她轉身對著男人。「我們昨天認識的。」

他對著她微笑，露出發黃的牙齒。「我記得。」

「你應該還記得，」她低聲說。她往後靠著流理台，雙手防衛地交疊在胸前。他咯咯笑著，擺動身體脫掉外套，往珍納維伊芙的方向一推。

「寶貝，幫我掛起來。」聽起來像是北北搬偶怪起乃。她瞄了一眼他的外套，一臉嫌惡。「我們沒有掛衣服的地方。」他發出粗野的笑聲，聳聳肩，把外套丟到地上。然後他靠著椅背，動了動褲子裡的腿，看似力求精確，動作慢到讓人不耐。同時，他斜眼打量著她，從頭上凌亂的高馬尾，一直看到腳上的襪子。

珍納維伊芙穿著寬大的男性Hanes T恤和運動褲；他當然看不到她的軀體。不過也不要緊。他這種人，就只想嚇人。號稱自己有優勢。

她想大喊媽媽，把她叫過來，但她應該睡著了。不論如何，莉澤特也幫不上忙。上一次她告訴母親與她男友發生衝突的時候，莉澤特的眼中閃過不明的陰影，接著就消失了。

「女兒啊，他已經無藥可救了，」她說，輕鬆擺出電影明星般的笑容。「你想要有衣服穿，有飯吃嗎？」

那時候，珍納維伊芙點了頭，含著淚水，但幾乎麻痺了。

「那就對了。對他們好一點。要有禮貌，」警告女兒的時候，她依舊笑著。「而且，你這麼聰明，不會變成受害者。」

不像我——這是莉澤特的言外之意。就男人來說，她母親確實不太聰明。每一段極度不正常的關係崩壞後，她都很困惑，非常震驚。然後又抱著全新的希望，投入另一個蠢蛋的懷裡。希望就是莉澤特墜落的主因。她就像個小孩，站在Chuck E. Cheese休閒娛樂餐廳的娃娃機前面。不論你用什麼技巧對準目標，夾子永遠抓不住玩具——機器肯定動過手腳。但你還是一直試，希望總有抓到的一天，就一次吧，一定會讓你很興奮。

「你很漂亮，」男人說，眼白佈滿了紅絲。「跟你媽一樣。你運氣好。」

「對啊，」她冷冰冰地說。「我太幸運了。」

珍納維伊芙瞟了一眼這個蠢蛋——瘋狂的假髮、結婚戒指——而且，也不是第一次了，她真的很希望自己是男生。如果她是男的，光為了那種音調，就可以一拳揍死他。還有，已婚的也該揍。還有，讓她媽媽邊工作邊喝酒，因為他知道，只有這個方法才能讓她同意為酒廊的貴賓提供酒單上沒有的高價服務。

對他們好一點。要有禮貌。

「真的嗎？」他問。

「什麼真的假的？」

他搓了搓肥壯大腿上磨亮的布料。「你跟你媽一樣嗎？」

「哪……哪裡一樣？」珍納維伊芙努力拖時間，思索萬一怎麼樣，她要怎麼保護自己。「你的意思是，嗜好跟興趣嗎？星座？最喜歡的陰陽雙煞歌手？」

他再度發出粗豪的笑聲，對著她搖了搖手指。「你有點聰明吶。」

他把自己從折疊椅上推起來，緩步走向珍納維伊芙，停在只有一臂之遙的地方。儘管焦慮的感覺蜂擁而來，她努力表現出強硬的樣子。

「你幾歲了？」他問。

「十七歲。」

「你看起來沒那麼大。」他又挨近了一點。

天啊，他是那種人，珍納維伊芙心想，腦袋裡轉了千百個念頭。他比她重一百磅吧，但他喝醉了，行動遲滯——她動作很快。絕望之下，她急急掃視著狹小的廚房。沒有鍋子或茶壺之類硬一點的東西，可以拿來敲他。只有蜂蜜燕麥穀片、塑膠叉子和濃縮果汁。

我的小刀很遠，在臥室裡。

她想先下手為強，不讓他先傷害她。但固有的猶疑又來了。她母親需要這個男人。他幫她們找到這間破公寓。他給她媽媽工作。他讓她們能活下去。她跟母親要同心協力。

對他們好一點。要有禮貌。

「那你幾歲？」她想用問題拖時間。

「五十八歲。」他又靠近了一點，有點站不穩。從酒廊帶出來的酒氣刺鼻難聞。「但我很持久。」

他獰笑著，黏糊糊的手掌一把拍上了她的前臂。珍納維伊芙腦子裡被莉澤特接了線的地方噠一聲關閉了。她動也不動。瞇起了眼睛。五感變得更敏銳。

「你要聽個笑話嗎？」她問得很突兀，臉上的笑容卻很甜。

「笑話？」他有點措手不及。「噢。OK，我喜歡笑話。」

「撒旦變成禿頭的時候說了什麼？」

「我不知道。什麼意思？」

她對自己輕笑了一聲。「你真的想知道嗎？」

「別鬧了。說！」

她瞄了一眼他頭上的地毯。「地獄裡應該買得到假髮。」

他張大了嘴，樣子很怪異。「什－什麼？你這個小賤貨。」

他向她撲過去。珍納維伊芙向左邊一閃，躲過他的魔掌。他失去平衡，醉醺醺地倒在地板上，就像一大坨累贅、移動緩慢的豬油。一時之間，因為震驚而失去了行動能力，她只能站著喘氣——然後他抓住她的腳踝，把她拉倒在地。她重重摔在地上。她的頭爆開成數千片如刀片般銳利的玻璃碎片。

「你！去！死！」她蒙著臉大聲尖叫。然後，疼痛的反射讓她往後退，用力在他的肋骨上踢了一腳。

在他的怒吼聲中，她忙亂地手腳並用逃出廚房，衝進了浴室裡。重重把門關上後，她顫抖著雙手把門鎖上。腦袋裡有如雷鳴，她用一隻手摀著臉，從洗臉台的抽屜裡抓出一瓶Percocet鎮痛劑，爬進浴缸裡，嗖一聲拉上浴簾。這時，她才記得要呼吸。

透過廉價的空心浴室門，珍納維伊芙聽到男人尖聲大喊莉澤特的名字。然後，莉澤特輕巧的腳步聲通過走廊到了廚房，口裡不知叫喊著什麼。

經驗告訴珍納維伊芙，就在浴室裡等著鬧劇結束。她迅速丟了兩顆藥丸到嘴裡，就這麼嚼了起來（辛辛那提的醫生開的——他跟之前無數的、束手無策的醫生一樣，用鴉片類藥物解決她頑固的問題）。莉澤特跟男人在廚房裡演起了他們自己的黑人夜總會，她則蜷起了身子，等待緩解。

莉澤特止住了男人的暴跳如雷，用柔聲細語撫慰他。然後，珍納維伊芙聽到通往主臥室的腳步聲——莉澤特輕巧如小仙子的腳趾頭幾乎足不點地，男人的腳步很沉重、很吃力。珍納維伊芙知道這是母親保護她的方法：把他誘到別處，鎖上門。當然，莉澤特從沒想到可以把這人趕出去。跟他分手。叫警察。還有，恢復單身——一分鐘也好。自己找工作。賺錢養活自己。自己想辦法扭轉頹勢，而不是依賴差勁的男人。

你跟你媽一樣嗎？

珍納維伊芙把身子縮得更緊了，想把自己縮小。她累壞了。她只想逃離這個一再重複、不該存在的地獄。

她閉上了眼睛。她只有幾分鐘的時間讓自己冷靜下來，要準備出門了。

今天，是到新學校的第一天。

星期一

第四章　咒語

「史考特校長，你一定要讓我跟阿泰談一談。」

校長看似不堪其擾，靠近堆滿紙張的辦公桌。「霍爾老師，上次你跟阿泰『談一談』以後，他就坐在五樓的窗戶上，兩隻腳掛到大樓外頭。」

「他寫的東西太單調了，需要換一個觀點。」

「他才十三歲。你害一個孩子差點就沒命了。」

「去年，阿泰住在最高度警戒的少年觀護所。你以為坐到窗台上是他人生最多采多姿的時刻嗎？」他溫和一笑，掩飾內心真實感受到的恐慌。

尚恩．霍爾不應該在這裡。根據出版社宣傳部發出的行程表，他五分鐘前就該到機場了。但是阿泰是他最喜歡的學生。而且，健康的正常人要出門前，都該好好道別吧。

三十二歲的尚恩還是初次成為健康的正常人。二十六個月又十四天以前，他清醒了，在他長到五英尺高以後第一次戒酒戒得乾乾淨淨，他發覺，他終於知道怎麼保持清醒了。但要怎麼當個負責的成人，他還不太確定。戒酒方案鼓勵他們接受治療，但是幹，才不要。他是作家——怎麼可能免費贈送自己的故事？他乾脆每天跑五英里。喝足夠的水。在吃的東西裡加奇亞籽。避開紅肉。跟糖。跟妓女。

他耐心等待，等著他覺得自己變成正常人的那一天。

尚恩唯一能做得好的事情就是寫作，但他要喝醉了才能寫。醉醺醺的他變成評論家的寵兒。醉醺醺的他變成有錢人。據《紐約時報》的說法，醉醺醺的他產出了四本「惑人心神、令人著迷的輓歌，獻給破碎的青春時代」。醉醺醺的他贏過美國國家圖書獎。所有的句子都不是在清醒的時候寫成；老實說，他也很怕，不敢在清醒的時候寫作。所以，目前先不寫了。跟其他無所事事的作家一樣——他去教書。靠著名氣打開高薪私立學校的大門，同時吸引了捐款人，在「客座作家團體」的圈子裡，他大受歡迎。

在達拉斯、波特蘭、哈特福、里奇蒙、舊金山等地，尚恩都開過創意寫作的課程，學生都是家境富裕的小王八蛋——現在來到羅德島的普羅維登斯。通常，他受雇的時限僅有一個學期。有足夠的時間給他們一點激勵，在他們充滿特權的世界觀上戳洞，然後讓他們回復故步自封。很好，但這些不是他巡迴教學的真實理由。

每到一個新的城市，尚恩就會問Uber司機最糟糕的區在哪裡。他去那裡找到最缺乏資源的學校——在美國，這種學校會讓七歲大的孩子早上七點十五分就在冷風中排隊，花將近一個小時的時間進行安檢，讓他們趕不上課堂，最後再以遲到為藉口開除他們。這種學校的保全人員會控訴學生「說髒話」，毆打他們，校方卻視而不見。這種學校會用捏造的罪行把受盡創傷、受虐、營養不良、無人照顧、通常也無家可歸的學童強行送進少年監獄。

他們真正受教育的地方是少年觀護所。還不到十八歲，他們就發現，他們最有資格去的地方就是監牢。

每到一座城市，尚恩就會找到這樣的學校，極力討好校長，提供課後輔導，幫忙教學生。尚恩一心就想幫助這樣的孩子。事實上，誰幫誰比較多，難說呢。

尚恩站在史考特校長辦公桌的另一邊，打量著這間潮濕狹小的辦公室。牆壁漆成像嘔吐物的綠色，貼了一張發黃的海報，不知道為什麼，他的視線無法離開這張海報：

禁止物品：電子裝置、太陽眼鏡、幫派特有顏色的衣物。

「幫派特有顏色」用了紅色的墨水，似乎在針對那些想搞大事的成員——很蠢，尚恩覺得好尷尬。海報是史考特校長設計的嗎？二十年前，她剛開始這份工作時，肯定抱著拯救青少年的信念，就像電影《鐵腕校長》裡的摩根．費里曼。但到了今天，她絕對受夠了——學生對著她丟了一個削鉛筆機，在她的顴骨上留下一大塊青紫的瘀傷。尚恩也是目擊者。

「霍爾老師，」她的語氣充滿疲憊。「如果是你在私立學校的學生，你會允許他們坐到窗台上玩特技嗎？」

「不會，反正我也不在乎他們。」說完這句話，他呆住了。天啊，下次要小心，別脫口說出自己的想法。「我的意思是……我當然在乎他們。只是沒有那麼投入。他們的爸媽都進過常春藤名校；不用擔心啦。他們只想找我寫推薦信，還有跟我自拍。」

「你跟學生自拍？」

自拍違反職業道德嗎？尚恩不明白社群媒體怎麼運作；他真的不知道。就文明行為來說，他的盲點多不勝數。傑斯．威廉斯宣布尚恩贏得二〇〇九年美國全國有色人種協進會的傑出小說獎之後，他就昏倒在主播蓋爾．金恩的肩膀上，從那之後，他一直沒有變。

粉絲覺得他很神祕——不上網、不開簽書會或讀書會或現身，因為他個性反叛，什麼都不在乎。但事實上，尚恩活得一塌糊塗。他只是不想在觀眾面前表現出一團爛泥的樣子。所以，只要他有錢，能四處流浪，在別人看不到的地方過得一塌糊塗，他就跑到無人看見的地方。

在托巴哥島的海灘小屋裡，他簡略的餐桌禮儀或孩子般的睡眠模式並沒有嚇到室友，因為室友是一隻海龜。在哥倫比亞的卡塔赫納，尚恩毫不保留地向調酒師供出最瘋狂的自白，因為她會說四種語言，但都不是英語。

儘管尚恩．霍爾是非常成功的作家，但他的文字來自一個本不應該出名的人。

在高度傳統的文學界，他卻因此更出名。

看了一眼手錶，他發現完了，真的要趕不上飛機了。尚恩皺起眉頭，評估能怎麼辦。然後搔了搔短袖T恤下的二頭肌。他扯了扯下唇，心不在焉。這些動作都洩露出他的焦慮。但尚恩感覺到辦公室裡出現了微弱的能量轉變。史考特校長的目光從疲倦變成……提防。

尚恩是個煩躁的人（現在什麼都能感覺到以後，他也有了這個新發現）。但把注意力移到嘴巴、手臂、任何身體部位，都不公平。他知道，女人對他的反應很強烈。首度發現自己的魅力時，他才比阿泰大幾歲吧。那時候，尚恩其實不明白他為什麼會引起這種反應，他也不在乎。只要在他絕望無助、飢餓和寂寞的時候，可以耍花招，有東西可以用，就謝天謝地了。

你覺得我看起來像天使嗎？很好，那你讓我留在收銀機這裡，去後面幫我拿我最喜歡的汽水吧。你覺得我是個壞蛋嗎？很好，那你可以給我錢，我幫你打劫你前男友。你覺得我很適合你幹嗎？很好，那你讓我在這裡住一個月吧。

尚恩消除了自己的能力。健康的正常人不該走捷徑。

「我請你吃午餐，吃一個月。」他不假思索地說。

「你說什麼？」

才說不要走捷徑呢。

「你接受Venmo轉帳嗎？我不帶現金——我不能控制衝動。」她笑了，皮笑肉不笑的感覺。

「去吧。他在留校……」她還沒說完，尚恩已經跑到走廊中間了。

在空蕩蕩的教室裡，尚恩找到趴在桌上的阿泰。他正在亂畫作文本的封面，彷彿進入了催眠狀態。封面佈滿塗鴉，原本的圖案已經看不見了。但如果用手指撫過，能感覺到原子筆留下的凹槽。已經有好幾個星期，尚恩都看到他用指頭摸畫過的地方。應該能帶來一點安撫吧。

跟同年齡的孩子比起來，阿泰體型龐大——超過一百三十公斤——身高一百九十三公分的他比尚恩還高五公分。覺得窘迫或受到威脅的話，悶在心裡的自我意識就會立即轉為暴怒。但他很信任尚恩。尚恩不像其他人，會痛批他每天都穿同樣的特大號運動褲跟帽T。尚恩也知道他跟阿姨住在葡萄牙黑幫經營的毒窟裡（還有，他媽媽跟阿姨上次一起出現在哈特福公園拉客），但他從來不提。尚恩對阿泰講話的時候，把他當成跟自己對等的人。

尚恩站在阿泰對面，靠著老師的辦公桌，告訴阿泰他要離開普羅維登斯了。

阿泰沒有抬頭。「去哪裡。」

「布魯克林。星期天要在那裡頒文學獎，」他解釋。「我是頒獎人。很奇怪，因為我一向不去頒獎典禮。」

「為什麼。」

「你知道蓋爾．金恩嗎？」

「誰？」

「不知道就算了，」尚恩含糊帶過。「我不去頒獎典禮，因為很沒意義。二〇一三年，美國國家書評人協會把最佳小說頒給奇瑪曼達．恩格茲．阿迪契，而不是給我。我覺得她寫得比我好嗎？才怪。但這都是很主觀的想法。」

阿泰的嘴角微微上揚。「瘋子。」

「他媽的，對啊，我是瘋子，」尚恩說。「因為我在乎。我曾經很富有、也曾一貧如洗、找過塔羅諮詢師、參加過太多次戒酒無名會，才進化到可以說出這種話。我在乎。」

阿泰知道還有下文。「你到底想說什麼。」

「阿泰，為什麼你的問題聽起來都像陳述句？」

「意思到了就好。」

「聽好了，我承認我在乎拿獎。你呢，你在乎什麼？」

「什麼都不在乎。黑鬼，我不是娘娘腔。」

「這裡沒有黑鬼。」

阿泰露出了疑惑的神色。「你多明尼加人？」

「什麼？不是啦。而且，多明尼加人是黑鬼。Google『非裔移民』，學點知識吧。老天啊。」

尚恩搖搖頭。時間一分一秒過去。「聽我說，在乎一些東西，不會讓你變成娘娘腔。你會有活著的感覺。」

阿泰聳聳肩。

尚恩面色凝重，盯著阿泰看。阿泰與他四目交接，毫不退縮。

「泰里。」

「嗯。」

「你好好聽我說。」

「嗯。」

「這所學校不會讓你出人頭地。只會把你送進監獄。按著規劃，你的每個動作都會變成犯罪。在其他的學校，說『幹』不會害你被退學，遲到不會害你被電擊，錯過一次留校也不會害你被監禁。在其他的學校裡，八年級的同學不會受到這種恐怖待遇。他們可以當快樂的小孩，心裡只想著正妹和玩 Roblox。」

阿泰死死盯著自己的作業簿。知道尚恩每一句講的都是他，讓他非常痛苦。就因為錯過一次留校，他被送進了少年觀護所。

「你生氣嗎？你想要抵抗嗎？你沒做錯。他們說你是動物，但你不是。你是一個頭腦清楚的人，在對抗一個瘋狂的處境。我知道，以前我也是這樣。我在上十二年級以前，坐了三次牢，才學到你今天就會得到的教訓。」

尚恩暫停了一下，發現自己講話快到字與字都撞在一起。「我也反抗過。跟你一樣。」

好吧，不完全一樣。跟阿泰一樣，從小學起，「暴力及瘋狂」就印在尚恩的檔案裡。跟阿泰不一樣的地方是，尚恩的暴力跟狂怒無關。他甚至沒打過架。他只會傷害自己，緩和自殘的傾向——撕裂皮膚、打碎骨頭、口吐鮮血。因此，他換了好幾個寄養家庭，住過教養院，最後無家可歸，因為沒有人想領養一個眼窩凹陷、飽受忽略的黑人青少年，除了造成困擾的強迫行為，還有讓人不安的……美貌……在一個如此悲慘的孩子身上，感覺真的很奇怪。

「沒有人會來救你。你要救自己。」尚恩放低了音量，希望阿泰能認真聽他說話。「不要反抗學校的保全。不要打架。保持低調、努力念書、畢業，盡情享受這座城市的種種好處。等你有能力幫助一個跟你一樣的小孩，再回來這裡。你聽懂了嗎？」

寂靜無聲。

「阿泰。」尚恩走過去，把拳頭砸在阿泰的桌上。他嚇得跳了起來。「你聽懂了嗎？」

阿泰點點頭，他被嚇壞了。尚恩就像個好玩的大哥哥。他從來沒看過他這麼嚴肅的樣子。遲疑了一下，他說：「我一肚子氣，沒辦法低姿態。」

「可以的，你可以的。」尚恩的肩膀稍微放鬆了一點。「要有信心。」

「噢。去教堂嗎。」

「如果有用的話，就去吧。但我的意思是，對自己有信心。你喜歡什麼？」

阿泰聳了聳肩。「我猜……行星吧。」

「為什麼？」「我喜歡……很多我不知道的東西吧。我不知道。我喜歡想其他世界的事情。」

他不知道該怎麼描述從來沒想過的東西。「我……我還是小黑鬼的時候，會畫行星。很蠢的東西。」

「很好。」尚恩從口袋裡拉出一包Trident口香糖，丟了兩粒到嘴裡。他也向阿泰丟了一顆，阿泰用一隻手接住。「有八個行星，對嗎？我不記得所有的名字。你記得嗎？」

「水星、金星、地球、火星、木星、土星、天王星、海王星。」

尚恩把雙臂交叉在胸前。「想打架的話，就把行星的名字默唸一遍。當成咒語。咒語就像對大腦施法，告訴它冷靜下來。」

「太蠢了。」

「蠢嗎？你喜歡《權力遊戲》，對不對？」

「不喜歡。」

「你不是自己學了多斯拉克語。我看到你寫在那本作業簿裡。」阿泰又聳聳肩，下巴陷進了脖子裡。

「艾莉亞做了什麼？在她碰到危險的時候？她唸誦復仇對象的名字。那是她的咒語，她靠著咒語活了下去。行星，也可以當你的咒語。」

能與艾莉亞．史塔克相提並論，阿泰雖然覺得窘迫，但也心中竊喜，他的頭更加陷入脖子裡，臉頰下冒出了一圈圈皮膚。

「你有咒語嗎？」阿泰終於用問句問他的問題了。

「有啊。」

「是什麼？」

「我的，」尚恩就說了兩個字。他確實有自己的咒語。一個女孩送他的，那時候他很年輕。在他真的很需要咒語效果的時候，咒語也生效了。

他看看手錶。該去紐約了。

「你要參加活動，」尚恩說。「科學老師說，你喜歡天文學。所以我安排你到普羅維登斯天文台當實習生。還有，每個星期五下午三點半，你會擔任科學輔導，幫助有困難的同學。別忘了，水星、金星、地球、火星、木星、土星、天王星、海王星。」

「等等。你早就知道我喜歡行星？」

尚恩咧嘴一笑，用力搥了阿泰一下。

「你還說不記得行星的名字，你剛才都唸對了！」

「我當然知道有哪些行星，」尚恩拍了拍牛仔褲的口袋，確定皮夾在裡面。「我騙你的。」

阿泰張大了嘴巴。

「那是你的咒語，不是我的。你要大聲說出來，才有力量。」

「我根本不知道。」阿泰輕聲說，口氣中充滿敬畏。

尚恩輕笑了幾聲。他會很想念阿泰。他想抱抱他，但檔案資料說他不喜歡別人碰他。尚恩懂；他也不喜歡肢體接觸。

他走向門口，阿泰的聲音讓他停下了腳步。

「你需……你需要幫忙嗎？在紐約的時候？」

尚恩轉頭對著他。「幫忙？」

「我可以跟你一起去嗎？」阿泰羞怯地發出咕噥聲。「我可以當你的助手。」

尚恩的肩膀挺得沒那麼直了。「需要我的話，我就回來。隨時都可以。不論什麼理由。我保證。」

阿泰眨了眨眼睛，身體也往下滑了一些。

「你不會有時間想我的。我會不停發簡訊給你。」

男孩點點頭。

「我要走了。乖乖的。就……當個好孩子。」尚恩說，然後他控制不住自己，奔出了教室門。他不知道還能說什麼。他也遲到了。他喉嚨裡卡了個東西，眼睛也有點刺痛。不過，他不會哭。十七歲以後，他就再也沒哭過。

尚恩租了一台Audi，俐落地上了駕駛座，把冷氣開到最大，飛馳在通往羅德島機場的一號公路上。他太愛那個男孩了。他不知道在教導時怎麼能沒有愛。這種做法或許不太健康。

他知道阿泰不會去天文台當實習生。他或許不會去，沒什麼好說的。尚恩控制不了，但他會跟阿泰保持聯絡。他絕對不會消失。每到一座城市，就會認識一個阿泰、一個戴蒙德、一個瑪麗索或一個拉夏德。靠著純粹的意志力，他一直保持聯絡。

新生的尚恩不會在愛了之後就消失。

多年前，愛了她以後，他就消失了。這就是為什麼他要去紐約。

尚恩不期待再從她身上得到什麼，他也沒資格。他也不想擾亂她的生活，或挖出過去的瘡疤。但他必須向她解釋他之前無法解釋的事情，然後就離開。

他也清楚知道，確實不該這麼做。但他只能認了，他一定要去找她。

一定得去。尚恩不能假裝一邊擁抱新生活，一邊卻還在逃離舊生活。

她是他多年前燃起的一把火——他任其悶燒也太久了，是時候滅火了。

第五章　好笑的黑人瘋言瘋語

「黑人作家現況」像一場鬧劇。座談會在布魯克林博物館寬闊的康托堂舉行，籌劃得很完美。要找到禮堂，得先曲曲折折通過相連的展覽間，裡面擺了紐約最熱門的展覽，你不一定能活到明天：石牆暴動五十年後的藝術。有門路的文青都會假裝自己已經看過展覽了。等與會群眾看完規劃得極其華美的抗爭藝術，也進了禮堂，興奮等待熱烈的座談。

禮堂裡沒什麼裝飾，走工業現代風，放了兩百張椅子，巨大的窗外是加勒比海風格的東公園路。群眾的打扮色彩繽紛。今年到了這個星期終於熱了起來，到處可見顏色鮮亮的背心裙、顯色的唇膏和自然的髮型。不同類型的文人四處走動：保守派的作家（全盛期約在七〇和八〇年代）；Y世代的散文作家、小說家和文化記者；幾名眾人畏懼、戴著眼鏡的書評部落客；哥倫比亞大學和紐約大學的女學生——她們的標語T恤及流行的勃肯鞋尖叫著「主修女性主義」。到處繞來繞去的則是數位媒體記者和他們的攝影師，掃描「哈囉我叫××」的標籤，選擇訪問的對象。

伊娃拿著一杯插了羅勒枝條的氣泡水。她必須集中心智，不讓別人看出她在努力擊退恐慌。跟幾位認識的出版老將閒聊，消磨了一點時間，但她用不了多久就發現大多數在場的人都不認識伊娃．默西——頂多知道是個「名人」，她的題材鼓動了相當愚蠢的粉絲文化。再過幾分鐘，她必須在這群人面前表現得很有知識，談論嚴肅的話題。

冷靜啊，女人，她對自己說，捻動指頭上的復古貝雕戒指。這是她的幸運護身符，希望能靠著它安然度過整個晚上。這個戒指向來能讓她平靜下來。上面有污跡跟缺口，說不定是一個世紀前的產物。很久之前，伊娃在母親的珠寶盒裡找到這個戒指，不知道它原本屬於維多利亞時代的哪個女人。想必是某個男人送她母親的禮物。但莉澤特痛恨古董首飾——親愛的，她要求的是全新的鑽石——所以從來沒戴過。但是，伊娃很愛惜舊東西。那時她十三歲，很寂寞，臉上都是青春痘，有一天，她從母親的臥房裡偷了這個戒指。莉澤特一直沒發現。她媽媽什麼都不會注意到。

「妹子！」

聽到熟悉的聲音，伊娃迅速轉過身，臉上浮現如釋重負的微笑。貝琳達．洛芙，得過普立茲獎的女詩人，也是座談會成員。在貝琳達的詩作中，她跳進黑人歷史人物的腦袋裡，從他們特殊的觀點寫下關於現代生活的抒情詩。以作家兼詩人藍斯頓．休斯為主角的《萬事萬物都不是主題標籤》最具代表性。

幾年前，在希西的一場私房派對上，她們坐在一起，她就立刻喜歡上貝琳達。爸媽是出身卑微的髮型師，貝琳達在馬里蘭州的銀泉長大，靠獎學金進了席德威友誼學校，跟前總統之女雀兒喜．柯林頓同校，在電影界擔任了十年的方言顧問，她參與的電影主題多是被奴役的黑人，或吉姆．克勞時代的黑人（無須多說，她的案子通常都排得很滿）。除了有亮麗的履歷，她的氣場也充滿魅力，是大地母親，也是眾人心中的女神。她很喜歡靈氣治療跟薩滿解讀——但也喜歡淫穢的迷因跟引誘從事服務業的年輕男性。她才剛跟一個智利帥哥分手，兩人相遇的時候，他正在MetroPCS電信商店前發傳單。

「嘿～貝琳達。」伊娃輕輕擁抱她，免得弄亂了她那一大團在街頭市集買的項鍊。貝琳達戴著部落印花圖案的頭帶，分格褶辮傾瀉而下，落在她蜜桃形狀的美臀上。看起來像個性感的坐月子阿姨。

「洋裝，好看！身材，好讚！」

「講真的，我動不了。」伊娃輕聲說。她穿著黑色無袖的Gucci洋裝，胸口開得很低，腳上是猩紅色的細跟短靴。她的胸部直擠到下巴下面，頭髮吹得非常直。

「星，期，一，晚，上，你，沒，來，陪，我，們，玩。」貝琳達邊扭邊把字一個一個吐出來。

伊娃搓弄著裙邊。「我覺得我好像辦公室裡的壞女人，我演的這部網路影集有很多淫蕩的律師。」

「感覺是梅根．馬克爾的角色。來吧，去互動一下。」

貝琳達挽住伊娃的手臂，邊聊天邊緩步穿過人群。

「女人，」伊娃先開口了，「我想介紹一個人給你認識。他帥翻了。你看一下他的IG，@oralpro（口愛專家）。」

貝琳達張大了嘴巴。「怎麼會有這麼爽……？」

「別緊張，他是專做牙齒矯正的牙醫。他把歐卓的牙齒做得很漂亮。」

「算了吧。我現在的目標是我去那家Trader Joe's超市裡負責農產品的帥哥。我今天去買了純素烘焙課的材料。那堂課的老師是研究陰道酵母布里歐的先鋒。」

「陰道酵母布里歐。」伊娃複述了一次。

「所以她很有名。」

「因為陰道酵母布里歐出名的人就這一個吧？」

「不管了，總之別幫我找對象。你就想挖我的性生活當作小說題材。你為什麼不跟@oralpro約會？去啊！你的腿這麼美，皮膚這麼年輕，別浪費了。」

「你知道為什麼我皮膚很好嗎？」伊娃眨眨眼。「沒有男人給我壓力。」

此時，希西突然蹦了出來，把頭伸到兩人中間。「問她一個人怎麼樣。」她認真地說。然後她一把拿走伊娃攙了水的氣泡水，換了一杯新的，又消失在人群裡。

貝琳達倒吸了一口氣。「她怎麼能那樣突然跳出來？她說的又是什麼意思啊？」

伊娃還沒回答，搖晃著染成金色的非洲爆炸頭、身穿平口無肩上衣的年輕女孩衝到貝琳達的懷裡。

「如果沒有你的詩，我沒辦法撐過紐約大學的期末考！可以幫我在書上簽名嗎？」她把一本破爛的詩集塞進貝琳達手裡。

「好啊！」她在扉頁上簽了名，用手肘指了指伊娃。「這是伊娃・默西。你應該聽過《受詛咒的戀人》吧？」

「我的繼母看了，」她迅速跟貝琳達拍了照，然後才回答。「如果描述的是順異性戀父權制的露骨性愛，我不喜歡。抱歉啦。」

女生用「非畜力量」的姿勢握拳指向天空，跳了幾下。過了幾秒鐘，希西又突然出現，生氣地瞪著她。

「誰讓那隻漂了頭髮的小野雞進來的？」希西就愛監督跟她有相同髮型的女人。布魯克林有一半的人都頂著這個頭。「她穿的是沃爾瑪超市買的牛仔褲嗎？」

「你去過沃爾瑪？」伊娃問。

「生理上去過。精神上沒去過。」她一個轉身。「上台了！要表演了。」

貝琳達抓住伊娃的手，兩人像小鴨子一樣跟在希西後面穿過人群。

舞台的佈置有種親密感：四張單人沙發排成一排，分別給希西、伊娃、貝琳達和卡利勒。希西開場後，卡利勒才現身，因為他跟Uber司機起了誤會。誤會是他坐到別人的Uber，所以司機叫他下車。

他三十七歲，是文化研究的博士生，喜歡穿淡色的Ralph Lauren卡其休閒褲跟打領結。他寫過制度性種族主義的大部頭作品，因此出名——他跟六十多歲的瑞典女繼承人住在一起，她會幫他付Ralph Lauren褲子跟領結的費用。

伊娃離婚那年的夏天，卡利勒是嘻哈雜誌《*Vibe*》的專欄作家，他們去過幾次柯林頓山的屋頂野炊，那時候他追過她，但沒有成功。當時，「直男說教者」一詞尚未發明，不然就能派上用場。

擠得滿滿的觀眾沉浸在座談會成員生動的討論中——點頭、傻笑、用手機開IG直播。伊娃坐得直挺挺的，穿著高跟靴子的雙腳交叉成優雅的角度。

她表現得很亮眼。

沒錯，頭幾次她開口的時候，有幾個人的眼神就像在問她是誰啊？，但隨著時間過去，她贏得了他們的心。她倒納悶起來，不知道自己之前在擔心什麼。

她、貝琳達和卡利勒回答希西引導的討論時，三人的角色愈來愈明顯：貝琳達是實話實說的大姐姐，卡利勒自以為是、愛吹牛皮，伊娃則因意外成功而興奮到無可救藥。

「好，我要講真的很好的東西，」貝琳達繼續說。「出版業沒辦法消化黑人角色，除非是受苦的情節。」

觀眾大點其頭，發出贊同的聲音。

「我們好像應該要寫創傷、壓迫或奴役，因為這些黑人的比喻最有銷路。出版商看不到我們跟其他人一樣，有同樣平淡、好笑、異想天開的體驗——」

「因為那就表示我們也是人，」卡利勒打斷了她。「美國社會就需要去掉黑人的人性，把黑人降級，否定黑人。」

貝琳達不理他。「我的第一本小說背景是二〇〇三年的大停電，建築師跟主廚在小巷裡目擊謀殺事件——在解密的時候就滾床單滾得欲罷不能。沒有人要這本書。每個人都對我說：『故事很好看，但能不能多寫一點黑人做應該是白人的職位時碰到的困難？』」貝琳達嘆口氣。「可惡，好像在說，好笑的黑人瘋言瘋語沒有發展空間？我為什麼不能靠《列車上的女孩》或《格雷的五十道陰影》來賺個幾百萬？」

「《格雷的五十道陰影》還好吧，」希西輕蔑地說。「我確實希望女主角安娜能把腿毛刮一刮。但是，真的。白人作家很自由，可以為一個好聽的故事寫一個好故事。」

「想想看，要是我們有人想出版《列車上的女孩》，」伊娃說。「列車上的有色女孩也只能想到自殺。」

觀眾哄堂大笑，伊娃喜上眉梢，彷彿剛到了天堂的大門。耳朵裡蹦出陽光，瞳孔也變成愛心的表情符號。

「從小到大，我一直很愛恐怖跟幻想題材，」她說。「但這些故事裡都看不到黑人的角色。我為什麼不能去納尼亞或霍格華茲？我寫了黑人女巫跟吸血鬼，嚇壞了出版界。難道超自然生物就不能不是白種人嗎？儘管黑人吸血鬼已經有豐富的傳統——記得嗎？《刀鋒戰士》、《黑古拉》、路易斯安那的鬼火民間傳說。再說下去沒完沒了了，黑人女巫有《噬血Y世代》裡面的邦妮，《神鬼奇航》裡的娜歐蜜．哈瑞絲……」她暫停了一下，發覺自己講得太開心，忘了台下的觀眾。

「總之，寫這種文體，只有幾個人成功了，因為他們能放大世界觀，就算是幻想世界也好，在這裡，大咖都是棕色的皮膚。漫畫也一樣。有人去過漫畫展嗎？」

只有一個坐在最後面的人舉了手。她瞇著眼，透過眼鏡看那人的臉，看到一個四十多歲的男人，塗了亮片眼影，和吉雅的紫色女巫帽。《受詛咒的戀人》粉絲。除了愛喝紅酒的媽媽們，X世代的酷兒男性也是她最愛發聲的讀者——他們極為投入《受詛咒的戀人》的社群媒體粉絲帳號。被捧成這樣，伊娃真的開心死了。

但戴著女巫帽？來這裡？正當她向其他人證明她是個入流的作家？

「我要指責漫畫文化，」卡利勒咬牙切齒。「《黑豹》也不例外。真正的英雄是反派的艾瑞克・齊爾蒙格。但是，當然啦，好萊塢的策略就是把天神般的亞洲黑人去勢，免得激怒以歐洲人為中心的觀眾。」

「你用埃及獻祭的字詞產生器寫的講稿嗎？」貝琳達小聲問他。

「貝琳達，他媽的給我滾，」他斷聲回覆，然後又繼續說下去。「聽我說，如果我不提一下黑人男性的邊緣化，我覺得我把天賦用錯地方了。一種二元性，同時消耗及毀滅男性黑人。」

貝琳達哼了一聲，表示怒意。「你就只凸顯黑人男性的困境，我覺得又累又灰色。你的世界裡沒有黑人女性嗎？」

「卡利勒，你有厭黑女症。」伊娃說，觀眾席裡的笑聲也愈來愈響。她忍不住大笑。

「我就一個重點，如果黑人寫作的意念不是為了解除白人至上的不良習慣，那我們就白費唇舌了。」他整了整他的領結。「話雖如此，伊娃的書也很重要。軟綿綿的，給人逃避的空間。」

「軟綿綿？」伊娃生氣了。

「或許，應該說讀起來很輕鬆。」卡利勒說。

「或許，我們換個話題吧。」希西截斷了對話，又突然住嘴。她盯著觀眾，大聲吸了一口氣，摀住她用皮拉提斯練得很緊實的小腹。這女人平日雷也打不動的，伊娃知道有大事發生了。難道有蒙面槍手偷跑進來？難道查蒂．史密斯還是來了？

座談會成員順著希西的視線看過去。講堂後方陰暗的角落裡，有個高個子靠在門上，看起來是個男人。

他的臉倒很清楚。

「尚恩……，」希西開口了。

「霍爾，」貝琳達接下去。

觀眾紛紛轉過頭，東看西看。驚嘆聲此起彼落。「什麼？在哪裡？別鬧了！」

伊娃一語不發。

恐怖電影裡的角色看到鬼的時候，會驚聲尖叫。雙手捧著臉頰。狂奔逃命。在紐約文學社群的眾目睽睽下，伊娃被困在舞台上，不能叫也不能跑。她的手鬆開了，麥克風咚一聲滑到地上。

沒有人注意到她怎麼了，大家都在看他。

「尚恩，」希西怒吼，「是你嗎？」

他四下看了看，靦腆地咧嘴一笑。

「不是我。」他說。

「是他！」某個人大喊。

「給我上來。」希西命令他。

他搖搖頭，眼中流露出絕望的神色，拜託不要逼我。

「聽到了嗎？我聽說你在比佛利山威爾希爾飯店打掃房間——你最好給我上來。雖然你沒把我們擺在心上，但這裡每個人都有貢獻，讓你愈來愈受歡迎。」

尚恩看看身後，似乎在思索能不能逃走。儘管不情願，他還是走向了舞台。

伊娃看東西，一向都模模糊糊。戴著眼鏡也一樣。頭痛讓她看不清楚這個世界。但是，當尚恩朝著座談會成員移動——向著她走來——房間裡的每一個細節都鮮明無比。她能感覺到每一個東西跟全身每一個部位，清晰到了令人痛苦的地步。

這不可能是真的。不過，這絕對不是假的，因為她的生理反應像歌劇一樣。她的呼吸變淺。她的脈搏轟隆轟隆。全身上下開始打顫，陷入了無數強大且相互矛盾的情緒。伊娃並不篤信宗教，但她總覺得……有股力量在照顧她。有很多理由，而最重要的理由是，她從未與尚恩・霍爾不期而遇。從來沒有。真的難以置信，過了這麼久都沒碰到，畢竟兩人都是黑人作家，同樣的年齡，在同一個時代出名。如果不是神力的干預，她也不知道該怎麼解釋。

但是，他現在在這裡，活生生的一個人。她最害怕的一刻來了。但在懼怕之下，在下意識的隱形口袋裡——不也是她期待了很久的一刻嗎？計畫過？甚至幻想過？

或許吧。但不是像現在這樣。不是在公開場合。不是毫無準備。

震耳欲聾的掌聲把她太陽穴上的隱隱顫動變成利刃，提醒伊娃她現在在哪裡。禮堂裡一片喧囂。尚恩是文學界的明星。他只寫過四本小說——《小八》、《蹺蹺板》、《去廚房裡吃東西》及《進來後請鎖門》。但都是重要的作品。設定都在同樣的無名鄰里，赤貧拖累了大家的生活。

他的角色都很古怪，生動逼真，如同變成神話的人類。他對細節、情緒和微妙之處都投入到了極點，以高度的技巧引領讀者完全陷入人物的每一個想法，讀者可能翻了五十頁才發覺還沒有看到情節。什麼都沒有。只有一個叫小八的女孩，把鑰匙弄不見了，但讀者會因為文字之美而落淚。鎖在門外的時候，小八看到有人在街上被槍殺了，但讀者只會關心她發生了什麼事。

尚恩會哄騙讀者看到人性，而不是事件。讀完他的書，你會迷亂茫然，不知道他怎麼能讓你在不知不覺中心都碎了。

大約每過五年，他就會生一本書出來；接受幾次紊亂的、不透露細節的訪問；在MSNBC的節目裡生悶氣不講話；橫掃頒獎季（除非對手是朱諾．狄亞茲）；收到一筆巨額補助金，可以去別的地方寫更經典的胡說八道；然後再度消失。

當然，他一直無法消聲匿跡。總有人看到他。三個春天前，他去阿姆斯特丹參加美國當代藝術家卡拉．沃克展的開幕酒會，輪到他上台朗讀為展覽撰寫的序言時，人不見了（卡拉身材火辣的公關卡勞蒂亞也不見了）。二〇〇八年，他去參加白宮記者晚宴，卻從頭到尾都待在廚房裡幫雜工擦盤子。他肯定去過北卡羅萊納州參加饒舌歌手J・科爾的婚禮，因為他告訴一位賓客說，美國南方他唯一喜歡的東西就是Bojangles速食餐廳——這句話立刻傳遍了推特。

幾年前，有個《洛杉磯時報》的編輯開始散播謠言，說尚恩是個騙局。背後有人捉刀。因為他的行為不像一流的作家，說真的，外表也不像。他有線條堅毅的下巴、豐厚的嘴唇和不真實的濃密睫毛——這張臉就讓他與眾不同，之後他才用作品證明自己。

尚恩・霍爾英俊到令人生畏。他鮮少露出笑容，但他的微笑明亮而溫暖。就像凝望著一束他媽的日光，讓人暈頭轉向。你會很想捏捏他的臉頰，或懇求他找個地方一起躺下，共赴巫山。他有什麼你都想要。

伊娃比誰都清楚這些事情。

至少，她以前就知道了。十二年級後，兩人就再也沒見過面。

第六章　女巫贏了怪獸

「他回來了。」

卡利勒和貝琳達倏地轉頭看她，伊娃才發覺自己把話大聲說出來了。

「什麼？」卡利勒問。

「回來哪裡？你認識他？」貝琳達用手蓋住麥克風，輕聲詢問。觀眾都非常激動。尚恩感覺走一輩子也上不了台，因為有人要握手，有人要簽名（活動節目單、書、一個賣俏女孩伸出的前臂……）。

「我的意思是，沒想到他居然會公開露面，」伊娃結結巴巴地解釋。「你見過他，對吧？」

「對，我們二〇〇六年一起參加了傅爾布萊特計畫。那年夏天，我們在倫敦大學寫作，」貝琳達小聲說。「但我很少看到他。這麼說吧：東倫敦每個街角都有一家酒吧。」

「太高估他了，」卡利勒發表了意見。「有一次，我要幫《*Vibe*》訪問他。我們約在西好萊塢的星巴克，他讓我等了四個小時，來了以後，講一隻海龜的事情講了十分鐘，人又不見了。訪問當然也沒辦法登了。胡鬧。這就是為什麼不可以給黑鬼好東西。」

「這一句，很有恨啊。」貝琳達的語氣帶著惡意。

他對她怒目而視。「我受不了你了。」

伊娃什麼都聽不到了。因為尚恩來了。跟他們一起在台上，被捲進了希西佔有慾十足的擁抱裡，伴隨著上千響iPhone的快門聲。然後希西放開了他，座談會成員也站了起來（伊娃搖搖晃晃的，鞋跟太高，憂慮太深）。尚恩拍了卡利勒一下，抱了貝琳達一下，然後就站到伊娃面前。

她渾身顫抖，無法克制。不可能，她不可能跟他擁抱。也不可能再拉近一點點距離。她伸出了手——從她的手臂上突出來，很奇怪的附屬器官——他握住了她的手。

「我叫尚恩，」他說，仍握著她的手。「我很喜歡你的書。」

「謝——謝謝。我叫……伊娃。」伊娃聽起來好像忘了自己的名字。他捏了捏她的手，用只有他們兩人知道的手勢叫她放鬆。她立刻把自己的手抽回來。

《紐約時報》的實習生從當作臨時座位區的側廳飛奔出來，跑到希西和貝琳達中間，把麥克風遞給尚恩。大家這才坐下。卡利勒怒氣勃發。

「好嘍，」希西說話了，「我知道，要介紹一下這個人。來吧，大家熱烈歡迎尚恩・霍爾，好嗎？尚恩，你可以陪我們聊幾分鐘吧？」

希西贈以炫目的笑容，像個驕傲的母親。就像黛安娜・羅絲以前看著麥可・傑克森的樣子：我太棒了；我發掘了這隻獨角獸。

「我的意思是，一定要嗎？」尚恩說，聲音中帶著笑意。他在華盛頓特區東南邊長大，略顯南方口音的緩慢腔調中仍有當地的變音。費了十年的工夫，才能把我的意思是說得標準。

「你沒有選擇。你欠我的，因為你居然放棄我，跟蘭登書屋的編輯跑了。」希西指指伊娃跟其他人。

「但是，我……呃……我口才不好，真的只是來當觀眾。這樣太尷尬了。」他面露歉意，看著大家。「但是，希西．辛克萊爾叫你做一件事的時候，你就要做。我可沒瘋。」

「那可不一定。」卡利勒咕噥著說。

尚恩還沒來得及處理這片陰影，一名年輕女性就舉起手。她戴的棒球帽上面寫「讓美國變成紐約」。她漲紅了臉。

「霍——霍爾先生，」她結結巴巴地說。「希望你不要覺得我沒禮貌，但是我愛你。」

他微微一笑。「沒禮貌的話，你會說『我恨你』。」

她笑到停不下來。「真不敢相信你來了。我一定要告訴你，小八就是我寫作的理由。小八這個角色，就是我。在流行文化裡，向來看不到憤怒、壓抑的黑人女孩。沒有黑人版的《憂鬱青春日記》或《女生向前走》。每本書都由她來敘述，太讚了。」

「謝謝。」他在座位上挪動了一下身子。「我也很喜歡她。」

「小八有真人的範本嗎？你描述她的感覺很親密。感覺我好像看到了不該看的東西。」

「你覺得小八真有其人嗎？」

「絕對有。」她點點頭。

「那就真的有這個人。」

「那不算回答了問題。」

「我知道。」他笑了笑。

然後輪到伊娃了。她終於有勇氣轉頭看看他——但一看就後悔了。年紀大了，他的眼睛旁邊也出現了細紋。伊娃已經忘了他鼻子上的那道疤。他全身都有疤。有一次，趁他睡著了，她數遍了他身上的疤。用嘴唇撫過那些疤痕。然後幫它們取名字，像天上的星座。

完美的牛仔褲；粗獷的靴子；昂貴的手錶；精瘦的體格；留了兩天的鬍碴；簡單白T。也有可能是Hanes或Helmut Lang。可惡，臭男人——她真希望自己現在正穿著這兩個牌子的衣服。

我要怎麼熬過去？

一名金髮記者舉手了，伊娃認識她，她來自《出版者周刊》。希西朝著她點了點頭。

「說到小八，」金髮記者說，「你只用女性的觀點來寫作，也因此受到抨擊。你覺得公平嗎？你是男的，你覺得自己有資格從女性的角度來發聲嗎？」

此刻，已經沒有人在意伊娃、貝琳達跟卡利勒了。

尚恩咬了咬下唇，盯著自己的麥克風，彷彿裡面能挖出所有謎團的答案。「我覺得……我不會反覆思考我有沒有資格做哪些事情。我直接採取行動。」

「但是，太大膽了吧，身為男人，卻從這種親密的角度探索女性的煩惱。」

「我不覺得我在探索女性的煩惱。我只是……寫了一個人物。一個有煩惱的人。」他在牛仔褲上擦擦手，不自在到了極點。「小說家應該超越自身的體驗，對吧？如果我不能善加處理女性的聲音，那我可能走錯行，應該去改領英的檔案了。」

「噢！你有領英帳號嗎？」

「沒有，」他的眼睛流露出狡獪的神色。對著希西，他輕聲說：「就跟你說了，我很不適合上台。」

就在那一刻，伊娃再也無法裝得泰然自若。突然之間，尚恩的存在讓她的怒氣如火山般爆發了。為了參加這場座談會，她準備到快瘋了，跟歐卓對台詞，努力擠進這件洋裝裡，但是尚恩就可以輕鬆地做自己。在事業的道路上，他愛怎樣就怎樣——逃避訪問、從地球表面消失、在伊娃渴望參加的活動上表現得跟夢遊一樣——在文藝界，女性工作者絕對享受不到跟他一樣的待遇，惡行不斷還得到讚許。女人就是不能當壞男孩。

「我不思考；我直接行動。」

尚恩做什麼都舉重若輕。伊娃做什麼都費盡全力。最糟糕的是什麼？今天，她有機會證明自己是個合格的作家，一股需要重視的力量。結果，「重要人士」一出場，她的努力就煙消雲散。這真的是她的人生，還是知名製作人莫娜．史考特－楊做出來的節目？

因著這些理由——還有以前那些更黑暗的理由——她必須開口。

「我聽出那位記者的意思了，」伊娃放慢說話的速度，壓制聲音裡的顫抖。「你吸納了你一無所知的經驗。小八有煩惱。她會自殘。她想自殺。你卻加以理想化，把她塑造成一個可愛又傷心的女孩。憂鬱不是『女孩的大災難』，邊看著佈滿雨滴的窗戶，邊說句俏皮話，然後流下一滴漂亮的眼淚。憂鬱很悲慘。小八很悲慘。把女性的精神疾病寫得很浪漫，一點也不恰當。」

「你說得對。」尚恩說。他緩緩抓了抓下巴，然後把目光挪到伊娃身上。從他進來以後，她第一次迎視他的目光。錯了，大錯特錯。

空氣變得很凝重。兩人都眨了眨眼。一次，兩次，然後又四目交接。不是瞪眼。癡癡的凝望。他們心裡只有彼此，忘了其他人。忘了正在舉辦的活動。

坐在兩人中間的貝琳達和卡利勒左看右看，彷彿坐在溫布頓網球賽的觀眾席上。希西的眼睛瞪得好大，像動漫裡的人物。他們看到了什麼？

「確實。我不是女人。」尚恩開口了。

「一點沒錯。」

「你不是吸血鬼。也不是男人。」

「消音。」貝琳達喃喃自語。

「還有賽巴斯汀呢？在我看過的書裡，他是最生動、最有血有肉的男性代表。尤其是第三集跟第五集。賽巴斯汀周圍的人事物都會被他吸乾。總有一天，連吉雅也會被他吸乾——他自己也知道——但他克制不了自己，還是要愛她。因為他知道到了最後，她會活得比他久。他知道吉雅比他更強韌。就憑她是女性，她強壯多了。女孩子要承擔世界的重量，卻沒有地方可以放下重擔。在這樣的掙扎裡，生出了什麼樣的能力和魔法？對男人來說太可怕了，以至於我們掰了很多理由，要把女人燒死在木樁上，我們的老二才硬得起來。」他停了一下。「在你筆下，吉雅的魔法掃把比賽巴斯汀的獠牙強了十倍。女巫贏了怪獸。所以我懂了，完全懂了，為什麼男人會怕女人。」

伊娃驚呆了，幾乎忘了呼吸。她按捺不住，又跟尚恩四目交接。看到她的眼神，他猶豫了一下。但他還是接著說下去了。

「你不是男人，」他繼續說，「但你他媽的寫出了矛盾的男性特質。你不是男人，沒有關係，因為你寫作的時候感覺更加敏銳，注意到別人忽略的地方，你的創意直覺強到可以駕馭任何敘事。你用眼睛看。然後用手寫。說到小八，我就跟你一樣。」他瞟了她一眼，毫不掩飾眼中的親暱。「只是我寫得沒有你好。」

貝琳達靠到卡利勒旁邊，小聲說：「你要繼續討論軟綿綿的事情，還是就算了？」

伊娃呆住了，張開了嘴巴。暈頭轉向的她慢慢點了點頭。她不想讓他看到她有多震驚。她也不想讓他主控整場對話。

「嗯，」她逼自己開口。「你的解讀很厲害。」

「你的書很好看。」他低聲說。

「你的……也很好看。」

「謝謝。」

然後，伊娃的視線才戀戀不捨地離開了尚恩。這時，他似乎才想起來旁邊還有其他人，吁了一口氣。

觀眾的沉默震耳欲聾。眾人一語不發；每個人都呆住了。寫作寫了十多年，在公開場合，尚恩·霍爾難得會說超過五句（別人聽得懂的）話。誰都沒想到，他會在這裡，有條有理地發表女權主義的獨白。以伊娃·默西為主角？好隨意，隨意到令人激動。也很緊繃，繃到了一種奇異而明顯的地步。在今晚之前，這群觀眾裡應該沒有人讀過《受詛咒的戀人》系列，現在他們都急著打開Amazon買書了。

伊娃忘了觀眾的存在。台上也只有她，陷在尚恩那幾句話中間的空間裡——也就是他沒有說出口的東西。

伊娃很緊張，轉動著手指上的復古貝雕戒指。

他讀完了我寫的系列小說，她心裡想著，狂亂地撥弄自己的戒指。*每一個字*。

就在此時，觀眾裡唯一一位《受詛咒的戀人》粉絲猛力拍起手來，紫色的女巫帽跟著擺動。然後大喊，「你也是迷妹！你有賽巴斯汀的S別針嗎？」

「沒有啊，每次我登入EvaMercyMercyMe.com的網站，都顯示賣完了。」

伊娃的臉燒起來了。*他想買別針？他知道我的網站？*

「最後一個問題，然後就讓霍爾先生離開。」希西做作地咳了一聲，打破了魔障。她不得不出聲，卡利勒失去了觀眾的注意後怒氣勃發，耳朵裡都冒煙了，跟卡通人物一樣。

一名二十幾歲的紅髮男子站了起來。他長得很像英國的哈利王子，住在紅鉤區的哈利王子。

「嗨，我是《*Slate*》雜誌的里奇。貝琳達、卡利勒和尚恩你們好，你們的書真的太棒了。伊娃，我沒看過你的書，但尚恩今晚的證言很有說服力。」

伊娃的微笑感覺很軟肉，就像瀕死的女人，為了親朋好友故作勇敢。

「身為黑人作家，可不可以詳細說一說你們碰過的種族歧視？從尚恩開始好嗎？」

「我嗎？呃……不行。」

「不行？」

尚恩又說了一次，「不行。」

「我們聚在這裡，不就是為了討論這個問題？」卡利勒說。

「那是你的理由。」尚恩說。

好啊，那你的理由是什麼？伊娃的大腦發出了尖叫聲。太陽穴開始騰騰亂跳，她無意識地用她忠誠的橡皮筋彈了彈右腕。

尚恩彷彿感應到她的思路，迅速瞄了她一眼。看到橡皮筋的時候，他的表情變得陰鬱，帶著擔憂。他暫停了一下，彷彿忘了接下來要說什麼。她記得這個表情，一直記在心裡。伊娃的手無力地垂下。

「里奇，你要聽實話嗎？」尚恩問。

「拜託了，」里奇的眼睛亮了起來，選舉過後，很多自由派白人也有這種表情。彷彿聽到別人告訴他們，選舉的結果有多爛、他們有多爛、罪惡感把他們變成了受虐狂。里奇的拇指就要按下手機上的錄音程式。「在這種氛圍中，我們一定要分享自己的證詞。美國要負責。美國必須面對自己的罪惡。」

尚恩用拇指撥了撥下唇，陷入沉思。

「但是，我不太在乎美國。」他的口氣帶著滿不在乎，彷彿他從來不需要思考政治正確的問題。或根本不在乎正不正確（明天早上八點前，蘭登書屋的公關部應該已經寫好了道歉的新聞稿）。

表面上看來，他一派輕鬆。只有伊娃注意到，自從他們四目交接後，他就一直緊抓著麥克風，指尖都發白了。就是這隻手洩露了他的心情。

還有，麥克風也在微微顫抖。

「聽好了，『當前的社會政治氛圍』嗎？向來也是我的氛圍。我這輩子都不會支持川普、潘斯跟葛蘭姆。我碰到的第一個人是監獄裡的守衛，八歲的時候，我被單獨關進牢房，就我跟他，沒有其他人。沒有法律，沒有監視器，沒有慈悲。那一個小時內的經歷讓我認為，我沒有義務跟白人一起探討種族主義。」他聳聳肩。「里奇，我不願意負起解釋的責任。責任在你們所有人身上，要解決種族的問題。希望你們可以做到。」

尚恩的表情十分和藹，看不出來他究竟是在乎到了極點，還是完全不在乎。不論如何，他剛講的話絕對是媒體金句。先是拒絕解釋黑人民權運動，然後又丟下震撼彈，跟卡利勒長達一小時精蟲衝腦的豪言壯語相比，他短短的個人經歷引發了更強烈的迴響。

「懂了。」里奇說。

尚恩瞇了瞇眼睛，看了一下里奇襯衫上的名牌。他的表情變得戲謔，不著痕跡地換了話題。「我呢，其實很想聊一聊胡蘿蔔寬扁麵。」

里奇倒抽了一口氣。「你……你看過我的……」

「你是里奇．摩根，對吧？你也幫《*Slate*》雜誌寫過美食文章對不對？很有啟發性。我本來不知道能用蔬菜做麵條。」

「可以上Amazon買五刀刨絲器。」貝琳達熱烈附和。

「我去義大利科莫湖的時候也買了一個，那邊有一家好可愛的餐廚用品店。」希西說。

伊娃閉上眼睛，是不是有人在她的氣泡水裡加了迷幻藥？對話愈來愈荒謬了。在幾毫秒的時間裡，尚恩憑著一己之力，改變了講堂裡的氣氛。他什麼時候卸下了所有的防備？變得這麼愛聊天？以前，除了她以外，他對所有人都只會回一聲「哼」。

「我馬上下訂那玩意兒，」尚恩說。「我正在學怎麼吃得健康。像現在，我會用酪梨配吐司。里奇，謝謝你的文章。」

里奇一臉開心，飄飄然坐下了。

卡利勒氣壞了。「我聽不懂了。你不肯討論種族主義，但你願意跟大家聊時髦的義大利麵？」

尚恩聳了聳肩。「健康就是財富。」

希西大動作地一揮手臂。「各位女士，各位先生，謝謝尚恩．霍爾！」

尚恩把麥克風遞給希西，在牛仔褲上揩了揩濡濕的手掌，回到熱烈鼓掌的觀眾中，他的視線並沒有轉向伊娃那邊。

討論時間還有二十分鐘，但座談會基本上已經結束了。尚恩從他們眼皮子底下奪走了一切。伊娃也垮掉了。

第七章　你先請

過了三十分鐘，觀眾仍圍在座談會成員旁邊——找話題聊天，拿出隨身包包裡快翻爛的平裝本給貝琳達和卡利勒簽名。沒有人帶《受詛咒的戀人》給伊娃簽名，但突然有一群人湧向她，想更了解這套「女性主義幻想」叢書。同時，戴著女巫帽的《受詛咒的戀人》粉絲非常開心，擔任伊娃的單人街頭戰隊，從這群人跳到那群人中間，傳誦賽巴斯汀和吉雅的信條。

一切都符合伊娃的期望。她忽然吸引了新的愛書人群體。而且是文學愛好者。他們會在推特、SnapChat跟IG上提到她，她會愈來愈受矚目，（也希望）能從流行的暢銷作家升級成出版界的重要人士。意見領袖！觀眾會願意付錢去看她的跨物種性愛電影！

但在那一刻，她沒有感覺。

貝琳達跟希西眼中放射出飢渴的八卦光芒，兩人都想把她攔下來質問。但伊娃躲過了每一次進攻，這邊聊完了換那邊。她不敢正視她們。還不行。連要從哪裡開始說起都不知道。

心跳加速的她瞄了一眼在另一頭的尚恩。在粉絲圍繞下，他的不自在顯而易見，也縮到了後方的牆角裡（二〇一九年的尚恩跟二〇〇四年的尚恩相比，更能輕鬆面對人群，但依然不是交際高手）。他假裝在講手機。伊娃知道他是裝的，因為他把手機壓在耳朵上，但閉著嘴巴。她知道，因為她一直盯著他看。

他也瞄了她好幾眼。左看，右看，然後，彷彿他控制不住自己了……死盯著看。她暈了。各種頭暈的因素都來了。太陽穴的悶痛。恨天高的鞋跟。性感的小洋裝。不知道為什麼變緊了，像保鮮膜一樣吸住她的身體。她一直挪動臀部的布料。這是樣版的2號，其實是0號，伊娃平日穿4號，生理期前卻要穿6號。過緊的衣服，還有她的過去如此無禮地衝撞上她的現在，讓她好幾個小時都不能順暢呼吸。

手機響了一聲，歐卓的簡訊一封封湧入，責怪她忘了買「女性主義象徵」藝術期末考的材料：

今天，下午7:35

寶貝女兒

媽咪你忘了幫我買莉澤特外婆肖像的材料！星期五要交了！沒有羽毛當頭髮我做不完，很好，繼續不支持我的藝術創意吧再聊，親親

就這麼一次，她選擇不理女兒的抗議。從小教導歐卓她的外婆是女性主義的象徵，也讓她覺得很可恥，現在暫時不管了。從好處想，是修正主義者的歷史。從壞處想，徹頭徹尾是個謊言。

手機又響了，人數最多的《受詛咒的戀人》臉書社團有新貼文通知。社團管理員住在佛蒙特州，是個精力充沛的家庭主婦，她的丈夫販售聖誕樹，很有錢，伊娃巡迴簽書時她靠著丈夫的資

助，每站都會參加。@GagaForGia（吉雅隊的嘎嘎）是她的頭號粉絲。消息也最靈通。

《受詛咒的戀人》團隊社團

八卦八卦，來自布魯克林博物館的作者八卦。我們的伊娃（跟一些人）參加了座談會，講種族主義什麼的。消息來源說，「我們」有人上台了！據說是名作家，叫尚恩．霍爾？他大讚《受詛咒的戀人》。還有，大家知道伊娃手腕上紋了賽巴斯汀的簽名，對吧？那個彎曲的S？

這個叫尚恩的人，手腕上紋了一個G。同一個地方，同樣彎彎曲曲的字跡。G當然是吉雅的首字母。他肯定迷瘋了。

但是，朋友們，事情不單純。我們都知道，吉雅不用腓尼基字母。《受詛咒的戀人》裡從沒提過她的簽名。

還有喔。尚恩．霍爾的眼睛是「古銅色」。跟賽巴斯汀一樣。

照例，請在評論裡留下第十五集的情節預測。還有，別放下《受詛咒的戀人》#staycursed。

伊娃的心沉到了谷底。

只用了四十五分鐘，她深深埋藏的私人生活變成公開的肥皂劇。

伊娃不知道尚恩為什麼在某一個星期一的傍晚呼嘯著進入她的人生，但她知道：他得離開。

不是現在，而是馬上。

很急，但不光是尚恩的關係。伊娃很怕自己跟他在一起的模樣：失控。不負責任。衝動行事。她費盡全力，把那個苦惱的少女埋藏起來。現在他卻來了，要把那個女孩挖出來。

跟尚恩分開後過了兩年，她來到紐約，簽了新書，賺了錢，還換了名字。珍納維伊芙．默西耶變成伊娃．默西，天衣無縫。伊娃．默西窮盡心力，建造出如迪士尼電影般安全的人生。她嫁給地球上最單純的男人，經歷了世界上最友善的離婚。住在布魯克林最適合家庭居住的區域。《受詛咒的戀人》系列很情色，但她為什麼不肯寫新的題材？因為這是最安全的做法。

但是。有時候，她確實會想起他。凌晨兩點，獨自躺在醫院的病床上，或在文思枯竭的時候。他會出現在她思路的邊緣——沒有面孔，就一種感覺。他溫暖、帶著薄荷味的香草氣息。他粗糙皮膚的柔軟觸感，就像用絲絨撫過穀粒。

十五年來，他們一直沒有碰面。伊娃一定要知道，他為什麼會在這裡。她想好了，可以用美國運通卡的點數幫他訂離開的航班。尚恩一定得走。

伊娃覺得他又在看她了。他抬了一下下巴，動作微不可見，示意她到他那邊去。她皺起眉頭，比個手勢，要他過來。現在已經夠緊張了，她可不想踩著高蹺穿過整個房間。

尚恩點點頭。猶豫了一下。然後把拳頭塞進口袋裡，朝著她走過來。

伊娃把手機放回手拿包。再抬起頭來，尚恩已經過來了。就在她面前。

講堂裡聊天聲此起彼落。但在伊娃耳中，突然平息成細微的嗡嗡聲。天啊，他又長高了嗎？他現在好像很習慣自己的骨架。肩膀好寬，好……壯。太壯了。

她提醒自己，呼吸，呼吸。現在，她不可以這樣。當著眾人的面打量他。在台上的短短表演結束了，台下還有觀眾。

「哈囉，陌生人。」她說著，覺得全身緊縮。

「嗨。」

尚恩目不轉睛地看著她。她的胃抽了抽。

沒事。說你要說的話，然後趕快離開。說吧……

「你可不可以……」

「你要不要……」

「抱歉，你先說吧。」

「不，你說。」

伊娃集中精神，抬頭挺胸，再度開口。太折磨人了。

「你可不可以跟我約在東公園路的科修斯可咖啡廳？明天早上，十點？」

尚恩通常不聽別人的話。現在卻點頭如搗蒜。「好啊，就約那裡。」

「很好，」接著伊娃又緊張得口齒不清。「我……呃……想約等一下，但是我……我要幫女兒買東西。羽毛。當媽媽就是這樣！還有，我得把這件衣服脫掉。」

然後，她把一團紙塞進他手裡。她的電話號碼，草草寫在皮包裡找到的Hale and Hearty餐廳收據上。「有需要的話……」

尚恩把紙團塞進牛仔褲口袋，停了一拍才開口。「嘿。我不知道你會來。」

「先不說這個。」

「說老實話，你的名字不在邀請函上。我絕對不會突然跑出來……」

「別說了。」

伊娃該走了。但她動彈不得。她只能站著，太陽穴不斷敲擊，心臟怦怦亂跳。觀眾一波波走出了講堂，準備繼續其他的活動，有人在拍照。有人在笑。都很正常。尚恩和伊娃雖然在人群中，卻離正常很遠。

在衝動的驅使下，伊娃大膽地靠近了尚恩，縮短兩人之間的距離；她還以為衝動早已與她分道揚鑣。他們靠得很近。太近了。

「跟你說一件事，」她輕聲說，雙唇快碰到他的下巴。她不希望有人聽到她在說什麼。「在我忘記之前。」

「什麼事？」

「不要再把我當成你書裡的女主角。」

只有伊娃看到他的表情變化。看到了畏懼。他的嘴唇緩慢、滿足地嘛了嘛。琥珀色的眼睛亮了起來。彷彿等她這句話等了很多年。彷彿那個一到下課時間就被他拉辮尾拉了一整年的女生終於把他推開了。他看起來很滿意。

尚恩的聲音低啞，聽起來好熟悉，他說：「你先不要寫我再說。」

第八章　以吻之名

二〇〇四

珍納維伊芙的太陽穴騰騰亂跳，跟瘋了一樣。那天早上，跟莉澤特有戀童癖的男友扭鬥，讓她頭痛欲裂。學校操場上的燦爛陽光更無濟於事。

六月的第一個星期天，她到華盛頓特區這所高中的第一天。都要畢業了，才轉學來這裡，實在很尷尬。但說到格格不入，珍納維伊芙是這方面的專家。在前面念過的四所學校裡，她不是那些心機女的頭號目標，就是沒人理她。但每天晚上她都會拿出筆記本來修復自己的人生，就像時鐘的機械裝置一樣規律。她會把一整天的過程寫成對她有利的樣子。把自己變成超級英雄。用小說來復仇。

是我的錯。誰會願意當我的朋友？

她的面龐常常因疼痛而扭曲。與人對話時，她有兩種設定：直率到刺傷人，或強烈地嘲諷。她不會咯咯笑。珍納維伊芙並不想討人厭，但就跟今天一樣，還沒到學校前，她已經輪迴五次了。她還沒學到怎麼裝作若無其事，掩藏個人的不幸。

到目前為止，十二年級已經災難連連。她向來能維持優等的成績。但今年，偏頭痛已經勃發到野蠻的地步。頭痛到在學校裡無法專心，她開始曠課，在床上躺好幾天——有時候劇痛到動彈不得，有時候因為止痛藥而昏昏沉沉，有時候則兩者皆是，煩惡難忍。成績單上的A變成D-，普林斯頓因此廢止了她的入學許可。本來想靠著普林斯頓得救的，現在誰能救她？

那天早上，待在浴缸裡的時候，珍納維伊芙領悟到一件事——該交個朋友了。她想知道某個人的祕密。她也需要把她的祕密告訴別人。

華盛頓特區會是全新的開始。她就挑個人，一頭鑽進去。會很難嗎？很多可怕的人有朋友。據說殺妻的O．J．辛普森也有朋友。

前一所學校在辛辛那提，她在那裡過得很辛苦。但西杜魯門高中更難熬。操場上充斥著毫無秩序的學生，看不到老師。那群人就像五角兵團的影片，穿著復古運動衫和Timberland靴子，頭上是糖果色的編髮。音箱裡傳出瘋狂撞擊的搖擺舞節奏，有一半的人穿著Madness的T恤。

珍納維伊芙跟大家都不一樣，她看起來像個「帥妹」撞上了「我什麼都不屑」。她穿著很舊的納斯Illmatic演唱會T恤、剪成短褲的運動褲跟Air Force 1運動鞋。捲髮在頭頂束成一大捆馬尾。一如往常，用特大的男性工作襯衫遮蓋細瘦的骨架。

她在露天看台找了個位置坐下，腳下全是菸蒂。救援行動看似前途渺茫。校園裡的人群看似團結到無法攻破。不過，露天看台上稀稀落落坐了幾個孤單的學生。陽光讓她瞇起了眼睛，在座位間尋覓友善的面孔。

他坐在露天看台最上面那排，靠著貼滿了標籤的磚牆。白色T恤和Timberland靴子。腿上放了一本書，他皺著眉，咬著唇，看似在專心讀書。看起來在體驗每一個字。

那就是我讀書的樣子，她心想。

然後他翻了一頁，她隱約看見他帶著金斑的栗子色眼睛。陽光照在那雙眼睛上，讓眼睛閃出古銅的光芒。是光線的戲法嗎？這個男孩散發出如此的平靜。凡人中的天使。

珍納維伊芙信任長得好看的男生。跟他們在一起很安全，因為他們不喜歡她，喜歡舞會裡最亮眼的女孩。跟她一國的男生才值得擔心。

她朝著快倒塌的露天看台走過去。那時，她才注意到他左手臂上的石膏模，繃帶已經磨破了，但沒有人在上面簽名。她靠近了一點，看到一道剛結痂的疤痕橫過他的鼻子。再走近一步，她看到他雙手的指節都瘀血了，青青紫紫的。而且他的瞳孔完全放大了。

好吧，他看起來沒有剛才那麼像天使。不過，都站到他面前了，現在轉身也來不及。他盯著她看，有一點點好奇，然後視線又回到書上。詹姆斯．鮑德溫的《他鄉異國》。

「嘿，」她打了個招呼。「我可以坐下嗎？」

寂靜無聲。

在失去勇氣前，她一屁股坐到他旁邊。

「我叫珍納維伊芙．默西耶。」她的發音像是「薑味欽夫馬西愛」。

他對她皺皺眉。

「法文。」

他看了她一眼，好像在說別瞎扯。

「我可以坐在這裡嗎？」

「不行。」

「你自認是個討厭鬼嗎？」

「然也。」

社交實驗，失敗。珍納維伊芙早該知道，美貌不等於完美。她與當選過路易斯安那州小姐的人同住，那位小姐外型清新，有一次卻用一張露得清卸妝紙巾清理全家。

還有十五分鐘打鐘——此時，太陽快把她照昏了。她笨拙地從背包裡翻出手掌大小的滾珠瓶，裡面裝了薰衣草薄荷精油。她把精油揉在太陽穴上，刺刺的感覺很舒服。

然後珍納維伊芙才注意到他放下了書，看著她。

「我有偏頭痛，」她解釋。「痛死了，我的頭根本不能動。如果要看右邊，必須整個身體轉過去。像這樣。」

她轉動上半身，對著他。他的臉蒙上了一層懷疑與困惑。

「有人設計我嗎？要搞我嗎？」他聽起來快睡著了，語氣中帶著無聊。「你是賣藥的？我欠你錢嗎？我的錯。」

「我看起來像賣藥的？」

「我跟女生買過。」他聳聳肩。「我是女性主義者。」

「我才不會幫別人設計你或偷襲你。我自己來就可以了。」

他看了看她嬌小的身軀。「你跟顆水果糖差不多大。」

「我有拿破崙情結。」

「女生才沒有拿破崙情結。」

「好喔，才說自己是女性主義者。」珍納維伊芙翻了翻白眼，在太陽穴上掀起了小型的龍捲風。兩個女生走過來，抬眼看了他們一下，又咯咯笑著快步走開。

他對她怒目而視。「你來這裡幹嘛？」

「我想多認識幾個朋友。」珍納維伊芙說。

「我沒有朋友。」

「怎麼可能。」

「我不知道要跟別人聊什麼。」他拿起鉛筆，用橡皮擦那頭戳住石膏模，把鉛筆慢慢拖來拖去。「正常人會聊什麼？舞會？Murder Inc.樂團？」

「我要知道就好了，」她坦承。「但是沒關係啦！我們坐著不講話，也很好。」

「那你努力吧。」他的視線又回到書上。

好吧，他沒有很喜歡新朋友。但是，在這所巨大又可怕的學校裡，她起碼認識了一個人。接下來，不知道該怎麼辦了，她用手擋住眼前的陽光，繼續把精油揉進太陽穴裡。

珍納維伊芙感覺到男生在看她。她正想解釋薰衣草能舒緩緊張，他卻從牛仔褲口袋裡拉出一副雷朋太陽眼鏡遞給她。她戴上了眼鏡，沒想到他會這麼慷慨。他吐了一口氣（放棄抵抗了嗎？），闔上書，往後靠在磚牆上，閉上了眼睛。

珍納維伊芙只能盯著他看。她從來沒有看過像他這樣的面龐。她的胃抽動了幾下，她咬住了下唇。不要吧。她不可以動心。她不相信自己；總會陷太深。

但是，光看他幾眼，沒關係吧。她細細研究他如夢如幻的表情，納悶他嗑了什麼。

「嗎啡？」她問。「K他命？」

他睜開一隻眼睛。「你真的不是賣藥的？」

「我有合法的處方。基本上也算是藥劑師吧。」她頓了一下。「『噢，真誠的賣藥人。你的藥效很快。』」

「『一吻之下，我命休矣。』」他不假思索地回覆。「濟慈？」

「莎士比亞！」珍納維伊芙大喊。「記得是哪一齣戲嗎？」

「《羅密歐與朱麗葉》。」他咕噥著說。

「你會寫東西？還是只是在上進階先修英文班？」

他聳聳肩。

「我也喜歡寫作。你很厲害嗎？」

他又聳聳肩。

她嘻嘻一笑。「我比較厲害。」

這時他笑了起來。猝不及防，就像在納尼亞，被逃竄出來的獨角獸踩了過去。天啊，這傢伙不簡單。她需要分散一下注意力。

「我……我餓了，」她脫口說了一句不合時宜的話。「你要吃桃子嗎？我有兩個。」

他搖搖頭。珍納維伊芙拉開背包的拉鍊，挖出一個桃子，跟一把精巧、鋒利的折疊刀。她把手肘靠在膝蓋上，噠一聲拉開刀子，對準了桃子的凹縫。感覺到刀鋒下緊緊的果皮，很令人滿意。緊繃。輕輕一壓，果皮爆開了，汁水一滴滴落下。她用舌頭接住了果汁。然後以拇指為支點，切下一塊果肉，丟進嘴裡。

珍納維伊芙邊大嚼桃子，邊瞥了新朋友一眼。他好像有生以來第一次看到天上的彩虹。

「你這樣吃桃子？」

「我喜歡用刀子。」

他眨了眨眼睛。一下。兩下。然後用力搖頭，彷彿要甩掉腦袋裡的東西。

「不會吧，」他說。「你該走了。我不想惹麻煩。」

「麻煩？但是……」

「你會招來麻煩。我比你更糟糕。我對你的健康有害。」

「我已經是健康危害了。」珍納維伊芙一把扯下了太陽眼鏡，加重她的語氣。「我們現在是朋友了！你說你不懂怎麼跟人聊天，你現在跟我聊起來了。」

「我說我不知道跟正常人聊什麼。」他看著她。「你不正常。」

她不確定對不對，但他似乎在恭維她。她覺得有人懂她。這倒是件新鮮事。胃又開始抽動了。

「你怎麼知道我不正常？我們才剛認識。」

「那你是什麼？」

珍納維伊芙的手肘撐住了大腿，下巴擱在手上。她不知道要怎麼回答。怎麼形容自己？她累了。病得累了，禍從口出，累了，對抗那種以為上了媽媽也可以上女兒的男人，累了，厭惡自己厭惡到累了。

或許不該告訴他事實。太醜惡了。但是，或許誠實才是交到朋友的關鍵。

對別人好一點。要有禮貌。

「我人不好，」她輕聲承認。「沒有禮貌。」

他緩緩點頭。然後搔搔下巴，垂眼看著他的Timberland靴子。

「我也是。」

就這麼開始了。小小的招供。珍納維伊芙從來不告訴別人她有事，看來他也不曾說出口。她轉過身，想對著他說話。卻僵住了。因為她對上了他的目光。

有個東西裂開了，一種諒解，一種相互的拉力——極為異常，極為偶然，珍納維伊芙因此倒抽了一口氣。驚呆之下，她張開了嘴巴。然後她停止了呼吸，因為他迷濛的眼神從她的眼睛慢慢移到了她的嘴唇，又移回了她的雙眼。一個有把握、滿意的微笑掠過了他的臉龐。猶豫了一下，她報以微笑。

然後，結束了。他的心思回到書上，彷彿那個親密到超乎尋常的一眼其實來自想像。珍納維伊芙的世界變得東倒西歪。但她很確定一件事。

我注定要認識他，她心想。

「那——」她低聲說，「你叫什麼名字？」

「我說了，我沒有朋友。讓我靜靜地憂鬱吧。」

「不要抵抗好嗎。那石膏怎麼來的？」

他嘆了口氣。「我的手臂斷了很多次。」

「見鬼了。缺鈣嗎？」

「不是。我故意的。」

珍納維伊芙呆呆地看著他。打鐘了。擴音器裡傳來男中音的聲音，不知道說了什麼，擠滿操場的學生魚貫進入紅磚建築物。他們兩個人都沒動。

「你才不會弄斷自己的骨頭，」她輕聲說。「你只是反社會，想嚇我，把我嚇跑。」

「有用嗎？」

「沒用。」珍納維伊芙真的錯愕了。「你有什麼毛病？」

他嘆了口氣。「說也說不完。」

「我真無法想像，會有人做這麼病態的事。」

「想不到嗎？」

她發現他的目光已經移到了她的右臂。寬大的衣服已經滑下了肩膀。上臂一條條淺淺的、水平的割痕都露了出來。有幾條貼了OK繃，有的結痂了，有的已經變成疤痕。珍納維伊芙日常的寬鬆穿著就是為了蓋住疤痕——但在學校已經滑下來好幾次了。她已經想好，有人問，她就說是濕疹。只是，從來沒有人問過。

她用力一拉，再用袖子蓋住了肩膀。

「你不知道我過的是怎麼樣的生活。」她厲聲說。

「試試看啊。」他雙眼如星，快把她活活吞進去了。

一股電流通過她的身體，一個很原始、很污穢、很絕望、很混亂的東西。看到了疤痕，就表示看見了她的本質嗎？曝光了？令人暈眩，又令人害怕。珍納維伊芙希望可以把她的祕密告訴別人。但她並不期待一個旗鼓相當、一樣瘋的人。也沒想到那個人會是個男生，長得那麼好看，用那種表情看她。

他不知道用什麼方法鑽進她的頭顱裡，像蛇一樣伸出獠牙咬住了她的腦子，用希望毒死了她。好殘酷的招數。

珍納維伊芙向前暴衝，抓住他的T恤，把他拉到跟自己一樣高的地方。

「我不准你那樣看我，好像我在幫你吹，」她氣呼呼地說，左手仍抓著她的桃子。「你現在喜歡我了？以為你很厲害？男生就愛折磨眾人眼中的怪胎，瘋子。但是你知道嗎？我反正已經遍體鱗傷，所以——」

他從自己的衣服上拉開她的拳頭，把她的手臂一把扭到背後，像野獸一樣迅捷。珍納維伊芙彎下身子，深吸了一口氣。她的身體感受到一股帶著快感的戰慄。

他扣著她的手，過了一秒，把嘴貼上了她的耳朵。「不要。」

「不——要什麼？」

「不要說自己是怪胎。」

他放開了她。然後搶走了她的桃子，放肆地、汁水淋漓地咬了一大口。再用手擦了擦嘴巴。

「我叫尚恩。」他的眼中閃著勝利的光芒。然後，他走了。

✦ ✦ ✦

珍納維伊芙找到了教室。在門口探頭一看，裡面亂糟糟的。兩個人在饒舌接力，一個女生在拆自己的辮子；一個男生抓著桌子往地上砸。四個學生坐著打瞌睡；還有一個睡在地上。老師在黑板前解釋光合作用，珍納維伊芙在私立學校上五年級的時候就學過了。

在最遠的角落裡，快倒到地上的椅子裡，坐著尚恩。

經歷了剛才那樣的衝擊，她還沒準備好再見到他。她拖著腳離開了露天看台，覺得自己被龍捲風吹走了。

她轉了轉有缺角的復古貝雕戒指，她從莉澤特的首飾盒裡偷出來的。通常摸戒指就能讓她平靜下來。但是，現在不行。

她深呼吸一下，走進教室。全班同學終於安靜下來，沉寂中浮現了警戒。三十雙眼睛盯著珍納維伊芙，看著她選了一張前排的空位。她坐了下來。

突如其來的寧靜讓老師轉過了身。

「你是誰？」

「珍納維伊芙．默西耶。抱歉，我迷路了。」

「我們全都迷路了。」韋斯穆勒老師像惠比特犬一樣細瘦，臉色蠟黃。他看起來好像得了單核白血球增多症。「各位同學，我們一起歡迎珍納維伊芙。」

「什麼爛名字啦！」一個女生大叫。

「楊恩，她的名字為什麼聽起來好像佩佩樂皮尤？」

珍納維伊芙把身體往下壓得更低了。韋斯穆勒老師轉回去對著黑板。

「賤人，她以為她頭髮多就是艾莉婭。」

「假髮啦。」珍納維伊芙後面穿著Apple Bottom牛仔褲的高個子女孩說。

她轉過頭，對著她。坐在最後面的尚恩接住了她的目光。搖了搖頭。珍納維伊芙沒有接受他的警告。「你說什麼？」

「我說頭髮不是你的，婊子。怎樣？」

「對啊，怎樣？」一個瘦弱的男生從牛仔褲女生身邊冒出來，應該是她男朋友。全班都盯著珍納維伊芙看。她被包圍了。唯一一個認識的人跟她隔了四排。她毫無勝算。

「沒事。」她悶聲說。

「我不覺得，」牛仔褲女孩說，班上其他人繼續各種惡作劇。珍納維伊芙聽到男朋友低聲對牛仔褲女孩說：「嘿，動手啊。」

教室裡彷彿有電流通過，安靜了一刻。珍納維伊芙的脖子用力突然往後一折，頭上的重量不見了，感覺很詭異。她轉頭一看，牛仔褲女孩一手抓著她一大半的馬尾，一手拿著剪刀。男朋友咯咯笑了起來。

「我去叫米勒校長。」韋斯穆勒老師講話像機器人一樣，一點也不急，講完就走了。

珍納維伊芙摸摸脖子後面，頭髮不見了。暴怒湧過她的全身，她用力一推牛仔褲女孩的桌子，撞得她往後翻倒。牛仔褲女孩尖叫起來，她沒受傷，但被椅子壓住了。

「讓她死！這個新來的賤貨該死！」男朋友嘶喊著，不知道對誰下指令。

「住手，」尚恩站了起來。「你。跟我打。」

全班的目光都轉向男朋友。看得出來，他並不想跟他打架。

一個女生說：「不要吧。尚恩要亂搞的話，我要走了。你們他媽的不要亂搞，都要畢業了，不要害我被留校察看。」她抓起背包，走了。

「跟我打啊，黑鬼。」尚恩又說了一次。兩人現在面對面站著。其他人在旁邊圍了一大圈。

男朋友弱弱地揮出一拳，掃過了尚恩的鼻子。尚恩把雙臂交叉在胸前。他又打了一拳，這次加重了力氣。尚恩對著他的耳朵說了一句話，讓他認真向後退了一步，然後打中了尚恩的太陽穴。全班開始大喊，「打死他，打死他。」男朋友連連揮拳，把尚恩打倒在地。尚恩的鼻子跟嘴唇都流血了，但他依舊沒有還手。

「住手！」珍納維伊芙大吼。「拜託你了，尚恩，只是頭髮而已！」

尚恩猛地推開了對手，站起來。他呼吸急促，亂了節奏。然後，舉起斷了的手臂，石膏模裡那隻，重重甩過男朋友的臉，發出令人難受的重擊聲。男朋友倒下了。

尚恩手上的骨頭又斷了，他把斷臂抓在胸前。他站在那裡，渾身顫抖，咬緊了牙根，面色灰暗。他對著珍納維伊芙，血淋淋的臉上浮現了微笑，然後癱倒在地。她從來沒有看過這麼可怕、又這麼優美的姿態。

「快叫人來。他……」

珍納維伊芙看到牛仔褲女孩的拳頭揮向她的鼻子，眼前金星亂閃，然後就失去了知覺。

六個小時後，在聯合醫務中心的急診室裡，珍納維伊芙跟尚恩躺在相鄰的病床上，四周圍上了布簾。學校的輔導老師，古斯曼老師，坐在兩人中間的折疊椅上，他們已經在醫院躺一天了。男朋友的顴骨裂了，他已經出院，跟著祖母回家。牛仔褲女孩跟阿姨走了，她的肩膀瘀傷。尚恩的手臂打了新的石膏模，在上唇和左眉之間總共縫了十四針。珍納維伊芙的傷勢最輕，一隻可怕的熊貓眼跟一頭更可怕的短髮。

她跟尚恩被留校察看，但身為十七歲的未成年人，要有爸媽或監護人來接，才能合法出院。古斯曼老師找不到莉澤特，也不算意外。

古斯曼老師也找不到尚恩的監護人。他住在教養院裡，但老師聯絡不到那裡的管理員。

他們只能躺著。等待。古斯曼老師又出去抽菸了，第三十七次。

珍納維伊芙痛苦難耐。那一拳讓她的腦袋砰砰作響。急診室的醫生處理了眼上的瘀青，但不論她多麼驚惶，拚命懇求，還是只給了她安舒疼治頭痛。對她的疼痛程度來說，這種藥跟M&M's巧克力差不多。

她抖得很厲害，只能把身體蜷起來，用指甲摳著前臂來轉移注意力。

「珍納維伊芙？」尚恩從他的病床上輕聲喊她。

「薑味欸夫，」她咬牙切齒，生氣地糾正他的發音。

「你還好嗎？」

「不好。」

她看著他去走廊上張望了一下，又拉上了布簾。他從牛仔褲口袋裡掏出一袋藥丸，去飲水機倒了一紙杯的水。又把藥丸跟水都遞給她。

「奧施康定行嗎？」

「要磨碎。」她嘶聲說。

尚恩從他的百寶口袋拿出一張提款卡（上面不知道是誰的名字），在金屬藥盤上把藥丸切碎，分成四條線。他輕手輕腳地把藥盤送到她的鼻子前面，用沒斷的那隻手托住她的後腦，珍納維伊芙把藥粉一條條吸進去。不是很好吸，但立刻生效——痛感變得模糊，她的臉放鬆了，肌肉也變軟了。太好了。奧施康定無法止痛，但可以讓她不要那麼難過。

「你是我最最最最好的朋友。」她嘆口氣，覺得無力，覺得傻。

他把剪壞的捲髮從她臉上撥開。她把臉靠在他的手上。他的手就該放在那裡。

「那我最好要學會你名字的正確發音。」

「你叫我什麼都可以，」她含糊不清地說。「只要你願意叫我的名字就好。」

尚恩臉上浮現了微笑。「走吧。」

「去哪裡？」

「我們可以去一個地方。反正他媽的沒人在乎我在哪裡。你爸媽會管你嗎？」

珍納維伊芙想到在家裡的莉澤特，她在等女兒回家叫醒她，然後去那個噁心男友的酒廊做她噁心的工作。

不用想答案了。

他們冷靜地穿過走廊，表現得若無其事。但一穿過醫院的出口，他們就手拉著手，跑了起來。不管尚恩去哪裡，她都願意跟著去。

星期二

第九章　言詞上的羞赧

尚恩提早二十五分鐘到了其實不是咖啡廳的科修斯可咖啡廳。這間不時髦的餐室有六十年的歷史，在皇冠高地還是波蘭區的時候就開業。內裝停留在一九六四年：美耐板餐桌、強烈的螢光軌道燈、亮紅色乙烯基雅座，天花板上還有吊扇，沒裝空調。尚恩粗略掃過Yelp評論網站，看來他們的義大利千層麵不錯。但他覺得很焦慮，應該吃不下。

焦慮到不知所措，只能找個窗邊的雅座坐下。然後開始等。他打開YouTube，找出機場重聚的影片，安撫急速的心跳（除了跑步，看這種影片也能幫他度過戒酒的難關）。

十點零二分，伊娃猛衝了進來。她重重踏著腳走到接待台，脫去了昨晚魅力女神的穿著，看起來很不一樣。狂亂的捲髮、貼身的坦克背心、男友牛仔褲、耐吉的喬丹鞋，簡簡單單。但那副眼鏡又性感到引人遐思。這個早上，她甚至變得更危險了——更甚於昨晚。

尚恩則從鎮定的成人轉為為她癡狂的青少年。

珍納維伊芙。真的是她，完全成熟了。伊娃。可絕對也是珍納維伊芙。

尚恩的思緒亂成一團。昨晚發生的事，他還沒來得及細想；他平常就是這樣。他做夢也沒想到珍納維伊芙也會在那裡。他只有一個目的，就是跟希西拉關係，跟她要珍納維伊芙的聯絡方式，而且要裝得不在乎。要是希西問他想幹嘛呢？嗯，他還不確定要用什麼藉口。

如果先仔細思考過，他就不會來紐約了。

尚恩看著珍納維伊芙（伊娃——他得習慣她的新名字）對著領檯員輕聲說話。不過她還沒發現他已經到了，他用這私密的幾秒盡情欣賞她。想在這女人身上找到那個女孩。

當年的那個女生，有稜有角，細細瘦瘦，隨時可能爆發出預料不到的情況。有點嚇人。又非常令人驚嘆。她的表情很清晰——心緒全部寫在臉上。還有那個酒窩，在她的右頰上，可愛得要死。她一微笑，酒窩就冒出來；一講話，就冒出來；一吸氣，就冒出來。左邊也有一個，但沒有那麼明顯。彷彿上帝以高超的技巧構造出右邊的酒窩後，卻說我累了，這個就隨便吧。

那個女生令人無法抗拒。這個女人卻完全不一樣。她的稜角軟化了。她站得更挺，說話時既機靈又有自信。在寫作上，她是狠角色，十九歲起就是出版界的成功故事，表現極為出色。青春期的怒氣漸變成另一種東西：力量。

領檯員指指尚恩，伊娃大步走了過來。態度很堅定，外表很亮麗。

他知道自己要完蛋了。

她輕巧地坐到他對面，輕巧地扔下手提袋，就是一個博覽群書的黑人女孩該帶的包包。他們終於能獨處了。

作品非常大膽，讓乖乖的家庭主婦夢想能跳上掃把（或跳到一個超帥的黑人男生身上），逃離自己的生活，這樣的伊娃開口了，「好。呃。嗨。」

作品非常抒情，讓古板的普立茲獎董事會成員想要捲成一團，播放嘻哈專輯《Damn》，沉思人類矛盾的祕密，這樣的尚恩勉強開口了，「眼鏡，好看。」

「噢。真的嗎？嗯……謝－謝謝，」她說。「嗯……開始寫書後，我發現我有近視，就做了雷射手術。我的視力一直都很正常，但是，幾年前，二〇一七年……不對，二〇一五年……就開始惡化。我的眼科醫生叫史坦伯，是猶太人，哈西迪派，他人很好，說我有閃光。所以，眼鏡就戴上了。」

尚恩努力了一下，但還是笑出來了。她的用詞是一種言詞上的羞赧。

「『閃光』感覺不太對，」他說。「一般都說『我有散光』。」

「『負鼠』也是。我一直以為是富鼠。」

「所以，不尷尬嘍。」

「超級正常。」伊娃一口氣喝光了一杯水。

「我……我不知道該說什麼，」他仍未脫離震驚，講話也結結巴巴。「你看起來沒變，但很不一樣。」

「昨天晚上那件衣服是希西叫我穿的。還有把頭髮弄直。」她撥了撥瀏海，有點緊張。「我平常就是這個樣子。」

「我知道你是什麼樣。」他就想說這句話。

伊娃挪動了一下，拿起盤子上夾在薄膜片裡的菜單。

「你看起來也不一樣了。」她起了個頭。

「怎麼不一樣？」

「你的眼睛睜開了。」

「我現在很清醒。」

「我……真沒想到。」

「我也是。」

「多久了？」

「兩年又兩個月。」

「能堅持下去嗎？」

「過兩年再告訴你。」

「不會吧，你可以的。」

他的胸口似乎有一股暖流通過，但他裝作若無其事。「那麼，你就要把我寫得很邪惡，嗯？吸血鬼？」

「如果獠牙可以裝進你的嘴裡，」她反駁。「你一定要把我寫成可愛又心地善良的逃家女孩嗎？」

「不是我寫的。你本來就是。」

伊娃從籃子裡挑了一塊半月形的全麥麵包，拿在手上撕扯，感覺很焦慮。不論她有什麼感覺，他都不肯讓她獨自感受。為了表現團結，他也拿了一塊麵包。

服務生及時出現，幫他們點餐。她六十多歲，有點風騷，戴著桃紅色的蕾絲髮帶，有東歐口音。

「水就好，」伊娃一本正經地說。「算了，給我一杯巧克力奶昔。」

「兩根吸管嗎？」服務生說。她對伊娃眨眨眼，又把尚恩從頭到腳打量了一下。「哎呀，好一個巧克力甜甜圈，好可口。」

「一根吸管就好。」伊娃說。

尚恩掃視著菜單，目光停在天然果汁上，沒忘了他的健康新生活。「嗯，我要一杯薄荷羽衣甘藍純淨綠汁。」

「聽你的口氣，好像很不情願。」服務生丟下評論，蹦蹦跳跳地離開。

伊娃開口了。「我寫的書，你都看了。」

「每一行都讀了。」他丟了一塊麵包到嘴裡。「你也看過我的書。」

「邊看邊畫重點。」

「我說的都是真的，」他說。「我是你的頭號粉絲。我現在是英文老師，學生在課堂上讀霍桑的時候，我讀你的書。」

「你教書？」伊娃毫不掩飾聲音中的懷疑。「怎麼會有學校讓你有機會靠近他們的學生？」

「我已經不是從前的我。」他自信的微笑帶來了可信度。「我覺得，這就是作家口中的角色弧線。」

「是喔。」伊娃歪頭看著他。「說到作家。你拿《受詛咒的戀人》當演說題目？就……好像……你到底想……」

尚恩縮了縮身子。他從來沒有想過，他們會在彼此面前說不出話來。多年前，他們有種純粹出於本能的節奏。不需要言語的連結，很原始，才認識幾分鐘，就抓到了這個節奏。但是，頭腦清楚的成人不會冒昧行動。

當然，如果是以前的尚恩，他長大後也當不好成人。

「說吧，」他說。「不管你說什麼，都可以。」

「好吧。」她推了推眼鏡，動作不優雅，但很吸引人。「你針對《受詛咒的戀人》發表的演說？太過分了。你不可以隨隨便便就從二〇〇四跳到二〇一九，把我嚇個半死，又……從狂粉的角度把我的超自然情色小說講進一篇博士論文裡。這些書是我的心血，我自己也知道寫得不算好。聽你用那種口氣講話？你？過了十五年？我都要窒息了。」她喘了口氣，怒氣沖沖。「昨天晚上，你為什麼要上台？」

「希西叫我去的。」

「你可以說不要。」

「沒錯。你也可以穿牛仔褲。」

「OK，有道理。我們只能聽希西的話。」

「要聽真話嗎？我嚇壞了。」尚恩又拿了一塊麵包。「我沒想到會看到你。我還沒回過神，我們就一起站在台上了，你又提起小八，我就……暈了，不知不覺講了一大篇。」

「其實，我們聊的不是書，尚恩。大家都知道。」

「我知道。可惡。我在戒酒無名會還拿到了最佳溝通的證書呢。怎麼會搞成那樣？」

「好問題。」她的回覆很尖銳。

服務生又挑了一個最佳的時機出現，端著尚恩的薄荷羽衣甘藍綠汁和伊娃的奶昔過來。

尚恩喝了一大口，立刻後悔了。薄荷超可怕。味道像漱口水做的果昔。他強嚥了下去，鼓起雙頰，表情悲慘。伊娃很大方地把自己的奶昔推了過去。

「謝謝，」他喝了滿滿一口。健康人生真討厭。「星期天，我要去文學獎擔任頒獎人。」

「不會吧。你從來不參加頒獎典禮。也不參加座談會。而且你絕對不會到布魯克林來。你為了避開我，一直很小心。」

「一般來說，我一直在逃避人生。」

伊娃肆無忌憚地翻了個白眼。

「我沒騙人！」尚恩連忙辯解。「在這段時間，你倒是不錯。進了普林斯頓。結了婚，有個漂亮的女兒。」

「你怎麼知道我的事？你又不上社群媒體。」

「才不要呢，現實生活中的人就夠奇怪了。不需要透過可笑的濾鏡觀察他們的精神病，」他皺起眉頭。「但是，沒錯，受虐癖發作的時候，我搜尋過你的消息。你跟歐卓像母女版的《末路狂花》，參觀博物館啦、公路旅行啦、拉力賽那些的。去無線電城音樂廳聽崔維斯．史考特的演唱會。」

伊娃攏了攏頭髮，自知有資格得意一下。「歐卓真的很棒。集合了我跟她爸的優點。」

「他本人是什麼樣子？」尚恩知道自己問太多了。

「崔維斯．史考特？」

「歐卓她爸。」

伊娃用力往後一靠。她臉上露出一絲痛苦，用指節揉了揉太陽穴。「他很穩定。」

尚恩還沒問完。「他在哪裡？」

「你說呢？男人完事以後會去哪裡？」伊娃的眼睛像要射出火焰。「他關你屁事。你根本不了解現在的我。」

「我了解，太了解了。」他的話語壓上了舊時的痛楚。那種痛，會一直游移在思緒的邊緣，永遠不離開。

「你不了解我，」她嘆口氣。「我不是從前的我了。每次回想起過去，我都覺得很可怕。」

「你只是想活下來，」尚恩說。「溺水的人為了吸一口氣，什麼都做得出來。」

伊娃看看自己塗成黑色的指甲，面無表情的模樣讓人想發火。這時，尚恩的大腦命令他說出他有生以來最愚蠢的一句話。

「我本來想打電話給你。」

聽到這句話出口後，尚恩知道伊娃該對他挑挑眉，傳達她的不信與震怒。兩個可能，一個翻桌，另一個則是笑倒在地。

「真有趣，」她說。「我本來想接睫毛。」

尚恩覺得應該再試一次。「我沒辦法打電話給你，因為我亂糟糟的，沒辦法做出理性的決定。有幾年我過得很不好。」

「拜託，」她嗤之以鼻，「你是我們這一代的名作家了。」

「也是喝得最醉醺醺的，」他說。「你看，名聲救不了你。只會有粉絲想盡辦法駭進你的Pornhub帳號，拿到你的信用卡資訊，追蹤你的去向，穿著暴露的夜店服裝追到紐西蘭，出現在你預訂的Airbnb裡面。」

「暴露的夜店服裝？我不是很懂你的說明。」

「你的粉絲是戴女巫帽的大男人。說明你膽量也不小。」

「你為什麼不像文明人一樣，用Pornhub的串流服務，在網路上看就好？」

尚恩被激怒了。「有病毒。」

「唉。」

「不管了，」他拗了拗指節，「戒酒無名會也教我們要補償過錯。我想把酒精都排乾淨了，再來找你。現在我準備好了。」

「哦，所以你來找我，因為你準備好了？有夠自大，以為我會願意跟你聊？」

尚恩直視她的眼睛。「對啊。我就是這樣。」

「去死吧！」伊娃抓起手提袋，站了起來。

「別走，」他衝口而出，眼中的渴求讓她停下了腳步。「拜託。我知道，你不會原諒我。我沒有遵守承諾。但是現在我可以向你解釋。」

「不用了，不用解釋。我沒事！」她不像沒事。她渾身顫抖，他快難過死了，都是他害她這麼痛苦。

一直都是我的錯，他心想。

「我們的事還沒完，」他說。「你明白的。我們還因此發展出了事業。」

伊娃又坐了下來。兩人之間泛起了一波波的緊張，空氣彷彿凝結了，幾秒鐘變得像好幾年那麼長。尚恩暗自祈禱，希望伊娃會開口——但她就坐在那裡生悶氣，視線盯著桌面。她開始慢慢地把餐巾紙撕成碎片，雙唇緊緊抿成一條線。

等她終於抬眼看他，憤怒的目光如熊熊的火焰。

「我們沒有發展出事業。我很努力向上爬，」她低聲怒吼。「你醉醺醺地寫了四本經典作品？我每年要寫一本爛書，才活得下去。你懶得巡迴簽書？我一天到晚在打書。你可以很豁達地抵制社群媒體？我一整天發文，免得被讀者忘記。我應該跟你自拍來讓人按讚，還好我不想！」

「這裡光線不好吧？」

在戒酒無名會，尚恩常用玩笑來消除緊張。他運氣好，伊娃深陷在她激昂的演說裡，沒聽到他的笑話。

「我連紐西蘭都沒去過！所有的時間都拿來寫《受詛咒的戀人》！我還欠希西一本，要寫什麼都不知道，現在我要破產了，還能雪上加霜嗎？可以！我一直把夢想的書擱在一旁！」

「你夢想的書，是什麼？」

「不想說，」她厲聲說。「重點是，我工作到昏天黑地。你呢，什麼也不用做，就變成傳奇。」

「我裝得神祕，才能變成傳奇。」

「就因為把我寫進書裡，你才會變成傳奇。」她把奶昔搶回去，灑了一點在手上。心煩意亂地，她吸掉了手上的奶昔。

尚恩的腦子暫時放下了他們的對話，太痛苦了。

「你利用我的創傷，」她繼續怒斥。「在我陷入危機的時候。沒有人愛。也不是小八。」

尚恩瞪著她，覺得被掏空了。*沒有人愛*。伊娃不知道她對他有什麼魔力。也不知道他心目中的她是什麼模樣。她怎麼會不知道呢？

「小八很可愛，因為你很可愛。」他的聲音很堅定，很明確。「你沒辦法想像你那時候是什麼樣子。」

「我知道我自己是什麼樣子。」

「你不知道。」尚恩一臉嚴肅。「你闖進我的孤獨，要我看到你。你讓我無法抵擋。又野，又怪，又出色，我沒有選擇。從裡到外我都喜歡。就連嚇人的地方我也喜歡。我就想溺死在你的洗澡水裡。」

伊娃張開嘴，準備回話。他搖搖頭，要她先別開口。

「我在小說裡把你美化了，因為在真實生活中，我也把你美化了，」他接著說。「沒錯，就是男人的視角。我很抱歉。但我只能用我自己的方法亂寫一通。」

「你亂寫的是我的一通！」伊娃使勁把拳頭砸在桌上。隔了一張桌子、正在看菜單的那家人聞聲抬起頭來。

「你要決定什麼是你的，什麼是我的？」尚恩提高了音量問她。「我寫了四本小說。你寫了十四本！一整套，在每一本裡，你都對我下了克里奧爾的魔咒。」

她放聲大笑，聽起來卻很陰鬱。「要是可以對你下魔咒，你以為我就不會在書裡折磨你嗎？」

「我如果是吸血鬼，起碼讓我表現得酷一點！這套書從頭到尾，我都畏畏縮縮躲在城堡裡，而我的女巫靈魂伴侶，綜合了小威廉絲跟神力女超人的特質，在外面為了真理和正義而奮戰。賽巴斯汀做得好的事情只有——」

「不准你說！」她打斷他的話。「我的貸款都從那些場景來的。」

尚恩沒說話，靜靜地喝了一大口水。玻璃杯擋住了他狡猾的笑容。

「我現在就把這杯奶昔摔到你臉上——不要以為我不敢！」

「我什麼都沒做！」

「聽我說，」伊娃覺得兩頰要燒起來了。「《受詛咒的戀人》不是寫給別人看的。我只想寫給自己看，然後就能忘記你。我把自己變成超級英雄，充滿力量，因為我覺得自己很軟弱。把你變成沒用的打炮對象，因為我就小氣。結果寫出了事業，我也被我們絆住了。」

「真的絆住了？吸血鬼要死也不難。釘木樁、用太陽照、胡搞一下不就好了？」

「我的吸血鬼，」她的口氣很傲慢，「只能用泡過蒜蓉醬的銀質解剖刀殺死，蒜頭必須在閏年的夏至那天收成。」

「說得沒錯。」尚恩的嘴角浮現出不懷好意的微笑。「你有沒有想過，殺死我為什麼會變得那麼難？」

「因為要付私立學校的學費！你又為什麼一直寫我？」

「看不出來嗎？」

「當然看不出來。」

「我不光是寫你，」尚恩說。「我要寫給你看。」他的話彷彿凝結在空氣中——很大膽，也不可能聽不懂。他遲疑了一下，不知道她會有什麼反應。他向來只說實話，不在乎別人怎麼解讀。但他在乎伊娃的想法。

「我寫書的時候，假設只有一個讀者，那就是你，」他斟酌著用詞。「我的書做到了我做不到的事情。」

伊娃放慢了呼吸的速度。「做不到什麼？」

「我沒辦法當面告訴你，」他說。「我看你的小說，就知道你在看我的小說。到處都是線索。比方說，吉雅必須用掃把打敵人八次，才能殺了他們。」他臉上閃過一抹苦笑。「就算你把我撕成碎片，感覺也不錯。就像我們仍保有我們的祕密。」

伊娃雙唇微張，雙眉糾結在一起。尚恩則搔了搔自己的二頭肌，跟下巴上的鬍碴。兩人在情緒上都沒準備好要面對這樣的告解。

尚恩發覺伊娃盯著他看的時候，也停止了動作。他大膽回視她的目光，就動不了了，也忘了呼吸。一股電流流過了兩人，發出了一點亮光，然後消失了。

有另外一個平行宇宙，我一直在那裡，他心想。

「要聽實話嗎？」伊娃問他。

「請說。」

「發現我懷了女兒，我哭了兩個星期。」她的聲音低到快聽不見了。「我嚇死了，萬一她跟我一樣怎麼辦。我只有一個目標，就是要讓歐卓的世界只有獨角獸跟彩虹。我做到了。難過的時候，她會讀珊達．萊梅斯的勵志書《這一年，我只說YES》，聽《漢彌爾頓》的原聲帶，就這樣過了。她不會像我一樣，受到傷害。像我以前一樣。」伊娃補了一句。「我母親，我外婆，我曾外婆呢？都是瘋子，這是家族遺傳。但是到我這裡就結束了。」

伊娃停了一下。「沒有人知道我來紐約前過著什麼樣的生活。你就這樣突然跑出來……會有人開始挖。」

「我了解，」尚恩承認。「我會離開。但是，你可以回答一個問題嗎？」

伊娃略聳了聳肩。

「你快樂嗎？」

她的表情換成錯愕。彷彿從來沒有人問過這個問題，或她從來沒有想過這個問題。或者兩者皆是。

「我很好。」

「你的頭怎麼樣了？」

「我說了，我很好。」她咬牙切齒地說，眼中卻浮現了淚水。她再次把指節壓進太陽穴裡，一看就覺得一定很痛。

「那麼糟嗎？跟以前一樣？」

伊娃的沉默說明了一切。眼中的淚水也快奪眶而出。「可惡。」尚恩一臉擔憂。「你的醫生可靠嗎？你有沒有……男朋友，或可以幫忙的人？有人能照顧你嗎？」

「有人能照顧你嗎？」她爆發了。

「我的意思是，沒有。」

「那你為什麼要假設我要人幫忙？」

伊娃用力扯了扯手腕上的橡皮筋。力道大到她的皮膚都變紅了。昨晚在布魯克林博物館，他就注意到她在拉橡皮筋。看到她跟強迫症發作一樣，用橡皮筋猛彈自己的皮膚，他心中湧現了焦慮。他想問她，她到底在做什麼。

但我已經知道答案了，不是嗎？

「我不是故意惹你生氣，」尚恩說。「我只是希望有人支持你。」

「好吧，沒有人能幫我。天啊，你為什麼要來紐約？」

她的反應讓他不知所措，只能說：「我來道歉。」

「拜託，不要，」她低聲說。「我不想再提起那天晚上的事情……」眼淚，終於掉了下來。尚恩在位子上坐直了身子。他把手伸過桌子，輕輕捧住她的手腕。

「珍納維伊芙，」他說。她低聲啜泣起來。

「不要跟著我。」伊娃拿起手提袋，逃離了餐室。

尚恩費盡了不知從何而來的意志力，才沒有起身追她。

他只能隔窗看著她氣沖沖地沿著東公園路愈走愈遠，身影愈來愈小，轉過街口後就消失了。

她每走一步，時光也跟著倒流。尚恩猛地回到了青春期，那時他還沒開始寫書，還沒成功，不能到處旅行。回到黑暗的時代，那時他的寂寞就像流沙，他寧可傷害自己，也想停住沙子的流動——在那段歲月中只有一個亮點，就是他愛上了一個美麗的女孩，她身上的惡魔兇猛到能殺死他身上的惡魔。

七天的時間，很久很久以前的那個六月。

第十章　家族的女人

「願聞其詳？」希西倒抽了一口氣，把薰衣草味的冰拿鐵緊緊抓在胸前。凝結的水珠在她的Gucci絲襯衫上留下了一大塊水漬。

不要緊，這件衣服過季了。反正除了伊娃難以置信的故事外，什麼都不重要了。

伊娃、希西和貝琳達一同擠在鄉村風的雙人沙發裡，地點是蘇活區的媽媽咖啡，一家以南法風情著名的咖啡廳——也就是地板上鋪了藍色的地磚，掛滿了一串串的燈泡，怪得漂亮的咖啡師留著厚瀏海，嘴上殘留著昨晚的唇釉。這天早上，伊娃並不想參加這場緊急午餐約會，尤其是在見過尚恩以後。但她也拗不過這兩個人。

「尚恩是你青春期的男朋友？」貝琳達好像快停止呼吸了。

伊娃沒力地靠在鄉村風雙人沙發上。這兩位最要好的朋友在昨晚的座談會上目擊了她跟尚恩的對話——再也瞞不住了。所以她說了實話，只是省略了很多細節。也就是，她跟尚恩在高中時約過幾次會。沒什麼大不了。

「尚恩沒有要當誰的男朋友，」她說。「他是個麻煩。」

「所以，尚恩就是尚恩，」希西說。「你呢？你就是你？」

「腦子不清楚，」伊娃嘟噥著說。「聽好了，我們就只有這個快閃的……東西。然後燒光了。沒什麼大不了。」

「才怪。」貝琳達對著伊娃搖搖食指，經過靈氣加持的手環發出清脆的撞擊聲。「絕對不是。一五一十告訴我們。」

「我什麼都不記得了！」伊娃希望她的口氣能說服她們。「尚恩可能也記不清楚了。」

「太太，他不可能記不清楚，」貝琳達說。「就說他看著你的樣子吧。我的內褲都要解體了。」

伊娃嘆了口氣。她需要一個擁抱、睡個午覺，跟一筒薄荷巧克力薄餅乾。不是拷問。

「伊娃，親愛的，」希西的口氣帶著誇張的平靜。「你就是小八嗎？」「我不能確認，也不能否認。」她說。

希西眉毛一揚，彷彿拿槍指著她。

「好吧。我就是小八。」伊娃承認了。

「他就是賽巴斯汀？」

她喝了一口拿鐵，拖了一下時間，才說：「算是吧？」

貝琳達發出一聲輕噫，拿起草編紳士帽幫自己搧風。

「所以，你在告訴我們，」希西慎重地啟齒，「你跟尚恩．霍爾……我那個尚恩．霍爾……這些年來我們聊出版界的時候提起了無數次的名字，每次聊到你都假裝不認識的……你們兩個談過戀愛？祕密的靈魂伴侶，互為對方的靈感，多年來橫跨空間，透過作品交流激情的回憶？」她把畫了花的茶杯重重放到刷成白色的桌面上。「蒼天啊，這麼適合電視小說劇的故事，你怎麼能保密？」

眼神天真無邪的咖啡師猛地瞥了她們一眼。伊娃報以燦爛的笑容，然後壓低了音量。

「因為，跟尚恩．霍爾分手後，我差點活不下來。我靠自己簡直活不下去。那段日子很黑暗。在家裡，過得很痛苦。我那時候的生活一團亂，充滿怒氣。幹嘛要回憶？」

「事實上，我懂了，為什麼我們認識的時候你是那個樣子，」希西評論說。「非常兇猛。記得嗎？有個酒保叫你『寶貝』？你把香菸往他手上一捻！還說：『幫我點單，不然就親我的屁股，你要選哪一個。』」

「不是，『幫我點單，不然就吸我的老二。』」伊娃糾正她。

貝琳達哼了一聲。「好吧，你們為什麼分手？」

「那不重要。」伊娃毫不在乎地揮揮手。「跟他分手後，我已經活了好幾輩子。」

「說得很貼切。」貝琳達把腳蹺了起來，薄紗寬褲飄飄揚揚。「男人不是生命旅途的全部。我們要尊崇女人的地位。在神聖的平面上振動。」

希西翻了翻白眼。「輕鬆點啦，芭朵。」

「我從來沒有想過這件事，可是一想到，」伊娃說，「我嚇壞了，在那麼短的時間內愛得那麼深。」

「我也有過一次類似的激情，」貝琳達若有所思地說。「記得阿凱嗎？布希維克區那家水煙店的保鏢？有天晚上，我們做愛做到爽翻了，我轉過身就寫了一首十四行詩，〈插進夜空的摩天樓〉。」

「登在《巴黎評論》上！」伊娃說。「我很佩服你，能把陰莖寫得那麼抒情。這個身體部位真的不好描述。用錯一個形容詞，就變成腫瘤。」

貝琳達輕推了推希西。「你體驗過狂野的愛情啊？」

「唔。」她用吸管攪了攪拿鐵。「我可以為我的髮型設計師付出生命。大家都看過里歐內爾弄的4C捲髮，神乎其技。」

「你可以為里歐內爾死，」伊娃說，「卻不是你結婚二十年的丈夫？」

希西還沒上小學，就認識她當整形外科醫生的丈夫，矜持到極點的肯恩。他的外表會讓人覺得上帝費了一番努力記起演員比利迪．威廉斯在電影《桃花心木》裡的模樣，成果也八九不離十。他們是天作之合。斯貝爾曼學院。莫爾豪斯學院。AKA姐妹會。Alpha兄弟會。他們的祖輩在霍華德大學念書時就是好友，於一九四六年畢業。在激情上不足的地方，則用平淡無奇補足。

「我很愛肯恩，但是我天生沒有浪漫的熱情。男人都很幼稚。我剛讀到一篇文章，說中國的女性比例短缺。成年男子獨自住在骯髒的房子裡，壽命也低於平均，因為沒有女人幫他們約醫生看病。」

「說到醫生，」貝琳達說，「我的婦科醫生剛幫我的陰道做了女神儀式。她薰了蒸氣跟鼠尾草，然後對著我的胯下說智慧的話。」

「我倒不知道我的陰道聽不聽明。」希西想了一下。

「從我的陰道做的選擇來看，它一定笨死了。」貝琳達說。

這兩個蠢女人，我真的要向她們傾訴我的祕密嗎？伊娃心想。「我該走了。」她說。但她還是坐著不動，一臉陰霾。

貝琳達和希西對彼此使了個眼色。伊娃的故事有所隱瞞。她們也知道，自己聽不到完整的故事了。

她們三個知道彼此在Roberta's會點的披薩口味、鞋子尺寸和最喜歡的Spotify歌單。但希西跟貝琳達對伊娃來布魯克林前的人生一無所知。她提過小時候常常搬家。但真實的細節呢？懷舊星期四的內容呢？就別問了。放假的時候她從不回老家。甚至不知道她的家鄉在哪裡。貝琳達和希西也不問，她們尊重伊娃的隱私。紐約的外來移民常有神祕的過去。搬到紐約，就是為了從頭再起。不想要新的人生，就會留在威斯康辛的基諾沙。

一旦通過了韋拉札諾海峽大橋，就可以改頭換面。達拉斯的信託基金受益人變成紅鉤區的文青。田納西的鄉巴佬找到伴侶，變成創造時尚的人。在紐約，你說你是誰，你就是誰。

伊娃向來不提私事。但她顯然很痛苦。

希西把伊娃拉進自己的懷裡。貝琳達也抱住了她們。旁邊有個博士班學生從筆記型電腦上抬起頭來，拍了一張照片發到自己的IG限時動態（#Heartwarming #GirlPower #NeverthelessShePersisted #暖心 #閨蜜 #她還是堅持下去了）。

「那時候，我覺得自己壞掉了，」她輕輕地掙脫了兩人。「就像外星人。很痛，痛苦燒遍全身——我的思緒、我的個性、我的情緒，一切一切。直到碰到了尚恩。」

「碰見另一個外星人。」希西臆測。

「魔力到現在還在！他是什麼星座？」貝琳達用手機搜尋他的生日。

「我們之間並沒有魔力，」伊娃撒了謊，乾吞了一顆止痛藥。「就是荷爾蒙。說老實話，在二十一歲以前，應該禁止人類享受那麼激烈的性高潮。會損害大腦。」

「三月三十日。」貝琳達做了個鬼臉。「可惡，他是牡羊座。蕩婦的星座。」

「快逃。」希西提出了忠告。

「說真的，說不定你需要暴露治療法，以毒攻毒，」貝琳達不知道在想什麼，小口咬著伊娃沒動過的司康。「跟他待在一起，直到你可以解密他的記憶。就像一次吃十五個甜甜圈，治好糖癮。」

「但我沒時間把尚恩吃下肚！」伊娃哀號。「光是今天，先跟導演候選人開會，還有學校的家長會……」

「還有星期一要交給我的書。」希西提醒她。

「噢。是啊，工作最重要。」貝琳達附和。

聽了這句話，伊娃伸手拿起提袋。止痛藥讓她覺得腳步虛浮，有刺痛的感覺，腦部的顫動減弱成和緩的波動。「愛你們。今天的事情都做完的話，我等一下再發簡訊給你們。」

沒過多久，在蘇活區的地標，伊娃發現自己的左右又是兩位幹勁十足的女性。不過這一次是在克羅斯比街酒店，兩人一個是悉妮．葛雷斯，《受詛咒的戀人》的製作人，一個是達妮．艾科斯塔，有興趣拍攝電影的新興導演。

酒店位於鋪了鵝卵石的安靜街道，大廳像一座非現實的祕密花園——在繁茂的綠色植物中同時放了奇特的狗狗雕像和洛可可風的椅子。要討論怎麼把伊娃的成人神話化為現實，這裡應該是最適合的地點。

雖然伊娃身陷危機，但討論進行得很順利。自從悉妮在八個月前買下電影版權後，已經有一連串知名的導演拒絕了她的企劃。達妮．艾科斯塔是伊娃最終的希望。她最新的獨立電影《來演奏的女士》在多倫多國際影展造成轟動，一名小提琴家被鬼魂纏上，鬼魂會趁她上台演奏時跟她做愛，別人都看不見。達妮塗了深藍色的口紅，上身穿了一件亮片背心——她對《受詛咒的戀人》充滿熱情，但伊娃對她有更高昂的熱情。

「……而且我覺得很多畫面會陰森森的，帶有情色意味——你懂我的意思嗎？」達妮在東哈林區長大，聲音有種新波多黎各人的特色。

「跟《吸血鬼：真愛不死》一樣！」伊娃用力喘氣。

合力創作讓達妮暈陶陶地舉高了雙手，屋頂上掛著一個人頭形狀的吊燈。「我們志同道合呢，你跟我。」

「說得沒錯。」悉妮這句「說得沒錯」，跟她說節哀順變的口氣一模一樣。她在洛杉磯念書，學校裡有很多姓里奇跟瓊斯的人，現在她講話就是一種冷冷的氣泡音，音高沒有變化。雙種族的她，父親是球風火合唱團的吉他手，母親是情境喜劇的演員，交遊廣闊——私底下也相當見多識廣。才二十七歲，就已經製作了兩部Netflix的紀錄片。

悉妮非常想做一部劇情片。達妮則亟欲證明她的成功不是曇花一現。伊娃則什麼都很急。

「達妮，我看了兩次《來演奏的女士》，」伊娃說。「你怎麼會想到一個隱形的情人？」

「我跟一個鬼做過愛，」達妮低聲說。「去伊斯坦堡度假的時候，我住進一家很古怪的老飯店。有天晚上，一個靈嗖一聲鑽進我的毛毯，我們就做了，很不可思議。看不見的手在我身上亂摸。」

「怪。」悉妮對兩人萌發的閨蜜情愫一點耐性也沒有。製作的細節呢？預算、拍攝地點、演員。

「是什麼鬼？」伊娃睜大了眼睛。

「結果呢，我得了很嚴重的土耳其流感，所以都是幻覺，」達妮大笑。「銷魂的是我自己的手！」

伊娃咯咯笑了起來。「我自摸了，但不是打麻將。」

「我喜歡你。」達妮的身子前傾，咖啡色的眼睛死死盯著伊娃的雙眼。「我也喜歡你筆下那位剽悍的女巫。來創造魔法吧。」

伊娃瞥了悉妮一眼，後者面無表情地點點頭。

「達妮．艾科斯塔，」伊娃的口氣很慎重，「我覺得你是最適合《受詛咒的戀人》的導演。」

「附議，」悉妮拉長了聲音，四十分鐘前她就已經做出同樣的決定。「來討論選角吧。要啟用新人？還是找千黛亞？《親愛的白人》裡的俊男美女？」

「我想的是真正的白人。」達妮說。

「真正的什麼？」伊娃問。

「這部電影要籌資，要順利發行，都需要白人角色。」

「但是……他們是黑人。」伊娃氣急敗壞地說，突然懸在不信與困惑之間。

「是奇幻。」達妮反駁。

「瓦干達也是奇幻，但是在非洲！」

「瓦干達背後有漫威支持，」達妮提醒她。「兩個主角都是黑人，會妨礙《受詛咒的戀人》。你要的不是黑人電影；你要一部大製作的電影。我心目中的賽巴斯汀就是《蜘蛛人》的男主角，湯姆．霍蘭德。坎達兒．珍娜來演吉雅。」

伊娃嚇呆了。「她連她自己都演不好。你看過她走秀嗎？就像被海盜逼上了跳板！」

她一身冷汗，大發恐慌。世界上有黑人，在所有的空間、地域和領域中都有黑人大放異彩。伊娃筆下的吉雅和賽巴斯汀活靈活現，讀者不論種族，都願意接受他們的外表。類型小說能寫成這樣，可說非常成功。

《受詛咒的戀人》是伊娃自己的抗議文學。把她的人物洗白，等於抹除她的事業。

「吸血鬼和女巫已經是『他者』，」達妮提出她的理由。「又是黑人的話，太小眾了。如果電影的主題是台灣籍的狼人跟仙子，你覺得會有多少人要看？」

「但我會看！」伊娃放在大腿上的手機發出嗡嗡聲，切斷她的下一個念頭。悉妮發來的簡訊。

聰明點。如果不找無名小卒，我們只能接受達妮這個選擇。之後再處理細節。答應她吧。

「好吧，」伊娃說著，心往下一沉。「坎達兒。《蜘蛛人》。太天才了。」

過了幾分鐘，她上了地鐵，前往布魯克林參加歐卓的家長會。心臟彷彿跳進了太陽穴。她怎麼能讓剛才的會議偏離到失控呢？她為什麼不能誠實說出自己的想法？可能她就是一個不誠實的人。如果電影賣座，那她就可以名正言順為了錢出賣自己的小說？不行。光有這種想法，就是極端的恥辱。為了自保，伊娃先把電影的事流放到下意識——現在不能崩潰；沒時間了。

至少，歐卓是班上最優秀的學生。沒什麼好擔心的。

因此，走進赤夏中學的時候，她的腳步非常輕快。在這裡，一切都沒問題，跟別的地方不一樣。在維多利亞時代的大樓裡，她大步踏過走廊，一臉得意，因為她的女兒是七年級的女王。

大家都不知道，伊娃因為歐卓很受歡迎而感到驕傲。這所學校裡滿是高成就、競爭性超強的精英學生，家裡有爸爸媽媽，還有祖產，而歐卓卻能當上領袖。要有自信，才能擁有這一群人。歐卓做到了，同時對人友善，具有同理心，不是討厭鬼。

我完美的孩子，伊娃一邊想一邊衝進了校長布莉姬・歐布萊恩的辦公室。帶著燦爛的微笑，她親親女兒的臉頰，坐到她身邊，兩人一起對著布莉姬的辦公桌。這間辦公室完全體現了赤夏中學一百五十年的歷史，有一九二〇年代的扶手椅和愛德華時代的煤氣燈。

布莉姬本人也有點復古。身材高挑的她今年五十五歲，很像希區考克電影裡的金髮美女，一頭白金色的短髮梳到腦後，穿著附腰帶的Burberry洋裝。她有兩個興趣：用醫美雷射除掉眼角的魚尾紋，以及確保赤夏中學在她二〇二一年退休前成為紐約市的頂級私立學校。因此，她偏愛能奪魁的學生。

歐卓在團隊辯論冠軍賽中拿到全州金牌，也在視覺藝術區域賽中得到第一名。布莉姬每年都會在科布爾山的住宅舉辦假日晚宴，因為女兒的表現優異，伊娃也是固定嘉賓。

「歐卓被停學了。」布莉姬說。

「你說什麼？」

「我被停學了。」歐卓細聲說。

「她剛才已經講了！」伊娃怒斥，然後才注意到歐卓兩隻眼睛又紅又腫。還有伊娃的貝雕戒指，戴在她的左手上。震驚之下，她垂眼看了看光光的手指。早晨一陣忙亂，她沒發現自己忘了戴戒指。

伊娃瞪著歐卓，一下子說不出話來。「你幹了什麼好事？」歐卓轉轉眼珠，看著頭上鑲了金絲的天花板。彷彿真的傷人自尊的不是被踢出學校，而是伊娃的問題。

「前一陣子，我們談過歐卓用 Snapchat 來輔導同學。」布莉姬做作的聲音只能恰好掩蓋她的藍領愛爾蘭裔波士頓人出身。在就讀法薩爾大學前，她的口音就像電影《神鬼無間》裡的演員。

「但是她已經不做療程了。」伊娃急急插話。

「她不做了，Snapchat 的影片過了二十四小時也會消失。但是，抓了圖就能留一輩子。」布莉姬從辦公桌的抽屜裡挖出一個檔案夾。「兩三個星期前，歐卓發了一部影片，是她給克蕾門汀．洛根的療程。」

「克蕾門汀．洛根。」伊娃聽了有不祥的預感。「她媽媽是凱莉．洛根，教務主任？」

「答對了，」布莉姬嘆了口氣。她把一張列印出來的紙推到歐卓面前。「在影片裡，克蕾門汀透露了母親的事，聽了令人很驚恐。有一個學生截了圖，做成迷因，已經傳了一整個星期。」

伊娃瞥了一眼印出來的迷因圖。圖中的克蕾門汀正在哭，滿臉淚痕。影像模糊，但說明文字卻很清楚：

TFW 發現你媽被你的英文老師玩後背式。

伊娃目瞪口呆。歐卓吸了吸鼻涕。

布莉姬被肉毒桿菌固定的眉毛很努力地想皺在一起。「TFW的意思是——」

「某個時刻的感覺，」伊娃說。「我知道。」

「我媽的IG有兩萬四千個粉絲。」歐卓的聲音帶著顫抖，但口氣很驕傲。「她懂社群媒體的用語。」

布莉姬看似鬆了一口氣，不需要解釋「後背式」了吧。

「所以，英文老師不是她先生？」伊娃問得有些遲疑。「天啊，歐卓。」

「我早就發了，後來你才叫我停止療程！」她大聲嚎啕，頭上的髮髻也跟著抖動。「我根本不知道克蕾門汀．洛根的媽媽有婚外情！」

「英文老師叫高伯瑞，已經被解雇了。」布莉姬宣布。

「布莉姬，我很抱歉。但歐卓真的無意傷害其他人。」

「或許吧，但是這個星期她都要留校察看。」布莉姬用做了法式指甲的指尖撫了撫紋風不動的髮型。「榮譽董事會還沒決定明年要不要留名額給她。」

歐卓的喉頭發出一聲慘叫。伊娃轉頭看了看鍾愛的寶貝，她生出來的孩子，只想把她掐死。

「歐卓，你可以到外面等一下嗎？」伊娃好不容易擠出了這句話。

被打發走的歐卓欣喜若狂，趕緊逃到走廊上。

布莉姬等了三秒，才鎖上門。接著從皮包裡抽出一包百樂門，打開一扇大窗戶，點燃了香菸。深吸一口後，她的姿勢放鬆了。

在某些特選的家長面前，布莉姬才能放下派頭，回歸粗俗。

「伊娃，我向老天發誓，」她吐出一口菸，咕噥著說，「我就要退休了，不需要這種性心理八點檔。」

伊娃走到窗前，站在她身邊。「年輕人犯的錯。該怎麼彌補？」

她抓住她的前臂，期待布莉姬能記得她去參加她家的假日晚宴時有多討人喜歡。

布莉姬低頭看看伊娃，她的眼睛是藍色，跟穩潔一樣。再開口的時候，她聽起來就是自己的本色：她爸爸的女兒，在她小時候，父親每天都在地下室跟附近的一群惡棍算數字，身上穿的T恤聲明，我來這裡不是為了打架就是為了搞女人，我約會的對象也不是你的妹妹。

「你說呢。」

布莉姬的肌膚完美無瑕，要感謝里斯．阮醫生免費幫她注射的瑞絲朗玻尿酸——他九年級的女兒在Forever 21偷了衣服，為了不讓女兒被退學，阮醫生用醫美手術當作交換。布莉姬豐饒的頭髮才剛在歐文．布蘭迪的沙龍免費做好造型——歐文的兒子長期吸大麻過量，靠著父親賄賂布莉姬，才能從學校畢業。

布莉姬．歐布萊恩可以收買。但伊娃有什麼好賣的？

「你要什麼？」伊娃問。

「你認識教英文文學的老師嗎？」她邊問邊抽了一口菸。

「我應該不認識，但是……」

「伊娃，我不希望這場醜聞記在我的名下。我必須找到新老師，才能壓下來。馬上。找一個適合取代高伯瑞老師的人，歐卓就可以順利進八年級。」

伊娃痛恨受人強迫。布莉姬是個壞蛋，但伊娃這輩子也少不了不正當的買賣。不過，現在關係到她的寶貝。歐卓不能被退學。她費盡全力，不讓自己變回珍納維伊芙，叫這個賤女人有多遠滾多遠。

「給我幾天的時間，」伊娃咬牙切齒地說完，立刻轉過身。握住門把的時候，她說：「布莉姬，你真的爛透了。」

「這可是你女兒的學業，」布莉姬說著，把香菸捻熄在窗台上。「有人的問題更嚴重，我也接受代價比較低的交換。」

「我再也不想看到你頭上的安全帽了。」伊娃生氣地反擊。她用力把門一甩，門上的鉸鏈也跟著震動。

伊娃找到歐卓的時候，她正靠在牆上，緊緊閉著眼睛。她的Vans帆布鞋打開到肩膀的寬度，以穩定的速度呼吸。冥想。伊娃早就猜到了。

「歐卓．若拉．東妮．默西－摩爾。」

歐卓猛地睜開眼睛，然後撞進伊娃的懷裡，抱緊了她，但伊娃沒有伸手回抱。「媽咪，對不起。」

「我很努力了，想當最好的媽媽。」伊娃應該在對著自己說話，而不是歐卓。「我女兒怎麼可能被停學？怎麼可能？」

「對不起！」歐卓的語氣好像在舞台上唸旁白。

說對不起，燈也不會修好，寶貝，她聽見母親的聲音說。

我不想聽到你的聲音！

伊娃抓住歐卓的手臂，帶她走到女廁的私密空間裡。她轉過她的身子，兩人面對面站著。

「我當然知道，你離過一次婚。你受到影響了嗎？」

「當然！」她大聲說。「但是，男人一天到晚出軌，都沒有負面影響。就某種程度而言，可以說我拆解了父權主義吧？」

「噢，你成熟點。這跟父權主義沒有關係。」

「你自己說，一切都跟父權主義有關！」歐卓的眼淚掉了下來。淚珠流過她棉花糖粉色的腮紅，留下淚痕（伊娃只准她擦腮紅）。她看起來好小，彷彿回到了她一年級的時候，偷拿伊娃的化妝品塗在臉上。

「你不明白嗎？我得賣了我該死的靈魂，才能讓你進這所中學。」

歐卓哭著點頭，也看到同學走了過來——急忙用手遮住了眼睛。

「我只有一個要求，」伊娃向她講理，「就是你在學校有好成績，藝術表現勝過別人，做個好人，看《怪奇物語》的時候跟我抱在一起。毀掉你的學業，不在我的劇本裡。」

歐卓瞇起閃著淚光的眼睛。在一轉頭的時間內，她的難過變成了憤怒。

「除了好成績跟《怪奇物語》以外，我還想要別的，」她脫口而出。「我想變成蝴蝶！隨心所欲到處亂飛。你知道嗎？我甚至不喜歡藝術。我的成績好，因為我有藝術天分，而且這是你對我的夢想。我想當有名的治療師。也想開一家可以讓別人加盟的美甲店。一起說吧，你從來不支持我的夢想。」

「你從來沒提過美甲店跟加盟！」

「好啦，我真的想過。」歐卓從伊娃面前往後退了一步，用手堵著嘴。「我知道，我搞砸了。我真的知道。我跟你一樣，不完美。」

伊娃覺得很無奈。「你知道我不完美。」

「你很完美！因為你沒有人生。你就一直寫你不喜歡的書，全心放在我身上。你不交男朋友，不出門旅行，不玩樂，一點慾望也沒有。」她吸了一口氣。「你寫愛情小說，但你不追求愛情。你什麼都不要。」

伊娃立刻被她的話傷到了，而且感覺很痛。「你……怎麼敢分析我的心理？」

歐卓愈說愈大膽，又繼續說了下去。「我問你。爸爸為什麼走了？他對你來說還不夠完美嗎？」

「你說什麼？」

「你不是人，」歐卓的口氣帶著鄙視。「你是機器人。」

接著，兩人之間只留下無盡的沉默，讓伊娃的太陽穴跳個不停。又有一個孩子從走廊另一頭衝過來。這次歐卓轉身背對著母親，對那個孩子揮手微笑。但回頭看到伊娃跟她震驚的表情，她又退縮了。勇氣瞬間消失。

「你好了嗎？」

歐卓點點頭，立刻感到愧疚。

「你說得對，」伊娃的聲音有些發抖。「我是個機器人。這個機器人打造你的人生，讓你有自由去嘗試新的東西，製造麻煩，卻還能從頭再來。你想當蝴蝶，需要我的支持，不知感恩的……青少年。」

熱淚刺痛了她的眼睛。不行。她必須保持冷靜。

「還有一件事！」伊娃大喊出聲，不想保持冷靜了。「我什麼時候可以去約會？哪裡來的時間跟精力？我的一切都給了你。沒有一點一滴可以給別人！下一次你搞砸的時候，下一次你敢不顧一切大膽批評我的人生選擇的時候，好好想一想！」

「媽咪，我——」

「覺得很抱歉。我知道，」伊娃生氣地說。「我有稿子要交。我要走了，」她怒氣沖沖地離開，卻又倏地停下。「戒指拿來。」她把戒指脫下了歐卓的指頭。

就這樣，她把心愛的孩子留在赤夏中學的走廊上，獨自站在那裡。

校門外是燠熱的公園坡街，兩旁都是褐石建築，她出了校門，就一屁股坐到階梯上。太痛了，沒辦法走路回家。她吞了一顆止痛藥，坐在那裡生悶氣。

伊娃確實有想要的東西。她希望能給她的女兒全世界。她想看她筆下的人物躍上大銀幕，不需要改變種族。在內心深處——最深的地方，埋藏了她最沉重的願望——她想去路易斯安那州，為她夢想的書搜集材料。這個願望可能會把她跟歐卓的生活搞得天翻地覆。揭露她的血統，默西耶這一家野性深入骨子裡、瘋狂到能引發危險的女人。

伊娃有想要的東西。她只是忘了得到這些東西的方法。

她本來很膽大妄為。那個逃離母親的女孩，後來又逃到尚恩身邊、逃進普林斯頓，最後逃到紐約，去哪裡了？那個女孩是誰？

只有一個人還記得她。她離開餐室後，他就一直發簡訊給她。

她用顫抖的雙手從皮包裡掏出手機。

今天，上午 11:15

S.H.

打電話給我。

今天，上午 11:49

S.H.

拜託了，珍納維伊芙。

今天，下午 12:40

S.H.

只想確定你沒事。拜託了。

今天，下午 2:10

S.H.

OK，我沒有權利再過問你的事情。

今天，下午 2:33

S.H.

可惡，我就想知道你怎麼了。

今天，下午 2:35

S.H.

我住在西村。赫瑞修街八十一號。我會待到星期天。如果你願意聊聊，就來找我吧。什麼時候都可以。但如果你不來，我懂為什麼。我會離開，再也不來煩你。我只想告訴你，我希望你每天都能享有世界上最出色、最怪跟最棒的東西。

伊娃瞪著自己的手機。彷彿只要用力盯著它，它就會燒起來。然後，就會永遠擺脫他。出色的、奇怪的、最棒的。上次體驗到這些東西，是什麼時候？她不知道。

但她知道，為了歐卓，她什麼都願意。

她也知道，珍納維伊芙一直潛伏在她個性的邊緣——被母親的身分、事業、自保和常識壓制住了，但一直在那裡。伊娃增加了年紀，但骨子裡還是同一個人。同一叢火焰，已經減弱成餘燼，只要有火花到來，就能再度讓她燃燒。

重點呢？她認識一個英文老師。

第十一章　積極的個人再造

尚恩．霍爾為生命而跑。

餐室的事故讓他的腦子一團亂。他的心被撕碎了。他的胃打結了。過去的他，會用危險的方法來處理。但是，最近他很積極地進行個人再造，他再也不喝酒了。他跑步。他是很認真的跑者，真的很認真，買了Nike的Vaporfly跑鞋，這款球鞋能提升跑者的表現，差點遭到奧運比賽禁用。也戴著Garmin的Forerunner 945 GPS跑錶，像專業馬拉松跑者一樣監看配速。不過，最值得注意的則是精英級運動襪，在美國中西部某個JetBlue的貴賓室裡翻閱一本舊《君子雜誌》時看到尤塞恩．波特推薦的款式，他還把雜誌那頁折了一個角。他的裝備夠厲害。

尚恩做什麼都全心投入。他跑步就跟喝酒一樣狠。

在戒酒無名會的時候，有人提醒他要小心交叉成癮——放下酒瓶，卻迷上新的東西，例如傳教、多層次傳銷或救援比特犬——他不在乎。好吧，尚恩也知道他的跑步習慣很過分了。但是，新的上癮有可能嚇到他嗎？不喝酒真的很難受，他也戰勝了。如果還有得不到的東西，應該也很容易克服。

所以尚恩跑了又跑，直到腳步聲出現穩定、有催眠效果的節奏，跟調整過的專注呼吸一起誘騙他平靜下來。

因為他剛結束很糟的一天。

太陽正要落到曼哈頓上城的天際線後面，尚恩想超越日落的速度。他已經從西村的租屋處出發，沿著西側公路和繞著南街海港跑了六英里。現在要折返了。一開始的時候，他的配速充滿侵略性，太快了——但在剛剛那十分鐘，他已經放慢了一點。他快要沒力氣了。但這反而是尚恩的動力，那種閃現的不確定性，快要筋疲力竭的威脅。

他必須繼續跑，因為他希望能在夜幕降臨前到家。他不希望離開公寓的時間超過一個小時。他告訴伊娃，有需要的話就來找他。從她那天早上哭著離開餐室後，他就一直在等她。可能再也聽不到她的消息了——但只要有一絲絲的機會，她願意跟他聊聊的話，他必須要在家裡等。是他害她哭的。他每次都這樣，毀滅他最愛的人，毀滅讓他最開心的事物。看到她那麼難過，知道是自己害的——又挖出了舊有的恐慌，深植在內心，無法擺脫。他必須收拾殘局。他不能讓這次會面變成最後一次見面。

收起下巴，直視前方，他沿著西側公路的跑道大步跑下去——左側是閃閃發光、慵懶蜿蜒的哈德遜河，向前延伸出去的則是紐澤西的天際線。天氣相當濕熱，熱得讓人無精打采，身體倦怠。筋疲力盡的遊客癱在長凳上，跑道上擠滿了幾乎不動的年長跑者，還有輕鬆推著名牌嬰兒車的媽媽們。除了尚恩以外，大家都很悠閒。

是他讓伊娃不開心，又期盼能再見到她，是不是很自私？或許吧。傳那些簡訊給她，是不是輕率加幼稚？可惡，絕對是。但從今天早上過後，他已經把這個情況分析了無數次，也想不出其他的辦法了。

我根本不應該來，尚恩想著，幾乎撞上了一對二十多歲的情侶，他們各自戴著一支EarPod在跑步，似乎還OK。

可是他來了。他又點起了另一簇火焰。這一次，他要留下來滅火。

放慢了腳步，尚恩抬頭看看地平線上的日落。薄暮將至，桃紅色和灰紫色的波浪用鮮明的色彩填滿了天空，自從戒酒成功後，他突然發現這個世界充滿了生命力，而這也不是第一次了。他的警覺性一下子升高了。他小時候也是這樣，後來開始麻醉自己，就失去了敏銳度。在那個時候，什麼都能觸動他，其實對他有損無益。

有一次，在超市等結帳的時候，五歲大的尚恩看到有人趁一個女人不注意的時候，從她的購物車裡偷走了鬆餅烤盤。他沒說，但這件事一直盤旋在他的心頭。要是她只能給家裡那十三個惹事生非的孩子吃鬆餅呢？因為她丈夫把她當銀行出納員的微薄薪水都拿去下注Fantasy Football跟買刮刮樂。*要是少了那個鬆餅烤盤，她就活不下去了怎麼辦？*他想了又想，想了好幾天。

還有蛇，也讓他難受。光想到蛇，他就不開心。想到這些外表脆弱的爬蟲類，沒有腿，沒有腳，費盡全力通過森林裡的小路，尚恩就承受不了了。他的心都要碎了！太不公平了，牠們居然是殘障。他會跟著了魔一樣，畫出有四條腿的蛇，直到他發覺自己其實畫的是蜥蜴。

對小小年紀的尚恩來說，這個世界太喧譁了。而他不知道，他正在訓練自己成為深具同理心的作家——了解細膩的情緒、在出乎意料之外的地方偵察到人性、看穿事物的表面。他在幫未來的自己做筆記，之後，就會寫成書。每一個親眼所見、該死的東西。感謝上天，他有一支生花妙筆。先不說別的，至少寫作可以幫他組織腦子裡的混亂——儘管過去十五年來只有四次猛烈的發作。

我已經把我的事業放進過去式了，他領悟到這一點，也加快了腳步。

尚恩希望寫書能撫平他生命中凹凸不平的邊緣。效果其實不明顯。如果評論能信，據說他的小說能改造讀者的思考方式，激發存在的頓悟。但他自己卻達不到這個境地。事實上，在大放異彩後，他通常會痛飲一番。不論專業的高峰有多麼令人目眩，尚恩就是無力抵抗，浪潮一打他就被沖走。隨之而來的一定是自我毀滅。

如果寫作就是解藥，過去的這十五年應該看起來很不一樣。他不需要花這麼久的時間才能清醒。他或許會找到永久的住處，埋下真實的根基。買Seamless外送服務或Spotify串流平台的股票。他會很注重營造人生。

他也不會等這麼久才來找伊娃。

在他面前，延伸出去的是第二十五號碼頭。水邊的草坪上擠滿了家庭，不是在照相，就是等著跳上租賃的獨木舟。尚恩掃了一眼，當父親的把學步兒扛在肩上，當母親的兩隻手要拿手機、零食、絨毛玩具跟盒裝果汁。一切都好奇特。他很喜歡從遠處看別人的一家人，彷彿他們是美好的實驗：那種親密感和家庭生活，對他來說都非常陌生。

或許因為尚恩的成長過程就是一團混亂，可是，他不知道怎麼培養出家的感覺。只能抗拒。

他習慣獨居，遠離人群和人口稠密的城市——尤其是會讓他想起華盛頓特區的地方——他喜歡住在海邊，一個地方通常不會住超過半年。而且只租房子。住在不屬於自己的房子裡，有一種自由感。民宿、Airbnb、別人的海灘小屋，這些地方的氣場讓人有點暈頭轉向，尚恩很喜歡——只是暫時的居所，裡面的東西狀況都不太好。照明來自檯燈，天花板上沒有燈。床單飄出刺鼻的衣物柔軟精味道，外國的牌子吧。一抖一抖的吊扇，布滿灰塵的書架，上面擺了八〇年代的平裝書，什麼類型都有（通常是美國西部拓荒時代的小說，封面上有豐滿的女郎，有時候多了一匹馬）。在這樣的地方，會一直想起這不是你的家，不可能覺得太舒適。

也不可能會有人認識他。那就完美了。在迷失的那些年，他不希望別人看到他有多不穩定。完全戒酒之後，他當然也發現，每個人都有問題。他的那些爛東西只是比較靠近表面。

*你有什麼毛病？*兩人認識的第一天，伊娃就問了這個問題。多年來，只要聽到這個問題，尚恩總有妙答。既然問的人是伊娃，他也第一次認真思索了這個問題。她的問題出自好奇，而不是評判。

尚恩跟她素昧平生，還自承會故意弄斷手臂——但她並未假定他很失敗，或指責她，也沒有笑他。她沒有勸他改掉這個習慣。他沒想到伊娃如此寬宏——只想知道為什麼。

他也願意告訴她。但在那時候，他說不出他為什麼要弄斷自己的手臂。

維持著穩定的速度，尚恩奮力跑過City Vineyard，這間河濱的餐廳享有令人目眩的市區天際線，還能看到數位遊牧族啜飲著塑膠杯裡的粉紅葡萄酒。酒吧甜膩的發酵味隨著乾熱的微風飄到他面前，讓他跑得更快了。每一下重重的腳步聲，每一次上身向前擺動，左前臂的骨頭就發出迴響——低低的彈動聲，夠了，這樣就足以讓他不會忘了小時候的習慣。而且，他到底有什麼毛病。

第一次斷掉的時候，尚恩七歲，太可怕了，從此他從這個寄宿家庭被趕到那個寄宿家庭，學了新的犯罪方法、新的失衡、新的方法，讓他失去別人的愛。那是其中的一塊。另一塊則是，每次折斷手臂，會痛，等疼痛減弱，他對自己又有了新的認識。只有那一次，他清清楚楚地看到自己。

第二次，他是華盛頓特區少年觀護所的三年級生，在午餐時間睡著了，警衛無情地踢了他的屁股。尚恩一直反擊，像發了瘋的太空飛鼠，連續射出他的拳頭。最後，警衛對著他的下巴毀滅性地一擊，把他打倒——尚恩倒到地上前，故意用手臂一撐。骨頭，斷了。

噢，他有個體悟。我是個不懂適可而止的人。

另一次，他十二歲，在學校的操場上。這所學校裡滿是愛惹事生非、煩惱多多、適應不良的學生，而尚恩早已聲名大噪，沒有人比他更瘋。在一群人面前，一個女生挑戰另一個年紀比她大的男生用Snapple思樂寶果汁的瓶子敲尚恩的頭。只為了看看他會有什麼反應。一瞬間，尚恩把另外那男孩的頭挾在腋下，兩人一起衝向磚牆——手肘在最前面。骨頭，斷了。

噢，他有個體悟。我是個供人觀賞、提供娛樂的人。

後來，他十七歲那年，看到一個愛吵鬧的傻瓜在霸凌新來的學生。為了救她，尚恩把自己打了石膏的手臂甩過他的臉。骨頭，斷了。

噢，他有個體悟。我是個為這女孩什麼都可以做的人。

後來伊娃上了露天看台，以戲劇性的方式撞上他，不然尚恩覺得自己快要化為虛無。當然沒有學校的輔導老師、父母、關心他的社工來幫他站穩腳跟。遇見了伊娃，她呼吸著同樣的空氣。她堅持留在他身邊，把自己印入他的腦海——把他的世界改造成最美好的樣子。

不要再回憶過去。好好想想，你該怎麼跟這個女人解釋你自己的事情。

尚恩深陷在思緒裡，手臂上的手機突然開始震動（手機插在Nathan iPhone臂套裡，Runners World.com跑者世界在二〇一九年選出的最佳配件）。他突然在跑道上僵住了。尚恩身後有一群留了巴洛克式翹鬍子和渾身大肌肉的布希維克居民，他們趕緊停下了腳步，不然就要一頭撞上他。

「幹什麼呀，老兄？」

尚恩沒注意到差點發生的碰撞，只忙著祈禱就是它。就是這一刻。伊娃終於願意來找他了。

他默默對大宇宙祈禱真的是伊娃，然後從臂套裡一把抽出手機。

是瑪麗索、大團、雷吉諾德和阿泰。四名他最喜歡的學生都傳簡訊來了，一個接一個。

擦掉前額的汗水，失望地垂下頭，尚恩曲曲折折地穿過其他的跑者，來到小小的翡翠城——跑道左邊的一片草地。找了一塊空地，他往地上一躺，精疲力竭，氣喘吁吁。

所以伊娃還是不打算理他。但聽到孩子們的消息，也不錯了。

就跟阿泰一樣，尚恩曾跟他輔導過的學生保證，想找他的話，他隨時都在。他們都是高風險的孩子。他們的生命中沒有扮演父母角色的人物，他也樂於承擔這個形象。

尚恩深深覺得自己不會有小孩。他不信任自己的DNA。每次被問到他的親生父母是誰——嗯，他覺得還是不知道的好。他是一個憤世嫉俗的遊牧民族，沒有受過輔導青少年的專業訓練——青少年時期的事蹟甚至可以拍成令人心寒的電視紀錄片，在Vice頻道播放——對他來說，這就是他的角色。他覺得再適合也不過。跟擠進暢銷排行榜相比，尚恩覺得當老師更具衝擊，也更有意義。

或許，他太沉迷於擔任這些孩子的代理監護人。也有幾次，他的投資擴散成不太健康的情況，例如布芮，他在休士頓的愛徒，在家開甜蜜十六歲的派對，並無逾矩但是太吵了，導致鄰居報警，警察居然用暴力對付布芮。他的反應是暴跳如雷，也是戒酒後第一次（唯一一次）覺得要動搖了。但他很愛這些孩子。他們需要他。尚恩也從未真的破戒，所以他的投資並未白費。

今天，下午 7:57

瑪麗索

霍爾老師！人吃了貓飼料會中毒嗎？錯誤已經犯下。

今天，下午 7:59

大團

還好吧笑死了。帕克校長以為WTF是很好很讚的意思。

今天，下午 8:02

雷吉諾德

還好吧，跟塔佳掰了，爛女友，就告訴她事實勝於熊變*熊便

*雄辯*雄辯*雄辯

自動選字去死啦

今天，下午 8:06

阿泰

你在幹嘛

我喜歡天文台

尚恩驚訝到皺起了眉頭。阿泰什麼都不喜歡！就算有喜歡的東西，他也絕對不說。他基本上鮮少開口。尚恩在天文台幫他弄了實習機會，就是為了讓他投入某件事，了解追求熱愛的事物是什麼感覺。尚恩抬眼看了看天空。他想在天黑前回到家，說不定伊娃還是會來。打通電話的時間倒有。

「阿泰！在搞什麼？我看到你的簡訊了。」

「對啊。」

「你喜歡天文台的實習工作嗎？」

「還好。」

「講講看。哪裡好？」

一片安靜。

「阿泰？你在嗎？」

「我在聳肩。」

尚恩只能嘆氣。他真的要好好磨練阿泰的溝通技巧。

「你剛說，『我喜歡天文台。』很有力的陳述句。表達了意見，也要準備提出恰當的證據。你很喜歡天文台，為什麼？」

「我不知道。就很屌吧。嗯，我不知道為什麼。」阿泰頓了一下。「就說，在天空劇院裡……」

「天空劇院！」

「詹姆斯老師說的。在天空劇院裡，感覺我真的是天文學家。嗯，真的是真的。可以看到太陽從東邊移到西邊。在很近的地方看月球。」

「讚透了，阿泰。我就知道你喜歡月球。」

「對啊，今天，我們學了很怪的天體。什麼中子星、脈衝星、黑洞什麼的。還有……還有……一個女生。」

尚恩微微一笑。「哦，真的嗎？」

「對啊。有時候她也在。在畫圖還幹嘛的。今天她畫了一個白矮……」

尚恩呆呆地瞪著天空。「白矮人？」「白矮星，核燃料全部燒光的恆星。」

「噢哦。她叫什麼名字？你跟她講過話了嗎？」

「沒。我才沒有。」

「嗯？她長得不好看？」

又是寂靜無聲。

「阿泰，你在聳肩嗎？」

「對啊。」

「聽我說。你很聰明。你對朋友很好。在我的學生裡，你算很有見識的。你現在不知道，那個女生每天都去天文台，可能就是希望你會找她講話。去找她。」

「我可以問一個問題嗎。」一如往常，阿泰的問題聽起來像陳述句。「你碰到一個女生，你怎麼知道你喜歡她。」

尚恩坐起了身子，靠在自己的手肘上。阿泰極度缺乏安全感，天文台這個女生對他來說很重要，一定要小心處理。

「真的喜歡一個人，」尚恩一本正經地說，「問都不用問。你就會知道。像被子彈打中一樣。」

「被子彈打中。」阿泰複述的語氣充滿了懷疑。

我才告訴自己要小心處理，尚恩心想。

「好好聽我說，」尚恩說。「就像你知道馬上有大事了。但等事情過去，你才知道你的心臟都被挖出來了。愛上一個人就是這種感覺。愛情來的時候，你根本沒有意識。你沒有發言權。你就暈頭轉向，後來才知道為什麼。懂嗎？」

又是一片寂靜。

「我可不想被子彈打中，大哥。」

「阿泰，那是打個比喻而已。」

「對啊，但是我只想問她要不要一起去酷聖石什麼的。吃冰淇淋，」阿泰咕噥著說。「你想太多了。」

「你看，你根本不需要問我！你都想好了，」尚恩認真地鼓勵他。「明天就去約她。要有自信。如果你覺得你很適合她，她也會覺得你很適合她。」

「應該先問她有沒有乳糖不耐症吧。」

「絕對，千萬，不要問。」

「好啦，你說得對。」

「你看，你可以的，」尚恩說。「再傳簡訊給我，跟我說結果怎麼樣。」

「我會跟你說。你自己小心。」阿泰說，然後把電話掛了。

尚恩把手機塞回臂套，全心祝福他。阿泰不會有事。

太陽剛下山，還有機會——一絲絲機會，一咪咪機會——伊娃可能會來。他又跑了起來，通過西村彎彎曲曲的街道，回到赫瑞修街。

非常有可能，餐室的會面就是他最後一次見到伊娃了。但他依然期待再度碰頭。再見她的面，對他來說很有壓力，也讓他難以招架——但在內心深處，他很期待。非常期待。搭飛機到紐約的時候，尚恩為他們的會面設想了一百萬種劇情。他本來希望自己不會有感覺。

但就像他剛剛對阿泰說的，他其實沒有發言權，對吧？

第十二章　二十個問題

二〇〇四

天黑了，尚恩把珍納維伊芙帶到威斯康辛大道上一座無人居住的豪宅裡。一如以往，他只想嘲弄大宅的屋主，有這樣一間房子，卻連住都不住。如果這是他的房子，想逼他搬出去他都要死賴著。

內部的裝潢跟博物館一樣。到處都是金絲鑲嵌跟動物毛皮做成的地毯。閃閃爍爍的吊燈。門廳裡放著馬毛沙發，上方掛的抽象畫潑滿了原始的色彩，令人目眩。沙發看來布滿了尖刺，很可怕，似乎不想讓人坐上去。

珍納維伊芙立刻一屁股坐了下去。

她沒有問尚恩怎麼會知道開門的密碼。也沒有問他怎麼能在一片黑暗中行走自如。明天，他會向她解釋，這是朋友小時候的住所。朋友現在念喬治城大學法學院，住在宿舍裡。她爸爸是韓國大使，由於她爸媽幾乎都住在首爾，房子通常沒人住。這位朋友說，只要尚恩想逃避現實，隨時都可以來住。

尚恩希望珍納維伊芙不要問他用什麼報答朋友的慷慨。他並不覺得可恥。只是不想讓她知道他有多走投無路。

但是，尚恩也想起她在急診室裡的表情，那時他提議兩人一起跑掉。她的神情很野，混合了興奮的沮喪一閃而過。不假思索地同意，因為她根本想不到其他的做法。

這是一個懂得走投無路的女孩。

尚恩領她穿過鋪了墨西哥磁磚的廚房，走上僕人用的樓梯，到了三樓的套房。之前曾是花俏的青少女臥房，現在兼作閣樓裡的儲藏室。相簿、洋娃娃、舊雜誌、雪花球和長笛收得整整齊齊。兩扇巨大的落地窗通往露台，可以看到綠意盎然的後院跟腰子形狀的游泳池。尚恩握著珍納維伊芙的手，慢慢走向有頂篷的四柱床，淺粉色的床組十分豪華。

他把手伸到床底下，拉出一個托盤，上面放了數個一加侖容量的塑膠袋，裝滿了大麻、藥丸、針筒、粉末。按感覺貼了標籤：昏迷（煩寧）、放鬆（大麻）、派對（古柯鹼）、法律系入學考試（聰明藥）、妓女（搖頭丸）、麻木（Percocet）等等。

這名喬治城大學學生的藥癮相當古怪。這些毒品都是跟尚恩買的。

尚恩剝掉了T恤，跟珍納維伊芙一起躺在床單上。他們捲了一支大麻菸，分著把它吸完了。在某個時間點，他們貼近了彼此，珍納維伊芙的臉窩在尚恩的脖子上，他的手指插進了她的捲髮。把她抱在懷裡，但不涉及男女之情，有一種朦朧的幸福感。

他這輩子第一次睡得這麼沉。

晚上十點，朴安娜大步踏進爸媽的房子。她穿著嬰兒粉的Juicy Couture短洋裝，戴了鑽石耳釘。她的吉娃娃妮可李奇放在LV寵物提袋裡。

安娜知道尚恩來了。他先打了電話。她當然隨時都願意見到他跟他漂亮的老二。此外，他從不說話，是絕妙的陪伴。她會跟他講特區精英人士的八卦，他就躺在那裡，看似專心聆聽，其實不然。她咧嘴一笑，快步上了兩段樓梯。

安娜一把拉開臥房的門。高價大麻頹喪的氣息立刻迎面而來——她看到尚恩躺在她的床上，懷裡有個女的。不要臉的王八蛋！她的第一直覺就是把他踢出去，但是……唉，她沒有那麼殘忍。他還能去哪裡？

認識了十個月，關於尚恩，她只知道了三件事。第一，他住在「兒童之家」，管理人漢尼根小姐感覺爛透了。她在網路上查到，未成年人被寄養家庭拒絕二十次以後，就會送到這家收容所。「好」孩子會服用減緩腦部活動的抗精神病藥物，不會吵鬧，「壞」孩子則獨自幽禁，綁在暖氣裝置上，很扭曲的維多利亞時代做法。她不能讓他回去那種地方。

（順帶一提，安娜確實有點嫉妒。但是會過去的。畢竟，她正在規劃秋天要跟金喬納醫生在喬治城的四季酒店舉行婚禮，預計要花十多萬美元。）

只要安娜的父母不在家，有毒癮的朋友跟他們有毒癮的朋友都可以來避難。在安娜看重的東西裡，爸媽的房子應該排在最後幾名。尚恩跟那個頭髮被剪壞的流浪兒可以留下來。反正員工下星期一會回來打掃。

安娜悄聲走了進去，想看清楚一點。尚恩跟那個女生有一模一樣的黑色眼睛。她緊抓著尚恩的手臂，彷彿她在前所未見的海上風暴中載浮載沉，尚恩是她唯一的靠山。

安娜覺得她很可憐。尚恩不能當任何人的靠山。他最愛的就是搞消失。

第二，即使身後總有可怕的魔鬼，尚恩向來能毫髮無損地生還。但是，安娜覺得喜歡上他的女生就沒有那麼好運了。結束後，她只能拖著腳離開，留下永恆的傷疤。

安娜踮著腳下樓，進了僕人的廚房。她抓了兩包冷凍青豆，和一瓶冰透了的Polugar伏特加。回到樓上，她小心翼翼地把冷凍的袋子放在他們臉上（有瘀傷的地方）。然後把伏特加放在床頭櫃上。尚恩不喝伏特加就醒不過來。那是關於他的第三件事。

她得意地撥了撥頭髮，拿起妮可・李奇，套上她的Jimmy Choo高跟鞋，走了。討厭安娜的人說她是個卑鄙的賤女人，吸古柯鹼，顴骨是假的——沒錯，她的確墊了顴骨，但她有一副真心。

馬上要嫁入金家的朴安娜，二十二歲，很開心自己已經成年了。成年女子知道自己不該迷上定時炸彈。青少女卻急著邁入毀滅。

尚恩醒來的時候，他不知道幾點了，也不知道是哪一天，更不知道自己在哪裡。他只知道他醒來的方式很溫和。浮在半空中。和平寧靜。

醒來的時候，尚恩慢慢發覺，他正撫摸著少女柔軟、甜蜜到不可思議的肌膚。他把女孩摟在懷裡，而她是珍納維伊芙。然後，他記起來了。學校、醫院、狂奔到這裡，然後吸大麻，再吸大麻，然後一起進入黑甜鄉。

晚間朦朧的回憶開始洶湧流回。他記得自己從夢中驚醒，發覺她離得太遠，把她拉回來，從前他從不讓自己有這種不假思索的慾望。在知覺閃現而過的一刻，他發覺兩人抱緊了彼此，緊到快要不能呼吸，但感覺很棒，在再度睡著前，他心想幹，就這麼死了也值得。

尚恩睜開了眼睛。珍納維伊芙的頭靠在他沒斷的手臂上（已經麻到沒有知覺了），打了石膏的手臂則靠著她的臀部。他看著這間開闊的閨房，加大雙人床上的頂篷擋住了從落地窗照進來的陽光。牆上的時鐘顯示時間是下午兩點。他們睡了十三個小時。

他呻吟了一聲，感受到晨間常有的震顫，控制不住的顫抖提醒他，他需要喝一杯。馬上。但不是現在。現在，他想把臉埋進珍納維伊芙的頭髮裡，感受那帶著椰子氣息的溫暖。在僅僅一天的時間內，她就變成他心目中很重要的人，但他無法解釋為什麼。

不過，他常碰到無法解釋的事情，也接受生命中的怪事。他不知道他因此變成了冒險家，還是大白痴，但可以確定一件事——有趣的東西絕對不會來自符合理性的明確道路。

在露天看台上，他只想享受伏特加跟K他命帶來的陶醉感，同時讀一本他已經看了十四遍的書。知道接下來會看到的文字，給尚恩一種安慰。那也是珍納維伊芙無法解釋的地方。感覺接下來她就該出現了。彷彿這一章已經寫好了，他們只是按劇本演出。彷彿他早就認識她。

尚恩又深吸了一口氣，欣賞她的氣息。再好不過了，他心想，又感受到睡意。這時，他才注意到床頭櫃上的伏特加。

尚恩突然驚醒了，視線從酒瓶回到珍納維伊芙完美的杏仁棕色肩膀上，又移到酒瓶上。他很清醒地決定了宇宙間最重要的兩件事，第一，繼續抱著她；第二，把伏特加拿過來。既不要吵醒她，又要把手伸到床頭櫃那裡，就要小心運作了。

他沒斷的那隻手臂仍壓在珍納維伊芙的頭下面，他把打了石膏的手臂伸過去，離酒瓶還有一段距離。他把她拖過去一點點，然後用盡全身的力氣撲了過去，抓住瓶子。尚恩用牙齒轉開瓶蓋，痛飲三大口。

他吸了一口氣，又喝了一口酒，顫抖的速度變慢，他覺得自己要恢復正常了。

尚恩把手伸過珍納維伊芙，把瓶子放回床頭櫃。他躺在那裡，瞪著天花板。接著又讓她翻了個身，伸手去拿酒瓶。

「我們還要滾幾次？」珍納維伊芙開口了，她的聲音悶在枕頭裡。

「喂！」他驚叫一聲。「你醒了？」

「我現在醒了。」她抓著酒瓶，遞給他，轉過身來，讓兩人面對面。天啊，她穿著他的T恤，看起來好可愛，狂野的髮型跟有壓痕的臉頰也好可愛。

「嗨，」他咧著嘴，對她一笑。

珍納維伊芙也報以微笑——但她的表情立刻變得很陰鬱。

「怎麼了？」

「沒有，我只是……我不太懂，」她遲疑著說，看起來很迷惘。「我們怎麼了？我在哪裡？

還有……你是誰？」

尚恩瞪大了眼睛。那個女生打了珍納維伊芙以後，她的頭撞到了地板嗎？她是不是因為腦震盪而失憶了？不會吧。不行。他不能驚慌失措。

「你記得的最後一件事是什麼？」他問。珍納維伊芙緊緊閉上眼睛。「辛辛那提。」

「辛辛那提？」

「在俄亥俄州。」她說。

「你認真的嗎？」尚恩坐了起來，靠著絲絨布的床頭板。他用手抱住了頭。「不會吧，不要，不要，不要……」

珍納維伊芙的嘴角抖了抖，眼睛露出了笑意，然後她放聲大笑。「嚇死你了！」

「讓我死了吧，」他呼出一口氣。他的嘴角忍不住翹了起來，然後也笑到發抖。「我真的以為你失憶了。」

珍納維伊芙一臉自滿，坐到他身邊，肩膀靠著他的肩膀。「很像真的吧？我看《我們的日子》長大的。」

「你好奇怪。」他的口氣充滿敬仰。

她點點頭，表示同意，把頭靠在他的肩膀上。

「說真的。你記得我們怎麼來的，對吧？你不怕嗎？」

「我什麼都不怕。」珍納維伊芙很有自信地說。尚恩不太相信這句話，因為就在此刻，她背包裡的手機嗡嗡作響。他感覺到她很緊張。手機震動個不停，但她堅持不接。他很納悶，會是誰打來的？他用手環住她的肩膀，把她拉向自己，希望能消除她的焦慮（或至少暫時忘記）。珍納維伊芙輕輕發出滿足的嘆息聲，最後宛若輕柔的呻吟。他用盡所有的意志力，才沒有吻她。

尚恩不可以。他不可以往那個方向去。從過去二十四小時發生的事情看來，接吻應該無關緊要。但對象是珍納維伊芙，那就有關係了。是她的話，就要承諾。

「我連你是誰都不知道，」珍納維伊芙輕聲說，用食指撫過他胸膛上的舊傷疤。「為什麼我們好像認識很久了？」

「不要問，」尚恩說。「你隨便拉一根鬆掉的線，整個東西就塌了。」

她的手機又震動起來。這一次，她抬眼看著丟在籐椅上的背包。她的臉龐蒙上了一層憂慮和懼怕，但她仍選擇不接電話。

她咬住了下唇。「嘿。要不要去一個地方做壞事？」

「年輕魯莽的壞事？還是會被抓的壞事？」

「我不能被抓。我的臉都是瘀青。大頭照怎麼能看？」

「看起來會很真實。」他伸了伸腿，碰到冷冷的東西。尚恩翻開了床單，拿出一包已經解凍的青豆。「床上有豆子？是你的嗎？」

「不是。誰喜歡吃青豆啊。」

「嗯。」尚恩喝了一大口伏特加。腦子裡的東西氧化了，他開始感受到該有的醉意。「很棒的伏特加。」他看了看瓶子，表情很迷惘。「這是誰的？」

「換你失憶了嗎？」珍納維伊芙笑他。

「你看，」他說，「我的短期記憶亂七八糟的。」

「K他命是壞習慣。」

「人生才是壞習慣，」他的眼中閃出輕率的光芒。「要不要去游泳池胡鬧一下？」

珍納維伊芙還沒回答，手機又響了。

「好啊，去游泳！」她馬上回答。「但是你的石膏怎麼辦？」

「保鮮膜，」他聳聳肩。「但是，游泳會害你頭痛嗎？我不想讓你更難受。」

珍納維伊芙用下巴靠著他的手臂。她抬頭看看他，表情很溫柔，唇上的微笑若隱若現。

「從來沒有人關心我的頭，」她輕聲說。「沒事的。但是要胡鬧到什麼程度？萬一溺水怎麼辦？」

尚恩不知道怎麼回答。他看著她的臉，神魂顛倒。他根本不知道他們在說什麼，她漆黑的眼珠、慵懶的能量、靠著他的肌膚熱氣，讓他迷惑到無法自拔。

萬一溺水怎麼辦？

他已經沉下去了。

珍納維伊芙的手機又響了。這一次，她丟給尚恩充滿歉意的一眼，從背包裡抽出手機。坐在床上的尚恩看到螢幕上閃現的名字是莉澤特。她關掉了手機的聲音，往椅子上一丟。然後站在那裡，用指節摩著太陽穴。她的心情變了。整個人散發出焦慮。

「你朋友有沒有止痛的東西？」她的聲音模糊不清，好像離得很遠。「我沒帶止痛藥。」

尚恩把手伸到床底下拉出安娜的存貨，爬下床把標了「麻木」的袋子遞給珍納維伊芙。「對啊，她跟我買最多的就是這種。我之後再補貨就可以了。」

「謝謝。」她垂下雙眼，從背包裡拿出彈簧刀大小的小袋子，把重心從一邊換到另一邊。若有所思地，她開始搔抓手臂內側，皮膚紅到像是燒了起來。

「珍納維伊芙。你沒事吧？」他朝她走了過去。

「不要！」她舉起手，止住他的腳步。「我的意思是，沒事。我只是……要……去一下廁所。等我一下。」

他點點頭，「去吧。」

珍納維伊芙踩過完美磨亮的木質地板，走進旁邊的浴室，裡面貼了Burberry的格紋壁紙，各式裝置都是金色的。她進去後就把門關上。

他知道她在裡面幹什麼。他想阻止她，又不想多管閒事。首先，他們確實在同一個空間裡。但另一方面，由他來規定哪些破壞性行為可以，哪些不OK，未免就太虛偽了。

尚恩抓著伏特加，敲了敲浴室門。「我就站在這裡，好嗎？就在門的另一邊？」

無聲的時間太久了。尚恩心想，如果有需要的話，他能不能破門而入。

「為什麼？」珍納維伊芙的聲音很微弱。

「你就不會覺得寂寞了。」

「真的嗎？」她停了一下。等她再開口的時候，她的聲音比較靠近了。「好啊。」

尚恩用背靠著門。他抓了抓下巴，剝了剝下唇的死皮，又拗了拗指節。「你要聊天嗎？還是……」

就在這個時候，他感覺到珍納維伊芙也把身體壓在門上。

「OK。」她的聲音很近，好像一伸手就能摸到。「聊吧。」

「二十個問題，」他清了一下喉嚨。「我先吧。你是哪一種法國裔？海地？阿爾及利亞？」

「路易斯安那。」

「你爸是路易斯安那人？」

「不知道是誰。」

「我也不知道我爸是誰。」

「有想過找他嗎？」

「不用了，我很好。『父親』的概念感覺就是捏出來的，跟聖誕老人或復活節兔子一樣。」

尚恩用酒瓶敲敲腿。「反正我從來不相信那些黑鬼。」

「小時候，」珍納維伊芙說，「我希望他是木法沙。」

尚恩頓了一下。「我接下來說的話可能會引發爭議。」

「不要告訴我，你沒看過《獅子王》。」

「只是……歷史都屬於勝利的人，對不對？如果木法沙是壞獅子呢？我們也不知道，因為他是故事的主角呢？《生生不息》感覺就是宣傳，要讓工人階級的動物守本分。好像在說，閉嘴啦，你生來就是要被吃掉。我可能有點煩人吧。」

「你不煩；你是心理變態，」尚恩在她的聲音裡聽到了笑意。「換我了。你知不知道你媽是誰？」

「沒。孤兒。你有媽媽嗎？」

她的寂靜感覺很沉重。「算有吧。」

「總比沒有好，對不對？」

「難講，」她嘆了一口氣。「換我了。你有沒有別人不知道的才華？」

尚恩彈了彈下唇，思索著要不要坦白。

「我會唱歌，」他猶疑著承認了。「唱得很像樣。唱那種柔和的節奏藍調東東。比方說，不管是什麼歌——〈生日快樂歌〉也可以——我都可以唱得像吉納文一樣。好尷尬啊。」

珍納維伊芙放聲大笑。「唱給我聽！唱厲害的歌，像是〈End of the Road〉。〈Thong Song〉。克莉絲汀的〈Beautiful〉。」

他咧了咧嘴。「你要我在你面前出醜嗎？」

「不對，我要你願意在我面前出醜。」

兩人笑了起來，笑聲一下子又消失了。尚恩開始一口又一口喝酒，珍納維伊芙悄然無聲。

尚恩眼前出現了重影。他閉上一隻眼睛，視線恢復正常。

「嘿，」他開口了。「你為什麼要那樣？」

「不知道。我就發呆了。」她的聲音又變遠了。「然後，覺得放鬆了。」

「會痛嗎？」

「那就是重點了。」

「跟我的手臂一樣，」他承認。「會痛，但是我需要痛。就像膠水，讓我保持完整。」

她說了句話，聽不到說了什麼。然後「我要坐下來。」

尚恩感覺到她的身體順著門滑下來。他也跟著坐下。他不知道他們這樣坐了多久。時間感覺可長可短。過了一會兒，尚恩昏過去了。他一定睡得很死，因為等珍納維伊芙終於開門的時候，他咚一聲往後倒在地上。

「去游泳吧！」她的聲音很有力，聽起來很開心。

尚恩躺在地上，抬眼看著她。珍納維伊芙一臉燦爛的笑容，彷彿藥丸發揮了效用，疼痛也消失得無影無蹤。她渾身濕透了，頭髮也在滴水。她穿著衣服洗澡嗎？

前臂內側多了一道不顯眼的OK繃，是她自殘的唯一印記。

尚恩呆呆瞪著他濕透的T恤裹著她的肌膚、她的胸罩、她的內褲——一股克制不住的情慾和一種令他心神不安的魔力困住了他。*彷彿剛才什麼事也沒有。*她看似毫髮無傷。帶著一種勝利的感覺。一股自然的力量。

尚恩渾身發熱，覺得自己醉了，以為看到了幻象。

就在此時，她自信地跨過他，讓水滴得到處都是，大步走出了房間。「快起來！」她回頭叫了一聲。

他不假思索地站了起來。

星期三

第十三章　相當多愁善感

第二天早上，伊娃跟歐卓之間的氛圍依然尷尬到了極點。伊娃的胃不知道打了幾個結。其實跟吵架無關，而是兩人對話的方式。她們從不故意用言詞傷害彼此。其他的母女會說氣話，但她們不會。

歐卓沒吃早餐，就靜靜溜出了門。

伊娃覺得心都碎了。但她知道，必須完成任務。歐卓一走，她就趕緊套上隨性的坦克背心短裙，把捲髮弄得像美髮影音部落客一樣誘人，快步走到地鐵的F線。到地鐵站要走三個街區，偏頭痛也從悶痛升級到劇痛（六月的濕度！），威脅著要刺穿她的無懼。她到小酒館借了廁所，在大腿上打了一針止痛劑。等到了西村，大腿發麻、腦袋暈眩、頭髮也塌了——但她沒忘了自己的目的。在第八大道一家殘破的咖啡店買了兩杯冰咖啡，她快步穿過迷宮般的鵝卵石街道，找到她的目標。

赫瑞修街散發出名牌的魅力和老紐約的風華。八十一號在繁茂的樹蔭下，是街區的倒數第二棟，十九世紀的紅磚排屋。這一棟比其他的房子多了一層，宏偉的門廊連到引人注目的天青藍大門。

伊娃爬上排屋宏偉的門廊，在最上面一層停下了腳步——氣喘吁吁，她的手凍僵了，冰咖啡外的水珠滴上了她的愛迪達球鞋。

既然沒辦法用手敲門，她只好用腳輕輕踢了一下。沒有反應。她又踢了一下。還是沒有反應。然後門開了。

尚恩站在門口，寬闊的肩膀威脅性十足、雙眼明亮、打扮講究——皺巴巴的白T和灰色的縮口運動褲（感覺很色情）——表情是毫不保留的大吃一驚。

「你在家啊。」伊娃呼了一口氣。

「你來了，」他也吐了一口氣。「你真的來了。」

伊娃點點頭。「我來了。」

他撥了一下下唇，克制著自己的笑意。「來幹什麼？」

「請你喝咖啡。」她一時不知道該怎麼說出實話，只得把一杯咖啡塞進他手裡。

「嗯，謝謝。」他一臉疑惑。「呃。那。我傳太多封簡訊了。對不起。因為你就那樣走了。我很擔心。」

「不需要擔心。我沒事。」她看到窗戶上的倒影，覺得自己看起來緊張到不行。不像沒事的樣子。看起來好像已經喝了四大杯的拿鐵。

「要進來嗎？」

「我不應該進去。」

「噢。」尚恩遲疑了一下，又問：「那我出來好嗎？」

伊娃動搖了一下，突然失去了平衡。她來了，站在他面前，在這棟漂亮的大房子前面，還沒想好該怎麼開口。

「你欠我。」她脫口說了一句話。

「我欠你。」他複述了一次。

「對。」

他動了一下，把手伸進口袋裡。「咖啡的錢嗎？」

太難了。「不是，我的意思是……聽我說，我不是來跟你敘舊。但是，最後是那樣。就以前那個時候。你知道的，你欠我。」

「噢，」他吐了一口氣，懂了。「天啊，沒錯，我欠你。」

「我要你幫我一個忙。」

「什麼都可以。」

「真的嗎？」

他緩緩點頭，與她四目交接。「你要什麼？」

集中精神。

「你能不能去我女兒的——」

「可以。」他插嘴說。

「……學校教英文？我不知道你要待多久。但校長急著找下一個學年的英文老師。有點急。」

「可以。」

「你不問為什麼嗎？」

他的眼睛閃爍著光芒，「你有空再告訴我。」

「你居然敢假設我們還會見面。」

「你居然敢假設我們從此不會再見。」

伊娃的眉毛一下子衝到了髮際線。「你說什麼？」

「我們一定會再見。」尚恩舉起咖啡杯，向她指了指。「你說，過去已經過去了，對不對？」

「沒錯。」

「那就從頭來過。我們可以當朋友。你接下來有事嗎？」

她皺起眉頭，瞄了一眼手錶。「有啊。我的生活……唉，快崩潰了。」

「要聊一聊嗎？」

她搖搖頭。「不用了。我該走了。」

「好吧。」尚恩極力保持自然的表情。「再見。」

吃了一驚，伊娃不由自主地呼出一口氣。「再見？」

尚恩靠著門框，說：「你要我說服你放下正事不做嗎？想做的話，你就會做。你已經長大了。」

「好吧。」她歪著頭，上下打量他。「你還是一個危險人物嗎？」

他笑了。「你呢？」

「我有小孩。我會寫信給校長，要求把教室改成節能減碳。」

「你還沒來之前的那五分鐘，我正在研究安靜的禪修中心。我們現在有夠無趣的。還能惹什麼麻煩？」

他搖著下唇，對她舉起自己的咖啡杯。

「可以待一個小時，」她拿自己的咖啡杯跟他碰了碰。「最多一小時。」

她看到了他滿意、有把握的微笑。她一直不夠堅定，抵擋不了那樣的笑容。

正事還是要先做，伊娃要把好消息報告給布莉姬．歐布萊恩。她速速寫了一封電子郵件給布莉姬，指頭在手機上飛快滑動，一種興奮的放鬆感受席捲全身。歐卓在赤夏中學的名額——她們努力的目標——都有保障了。寶貝女兒的學業，拯救成功！謝天謝地，尚恩來了。

但是，放鬆的感覺來得快，去得也快，變成了另一種感覺——她又領悟到，這樣尚恩就會留下來。尚恩，在她住的城市。滲入她的世界。

為了歐卓的學業，付這麼一點點代價不算什麼。她現在先不要有壓力。她應該只會滿心感激。

琥珀色的陽光熱烘烘的，但配上了令人愉快的微風——今天很適合漫無目的地遊蕩。尚恩建議他們去高架公園走走，她很小心地答應了。就是兩個老朋友舒舒服服地出遊吧，如果他們算是朋友的話。不論之前是什麼關係，尚恩跟伊娃一起走到高架公園隱蔽的樓梯，就在擠滿遊客的惠特尼美術館後面。連接西村和雀兒喜的高架步道上面有很多餐車、噴泉及樹蔭濃密的花園，可以欣賞城市的風景。走了一段路以後，他們看到前方是玻璃牆的迷你露天劇場，可以俯瞰第十大道。

伊娃向來緊張兮兮，但在尚恩身邊卻非常平靜，出乎她的意料之外。台階上稀稀落落的人群散發出慵懶日子的平靜，而且感染力很強：哺乳的母親、跟四隻約克夏犬一起曬太陽的人、啜飲著檸檬水的老夫妻。伊娃跟尚恩選了一個點，謹慎地開始閒談，兩人的口氣都帶著猶豫。聊了天氣。書籍的銷量。《亞特蘭大》的第二季。

過了沒多久，兩人又安靜下來，伊娃放棄不著邊際的閒談，直擊重心。

「那麼，」她開始了。「赫瑞修街八十一號。」

「我的地址。怎麼了?」他搖搖咖啡，加速冰塊融化的過程。

「那是詹姆斯．鮑德溫的家。」

「正如，」他指出，「門上牌匾說的。」

「不是，我很迷鮑德溫。我知道他住在那裡，從一九五八年住到一九六一年。」她揚了揚眉，強調她的重點。「他在那棟房子裡寫了《他鄉異國》。」

「就在那裡，對啊。」

伊娃把雙臂交叉在胸前，斜眼看了他一下。「你坐在露天看台上的時候，就在看那本小說。我們認識的那天。」

他也把雙臂交叉在胸前，對上了她的視線。「充滿詩意的巧合。」

「尚恩。」

他一臉開心。

「大哥，你還滿多愁善感的。」她說。

「你還記得。所以你也很多愁善感。」尚恩咧開了嘴，往後一靠，交叉了雙腿。他的皮膚反射了溫暖的陽光。她覺得他充滿了誘惑力，又覺得自己好蠢。

「如果有機會創造意義，為什麼不把握？」他接著說。「我可以選連鎖的華美達酒店，跟傷心的業務員住在一起，被陳腔濫調跟無聊慢慢折磨到死去。也可以租下我最愛的作者住過的房子，希望能得到寫作的靈感。就算沒有靈感，至少也能享受一星期的周而復始象徵主義。」

「對你來說效果如何？」

「你說周而復始象徵主義嗎？嗯，過了十五個六月，我們又回到露天看台了，可以說還算順利。」

他們靜靜地看了彼此一眼。伊娃先轉開了視線。

「我指寫作的效果。」她強調。

「我再也不能隨心所欲地駕馭文字。」他的語氣很認命。

伊娃放下了咖啡。「就好像有些人頭部受了重傷，陷入昏迷，醒來了以後就開始說不同的語言。在我的想像裡，就是這種情形。第一次清醒著寫作。」

「嗯，」尚恩反覆思索著她的話。然後他輕笑了一聲，聽起來一點也不高興。「就是那樣。

就像有一天醒來以後，就不會英文了。我用自己再也不會的語言寫作。」然後他說：「戒酒了之後，就寫不出來了。這是我第一次大聲說出來。」

伊娃往後靠，他們的肩膀差點就碰在一起。「這些年來，我確實看過一些你的影片」——她對他微微一笑——「但從來沒看過你爛醉的樣子。只是有點睡眼矇矓。」

「天啊，是美國全國有色人種協進會的獎項嗎？」

「我只是要說，你掩飾得很好。」

「表現得很清醒，是一種藝術，」他解釋。「訣竅在於沉默寡言，不動如山。能做到這兩點，自然會很想睡覺。」

「我在某個地方看過，」伊娃說，「在電影拍攝現場，演員要拍酒醉的場景前，會先轉圈圈。讓自己頭昏昏的，無法保持平衡。」

「很聰明，」他又轉起了咖啡裡的冰塊——叮叮噹噹的聲音十分悅耳。「你知道群眾場景裡的臨時演員要怎麼讓自己看起來像在跟旁邊的人對話？他們一直反覆唸『豆子跟胡蘿蔔』。同時做手勢，看起來好像真的在聊天。」

「真的嗎？」她用肩膀推推他。「演個瘋子給我看。」

他皺起英俊的五官，做出威嚇的怒容，無聲地唸豆子跟胡蘿蔔，豆子跟胡蘿蔔。看起來像一隻狂怒的黃金獵犬。

伊娃放聲大笑。

「有什麼好笑？」

「尚恩．霍爾，你變得一點也不可怕。」

「我知道。我從流氓變成綿羊。」

兩人咯咯笑了起來，笑到忘了在笑什麼。他們最後都沉默了下來，也不覺得尷尬，一起享受著陽光。尚恩的手機響了一聲，他懶洋洋地低頭看了一眼，是阿泰的訊息。一張自拍照，他帶著微笑的圓臉旁邊是一個綁著辮子的可愛女孩，兩人都拿著蛋捲冰淇淋。

今天真完美，他心想，差點就要暈了。一切都很完美。

「我還是不敢相信，你現在變得那麼陽光，」伊娃看著他的表情。「你願意告訴我，怎麼戒的嗎？靠著戒酒無名會嗎？」

尚恩想了一想，把吸管套摺成一個小方塊。

「才不是，我恨死了戒酒無名會。無窮無盡的分享跟團體治療。只為了了解你為什麼要喝酒。我從一開始就知道我的理由，也不想放棄喝酒。戒酒成功，是因為我想戒。不戒，就死。」

他轉頭看著她。「我很自戀，我不想死。」

「嗯。你確定治療沒有效？」

反擊的話差點就脫口而出，但伊娃光裸手臂上閃爍的陽光轉移了尚恩的注意力。他的眼睛游移過她的肌膚——疤痕都不見了，但是四處散落著精細的黑色刺青圖案。一個半月；路易斯安那州的標誌；羽毛；某人的生日，刻成夢幻的、點綴著花朵的葡萄藤，繞在她的手腕上。她的藝術好美，美到讓人分心。

永遠不知道下面有什麼。

「珍納維伊芙，你怎麼戒的？」

「伊娃，」她輕聲說。

「我知道，」他停了一下才說，「我就是說不出口。」

「沒關係，」她真覺得無所謂。「後來……我去了精神病院，因為自殘的關係。」

「你媽送你去的？」

「不是，是警察，」她沒有多作解釋。「在醫院裡，我才明白，因為覺得無助，所以割傷自己的手。才會覺得能掌控什麼。」她用手來回撫摸她的左臂，彷彿想擊退灼痛的回憶。「在那之前，我以為這是一種神聖的儀式。馬雅人相信在一出生的時候，神明給人類的禮物就是鮮血——所以要用自己的血來回報。淨化心靈的感覺。」

「你想念過那種習慣嗎？」尚恩問。

「有時候會，」她低聲承認。「常常在淋浴的時候。我想念那種水沖過傷口的刺痛。很病態吧？」

「我不覺得。」他的口氣不帶著評判。伊娃沉進了這樣的能量裡，放鬆了一些，心存感激。

「我並不想念酒精。」他接著說。「但我確實會想念拿著拐杖的感覺。一開始的時候，看到清醒的人，我心裡都會想，你們真的都能感覺到所有的東西嗎？

「對啊。有時候我還是希望能關掉那些噪音。」

「我想念毒品。」

他們靜靜地坐著，肩膀之間只有幾英寸的距離，維持著一樣的姿態——但不碰到彼此。

「你還是戴著那個戒指。」他說。

她沒發覺他一直看著她。伊娃的心跳突然加速，她舉起手，瞇眼看著陽光中的貝雕戒指。

「它會保護我——我不知道為什麼。你有這樣的東西嗎？比方說安全毯？」

「沒有。」尚恩的視線轉到街道上。「沒有，現在沒有了。」

伊娃把一綹捲髮塞到耳後，看著文青從第十大道上的朝鮮薊巴齊爾披薩店走出來。然後，她對尚恩羞澀一笑，站了起來，走下露天看台，到了玻璃牆前面。

站在那裡，她往前把額頭靠在冰涼的玻璃上。感覺難以置信，彷彿她懸在空中，懸在下方的街道上。彷彿世界在這裡停止，從這裡開始。她眨了眨眼睛，闔上了眼，感覺到尚恩站在旁邊。

「有一次，我跟歐卓一起把頭頂在玻璃上，」她告訴他。「感覺像飄起來了，對不對？把眼睛閉起來。」

他們在那裡站了一下，或兩下或三下，然後她抬頭瞥了尚恩一眼。

尚恩根本沒閉上眼睛。他很專注地看著她，毫不掩飾迷惑的表情。在太陽下，他的眼珠顏色比平常更淺。伊娃記得這個顏色，帶著金斑的蜂蜜色。記得一清二楚。愛上他，真的很容易。這一分鐘，還好；下一分鐘，她就完了。

「走吧。」尚恩破除了兩人之間的魔咒。

伊娃眨了眨眼。「去哪裡？」

「去找新的毒品。沒有危險的毒品。」

「值得嗎？」伊娃問，「不危險有什麼好玩？」

「不知道。」他說，「一起去找吧。」像個小男孩一樣開心。

尚恩跟伊娃找到了第一個安全的毒品——小西十二街上的手工義式冰淇淋小攤。他們狠狠地一共點了三球，然後再回到灑落著斑駁光影、如迷宮一般的西村街道。

尚恩的蛋捲裡裝了滿滿的橄欖油冰淇淋，伊娃則要了肉桂跟卡布奇諾。很美味。整個下午都很美味——美味到還沒結束，尚恩已經滿心留戀。

彷彿時空連續體出了點小問題，他們本來素不相識。重新燃起的友誼讓兩人輕飄飄的，相當興奮。尚恩已經滿足了，他不敢挑戰命運，要求更多。這一刻已經夠完美了。這樣就好。有伊娃就好。穿著愛迪達球鞋的女神。他的伊娃，性感得讓人魂不守舍、暈頭轉向，冰淇淋只顧著拿在手裡，走了七條街都在聽她解構電影《星際異攻隊》第二集裡的女性主義潛台詞。

根本不迷超級英雄的尚恩立刻被感化了。伊娃的熱情充滿感染力。她的笑聲彷彿飄在空中。她的發言很……專橫跋扈。在某一刻，講得很高興的時候，她把眼鏡往頭上一推，箍住了頭髮——尚恩看到一綹捲髮沒固定住，跳到她的額頭上。跳的速度很慢，慢到有些難耐。

我願意用我的一切去換那束捲髮。

尚恩能清楚察覺到，他要瘋了。邊走邊聊邊吃冰淇淋，超過了他的極限。來到一家十九世紀的藥房外，伊娃突然坐到長椅上，太好了。她終於拿起融化的冰淇淋大口吃了起來，他問了他從早上就開始想問的問題。

「換個話題吧，」他的口氣沉重。「你為什麼說你的生活快崩潰了？」

伊娃很誇張地呻吟了一聲，把歐卓的Snapchat醜聞告訴他。

「……還有歐卓的夢想。但她以為她什麼都懂。她急著要長大。太可怕了！當她的媽媽，有時候真的很茫然。我想把我媽當成範例，她扮演的角色很多，卻當不好『母親』。」

尚恩還沒回答，就看到對面的街角有個二十多歲、橄欖色皮膚的女孩，綁著粉紅色的馬尾，正盯著他們看。她咧嘴一笑，在手機上打了幾個字，然後傻笑了起來。謝天謝地，伊娃沒看到她。

混帳東西，他邊想邊低下了頭。年輕的女粉絲太難控制了。身上有八個地方用墨水寫了「小八」。

「你從來沒認真跟我說過你媽媽的事。」他轉過頭，用後腦勺對著那個女生。

「唔。」伊娃舔了一下冰淇淋。「讓我想一想。她來自一個小鎮，貝兒花兒。小時候，大家都叫她曼蒂，曼蒂斯的小名，螳螂的意思。因為她出生的時候雙手合十，像螳螂一樣。在小港口，」她用母親的路易斯安那口音拖長了說，「你的名字只是一種暗示。」她微微一笑。「莉澤特比較適合她。」

「聽起來好脆弱，好悲劇。」

「我媽就是這樣，」伊娃點了點頭。「反正，她除了參加選美比賽，什麼都不會。一九八七年，她參加環球小姐，過關斬將，但是後來失去資格。」

「像凡妮莎．威廉斯那樣的醜聞嗎？」尚恩問。

「不是，因為頂著五、六個月的大肚子，不能參加泳裝比賽。」她咯咯笑著說。「我出生以後，我們搬到洛杉磯，但她太矮了，不能當模特兒，口音又太重，不能當演員。只能靠有錢的男人來拯救她。她變成……怎麼說呢……專業小三吧。還滿好賺的，起碼有一陣子賺了不少。房子、衣服、學校——都是最高檔的。你知道嗎？小時候住過的房子，我都不記得裡面是什麼樣子。只記得從臥室窗戶看出去的景色。在拉斯維加斯，是一座人造湖，裡面有大理石美人魚跟噴泉。在芝加哥，是一家豪華波斯餐廳的後面。在亞特蘭大，是住了很多流浪貓的死路，我用武當幫成員的名字幫每一隻貓都取了名字。」

「很多隻呢。」

「她跟男人分手，我們就搬家。我過了十歲以後，住的城市愈來愈髒亂，她選的男人也變得好可怕。但是她從來不覺得自己會惹上麻煩，你知道嗎？她就像個小孩子，」伊娃說。「她白天都在睡，晚上才出門，我就獨自一個人。」伊娃停了一下，垂下了雙眼。「莉澤特是個怪人。但說得公平點，她的媽媽可洛蒂德，我的外婆呢？也絕對是個怪人。」

「她也是專業小三嗎？」

「不是，她殺了人。」

「什……什麼？」

「我外婆，可洛蒂德，有時候會『發作』。昏倒、憂鬱，還有……」她突然住了口。

「還有什麼？」

「劇烈的頭痛。」

尚恩盯著她，眼睛眨也不眨。

「小鎮的人以為她被附身了。尤其是每個星期天做彌撒喝『聖血』以後，她都會頭痛欲裂。聖血當然就是便宜的紅酒，很容易引起偏頭痛。可是在一九五〇年代，沒有人知道。」伊娃笑了一聲。「大家都以為她是——」

「女巫，」尚恩插口說，臉上是不信的表情。「會偏頭痛的女巫。」

伊娃的酒窩跳了出來。

「有一天，我的外公在小屋裡大聲唱歌，他是個男中音。根據傳說，她已經著魔整個月了，無法忍耐他的噪音，就發了瘋，開槍殺了他。警長怕到不敢起訴她，但她也逃走了。她把莉澤特丟給姊妹照顧，在士里夫波特重新做人。噢！還創了業。據說，她煮的詹巴什錦飯好吃得不得了。女巫反而變成賣點，去市集賣食譜。可洛蒂德的巫婆湯：撒日本人親吻過的香料。她親手製作的標籤出現在南方美學的Pinterest看板上。這些都是我媽說的。她講故事真的一流。這是我們唯一的共通點。」

尚恩往後靠著長椅的椅背。

「這是你的血緣？黑暗得要命，棒透了！」

「還可以更黑暗。」伊娃從小就把這些故事牢記在心，現在能說出來，她興奮到停不下來。「可洛蒂德還是嬰兒的時候，她的媽媽德爾菲娜在三更半夜離家出走。沒有理由，就跑到紐奧良，裝成西西里人。她把默西耶改成米切利，上台表演歌舞，嫁給州檢察長，生了一個『白人』兒子，征服了一九三〇年代的社交舞台——幾年後，她丈夫死了，她繼承了他的房子。在種族主義非常非常盛行的花園區，最好的房子屬於一個私底下是黑人的女人。」

「她一定膽戰心驚，怕被別人發現吧。」尚恩說。

「我猜她不怕。四十歲那年，舉辦年度耶誕派對的時候，她請了一屋子的紐奧良貴族，卻把自己淹死在浴缸裡。她用唇膏在磁磚上留了法文的遺言，意思是偽白成功。自己揭穿自己。」伊娃略聳了聳肩。「現在看來，這個故事已經湮沒了。我的白人表親不知道他們自己的血統。我在臉書上找到了他們。他們也看起來非常白。共和黨的白。」

「你有偽義大利人的親戚嗎？」

尚恩想知道更多。伊娃說話的時候，整個人都不一樣了——雙手飄在空中，彷彿要抓住故事的片段，聲音變來變去，一直變形。彷彿她自己經歷過這些故事。

伊娃是這些女人的綜合體。

「可以寫書了，」尚恩說。「拜託，寫出來。」

「好啊，書名要叫什麼呢？反覆無常的母親跟疏於照顧的女兒？」聽起來，伊娃已經想過這件事了。想過很多次。「還有，要先把第十五集寫出來，才能寫別的。」

「你在餐室裡提到的就是這本書？」尚恩想起之前的對話。「你說反正沒有人要看的那本？你錯了！這是非裔美國人的歷史，說故事的人都很棒，母系的狠角色。」

「聽我說，歐卓什麼都不知道。她覺得莉澤特很厲害。我……調整了一下歷史，因為我希望她對自己感到驕傲，」伊娃的口氣很堅決。「我從來沒去過貝兒花兒。」

「去啊。」尚恩渾身爆發活力，轉過去對著伊娃。「去吧。」

「不行。」伊娃搖搖頭。「那我得強迫自己敞開。」

「為什麼不要？」

「裡面是一團亂。」她空洞地說。

他心想，不知道她上次在某個人面前崩潰是什麼時候。

「但很適合寫，」他堅持。「就是你。」

「我不能崩潰。」她說。

伊娃這時才跟他四目交接。尚恩看到，她充滿了渴望。一股力量，一股想保護人的感覺，擊中了他。他想抓住她，一起逃跑。但是，上一次一起逃跑的結果不太好。

「尚恩，」她細聲說。「你為什麼不用新名字叫我？」

尚恩猝不及防，縮了縮身體。卡在過去的感受和現在的感覺之間，有點暈頭轉向。如果尚恩用新的名字叫她，那她就不再是回憶。她會變得有形有體。而他則必須面對真實的事物。也就是伊娃．默西彷彿拉了拉線頭，慢慢地，穩定地，把他身上纏繞的線絲解開。

尚恩來這裡，是為了有個交代，然後就離開。愛上她，不在原本的計畫裡。「我不能用你的新名字叫你。」

「為什麼？」

遲疑了一下，他說：「我也沒有崩潰的本錢。」

尚恩聽到伊娃呼出一小口氣，看到她張開了雙唇，但他永遠聽不到她的回答了——因為那個綁了粉色馬尾的女生站在他們面前。擋住了陽光。她用力揮手，彷彿她離他們兩個很遠。

兩人嚇得忘了剛才的凝重，抬頭看著她，伊娃一臉疑惑，尚恩一臉惱火。

「嗨～！」她大叫。「我叫恰莉。恰好的恰。」

「來得真恰好。」尚恩喃喃自語。

「我看到……你們兩個之間的氣場，好像很緊張？要不要放鬆一下呢？來我們店裡吧！但是要快喔，我們三點就休息了。」

「在哪裡？」伊娃問。

「夢房。我是賣門票的。」粉馬尾女生指了指對面一棟平凡無奇的排屋。黑色的門上掛了招牌，「夢房」用了白色的大字。一個穿著不成套Ann Taylor的女人搖搖晃晃地走出來，滿足地打著呵欠，看似市中心的上班族。

「噢噢，」伊娃透了口氣，轉頭對著尚恩。「我在Refinery29上看過。是一種裝置藝術，像幼兒園的午睡時間，可是對象是大人。你就進去，冥想、睡覺、放鬆。然後恢復精神，回去工作。」

尚恩不是很相信。如果是二十年前，去那間屋子裡睡覺的傻瓜都是他搶劫的對象。

「在陌生人旁邊午睡，安全嗎？」伊娃問，就差那麼一點，就讀出他的心思了。

「我們有詳盡的規則，」粉馬尾女生鍥而不捨。「夢房是一種聲光沉浸式體驗。房間裡很黑，只有輕柔的淡紫色光線，加上焚香的味道和安眠音樂——不過不論你站著、坐著，還是躺著，都會聽到不同的音調，」她繼續推銷。「外面是一團混亂、全球暖化、副總統潘斯。裡面卻有平靜、藝術、自由。就像安全的迷幻旅程！」

不吸毒，就能嗨？伊娃看著尚恩。尚恩看著伊娃。

十分鐘後，尚恩跟伊娃被包在如子宮一般的房間裡，漂浮起來。

此時，恰好的恰莉已經把她iPhone X裡尚恩跟伊娃的照片發到《受詛咒的戀人》臉書社團——加上了詳細的描述。她是紐約大學皇后學院的學生，在相當小眾的拉美裔女巫協會擔任後備活動企劃，深深迷戀伊娃筆下女性力量十足的女巫——但生來是個紐約人，讓伊娃知道的話就不夠酷了。

第十四章 GIRLING ABOUT

「史派蘿每次都這樣，」帕絲莉・卡曾哀號著說，她的謾罵已經持續十分鐘了。「她就希望別人注意她。一心想出風頭。」

歐卓完全沒有興趣聽她的鬼叫。帕絲莉開口閉口都是史派蘿・夏皮羅。還有《河谷鎮》。現在歐卓坐在她旁邊，還有一個小時才能走。留校察看的懲罰居然可以難熬到這種程度。

「昨天，我穿了新買的厚底靴，」帕絲莉說，「史派蘿就說：『噢，我上個週末也從Urban Outfitters訂了同一雙鞋。畢取，你訂了才怪。你只是找一個藉口，等你穿我的鞋子來學校，就可以說是自己的。」

歐卓克制住翻白眼的衝動，提出她所能想到最溫和的回覆。「可能她真的買了。我們不都買一樣的東西。你看，我們兩個都穿凱斯・哈林的Vans帆布鞋。」

「Vans無所不在，」帕絲莉的口氣帶著嘲弄，歐卓聽到她用了一個成語，還略吃一驚。

這跟史派蘿偷穿你的靴子沒有關係，歐卓心想。重點其實是史派蘿先用了你在猶太女孩成年禮上要播放的歌。好像〈Old Town Road〉只屬於某一個人。

歐卓不想再聽到這件事了。還好，要轉移帕絲莉的注意力一點也不難。「你的眉毛好好看。用飄的嗎？」

「是啊！我去『閃亮亮美眉』做的。美吧？」

「讚透了。」歐卓想打呵欠，努力忍住了。

帕絲莉叫了一聲，拿起iPhone當鏡子照。她伸出舌頭，比了一個「耶」，幫自己拍了一張照片。「我真好看，哎。」

太好了。現在歐卓可以靜靜地消沉。

她一整天都想掉眼淚，只能忍住。但是，她的個人品牌是「泰然自若，始終如一」，赤夏中學其他四個留校察看的學生顯然很輕鬆，都沒有注意到她的情緒。

歐卓用一隻手的手指頭就可以數出來她在學校流露出失望的時候。也幾乎沒有說過激動的罵人的話，例如髒話或排泄物。更從來不會在朋友背後說人壞話。沒有人知道她真實的感受。

畢竟，歐卓．若拉．東妮．默西－摩爾是領袖！這種社交力量要是落到不對的人手裡，就會發起小圈圈的惡作劇。因此，歐卓一定要表現得很正面、冷靜、理智。如果碰到很多糟糕的事情，她就回家，在紙上塗塗寫寫，讀《相信自己很棒》，跟媽媽一起窩進被窩。

歐卓的情緒都靠自己處理。其他的小孩反正也只想討論自己的事情。就讓他們講，不要妨礙他們，他們就會信任你。此外，治療師在療程中絕對不該帶入自己的感覺（她三年級的時候讀了佛洛伊德的《精神分析引論》，學到這個原則）。

因此，儘管被留校察看，儘管身心交瘁，她依舊很鎮定。不要管媽媽前一天說的話了——她說的話暗示，歐卓害她沒有人生，沒有愛。沒有真正的快樂。

我是個機器人，所以你才能當蝴蝶。

她一直覺得歐卓在扯她的後腿嗎？她不該當她的孩子嗎？

歐卓跟母親從來沒有過真正的爭執。她們會吵嘴，但不會真的大吵。但是昨天，在赤夏中學進門的走廊上，母親對她怒目而視，彷彿她催化出全世界的壓力、衝突和緊張。

我毀了她的人生，歐卓心想。我可以治好我認識的每一個人，但我治不好我媽媽。

她覺得很難受，因為伊娃是她最好的朋友。歐卓當然也很敬愛在加州的父親，以及他熱鬧的大家庭。這個星期天，她就要搭飛機去老爸的加州度暑假——她一定會玩得很開心。不過，爸爸只是假期。伊娃才是家。

她們兩個一直相依為命。一起做女孩子的事情，為了好玩弄了很多無意義的儀式。每個星期六漫步探險。星期三晚上看世紀中期的音樂劇。拼貼願景板，推論奧斯卡獎的得主。每年復活節都去參加變裝皇后的賓果遊戲。每年六月，歐卓搭飛機去加州前，去Ladurée點早午餐的全餐（胡椒牛排、馬卡龍、巧克力閃電泡芙、薰衣草茶，跟Pepto Bismol消化藥片！）。

青少年應該要討厭媽媽，因為大多數的母親都忘了十二歲、十三歲、十四歲的時候有多迷惘。忘了那時那種漫無目的、毫無力量的感覺。但伊娃懂她。她會驗證她的想法，她的意見。此外，她跟其他的媽媽也不一樣。她比較像網路肥皂劇裡年輕又古怪的阿姨。親生母親煩躁到不願意討論B計畫的時候，你就會跑去找的那個阿姨。

歐卓把她當成自己的偶像。

歐卓四歲大的時候，她會跳進伊娃灑在牆上的黑影裡。她不會告訴別人，她想變成媽媽的模樣。

在生命中的第六個耶誕節，她希望耶誕老人能把伊娃變成跟她一樣大，她們就可以當一輩子的好朋友。

二年級的時候，她悄悄靠近正在午睡的伊娃，用螢光筆畫滿她的前臂。因為她「很重要」。伊娃有時候很忙，她會趁她不注意的時候偷偷拿走她的戒指，戴在自己手上。感覺自己變成了她，也覺得媽咪的魔力在保護自己。

即使到了現在，歐卓睡不著的話，還是會在凌晨三點爬到伊娃床上。這時候的伊娃通常頭上頂了一個冰敷袋，會把她整個摟進懷裡、背靠著自己，溫暖的手捧住她的臉頰。她的床單永遠是薄荷跟薰衣草的味道，她睡前會把精油抹在頭上。歐卓最愛沉浸到這個香氣裡。如果伊娃的頭痛沒那麼嚴重，她會唱一首很老的搖籃曲給她聽。

睡吧，睡吧，小寶寶
聽聽河水的聲音
聽聽河水流動的聲音

伊娃不會說克里奧爾語，但她會用不標準的發音來唱。隨吧，隨吧，削薄薄。兩人都不知道歌詞的意思，但是沒關係。接下來就會進入黑甜鄉。薄荷跟薰衣草，隨吧隨吧的好睡。

歐卓的思路從慘兮兮慢慢拉升成了氣呼呼。她覺得我是負擔。當伊娃的女兒，你以為容易嗎？十二歲，就要照顧別人？時時刻刻確認行蹤，即使她才剛走進朋友家？還有，《受詛咒的戀人》。阿提克斯．席得曼把《受詛咒的戀人》第六集裡的噁心場景用簡訊傳給全班的時候，歐卓必須假意配合，但內心只覺得尷尬。

性行為並不會嚇到她。在歐卓的成長過程中，母親一定使用正確的詞來指稱私密部位，不會把嬰兒的誕生說得天花亂墜，也提倡自慰（「愛自己，最重要！」）。性是自然的，但寫性愛的媽媽卻不是。噁心。她是無性的！她就只是……媽媽。抱起來很舒服，很可愛。就像皮卡丘去寫色情小說。

之前有一次，歐菲莉亞．格雷的媽媽禁止她參加歐卓的生日派對，因為伊娃「到處散播色情」。歐卓再怎麼尷尬，也要死命為伊娃辯護。她告訴歐菲莉亞，她媽媽太壓抑了，建議她試試看叫作四分衛的快樂棒，BitchMedia.org上面介紹過。伊娃氣壞了。但等歐卓上床後，聽到她把這件事講給希西阿姨聽，邊講邊笑，但最後還是哭了。

歐卓無條件地以媽媽為榮。但是，就因為一個錯誤，伊娃再也不認為歐卓是她的驕傲。

她還能做什麼，才能讓那個女人開心？她是模範生。她從來沒親過男生。好啦，有一次去布魯克林保齡球館的青少年之夜，她抽了一次電子菸，但她沒什麼感覺——回家後，她上YouTube看修容教學影片，在六分鐘的時間內吃掉了自己拿到的整包萬聖節糖果。

伊娃不知道她有多幸運，有她這樣的乖女兒。如果歐卓不能讓她覺得快樂，別的東西也不行。如果一定要活得這麼無味，都不出去約會，隨便她。但這不是歐卓的錯。她沒有要求母親把自己生下來。這一課，她是從某一集《伊雅娜：修補我的人生》裡看到的，那一集很有力量，主題是相互依存關係。

此外，被威脅退學又不是世界末日。歐卓對她上的這所私立學校早已心存懷疑。就是不真實。她不敢告訴別人，她其實很想上公立學校，體驗真正的壓迫。在那裡，她才能實現最強大的改變。

周圍都是無用的財富時，我怎麼能說自己是一股跟得上時代的文化力量？她心想。私立學校是一種過時的、有階級偏見的概念。

在赤夏中學，她覺得窒礙難行。或許，那就是伊娃跟歐卓的差異。伊娃願意接受窒礙難行。但歐卓想品味人生，好好感覺，做這做那，去很多地方。當一個冒險家。就像希西阿姨！也可以像莉澤特外婆。

歐卓希望她能更親近莉澤特外婆。碰到生日和重大節日，她們會用FaceTime視訊，但她只來過布魯克林兩次。伊娃說莉澤特不敢搭飛機——而且，學校的事情很多，工作很忙，她們能出外旅行的時間不多——但歐卓一直不解，為什麼她們跟莉澤特外婆鮮少往來。

在伊娃的故事裡，莉澤特就是個女神。美到極點，獨樹一格，充滿力量，簡直不是凡人。歐卓的現代藝術老師給的期末報告是畫一個女性主義者的象徵——她就想畫自己的外婆。選美產業向以種族主義、男性優越而惡名昭彰，莉澤特贏得了無數的頭銜，而且她沒受過教育，也沒有資源，卻站上伸展台，帶著女兒環遊世界。伊娃老愛把住在瑞士的那幾年掛在嘴邊。除此之外，莉澤特外婆居然還能把女兒送進普林斯頓！她還有什麼做不到？

莉澤特外婆就是真實的美國人成功故事。

她應該會很疼我，歐卓陷入了沉思，再也聽不見帕絲莉滔滔不絕的攻擊。

歐卓繼續在自己的思緒中下墜，而負責監督的教學助理喬許老師則默不吭聲地失控了。他的金髮梳成龐巴度頭，髮際線沁出了汗珠，白裡透紅的皮膚也燒成了深紅色。雖說要監督，但他從一開始就緊盯著手機上的Book Twitter網站，追蹤Lit Hub、LiteraryGossipBlog、BookBiz等等跟文化界有關的八卦推文。

現在，他在白板前來回踱步，想趁隙插入女生們的談話。帕絲莉終於住了嘴，吸了口氣。就在此刻，雖然內心深處的願望是把頭髮留長到膝蓋、攀爬非洲最高峰吉力馬札羅山、像雪兒・史翠德那樣寫一本勵志遊記，但他現在只能鼓足念大學預校培養出的魅力（這種魅力讓他安然完成范德堡大學的學業），接近歐卓的座位。

「哈囉，同學們。你們都還好嗎？」

「喬許老師，我們很好，」歐卓說。「你覺得我們太愛講話了嗎？」

「不會，不會，你們很乖！歐卓，我可以問你一件事嗎？」

她的心往下一沉。天啊，她又做錯了什麼？臉上擺出僵硬的微笑，她說：「好啊。應該沒事吧？」

「沒事！沒有！你很乖。只是……呃，抱歉，我好緊張。」像隻淋濕的狗狗般，抖了抖身體，又重新來過。「歐卓，你媽媽認識尚恩．霍爾嗎？」

她皺了皺眉頭，問：「誰啊？」

「尚恩．霍爾，一位小說家。他的書有《小八》跟《蹺蹺板》。」

「噢，他啊。」她皺起了鼻子。尚恩．霍爾寫的書，在她口裡是「地鐵F線的書」：成年人會搬上地鐵的精裝書，炫耀他們讀的書很重要，有文化氣息。歐卓愛書成癡，但不喜歡地鐵F線的書。不過，她聽過這個人。

「他酒駕？還是做了什麼壞事？」歐卓問。「我好像在TMZ上面看過。我媽應該不會認識這種人。」

「尚恩．霍爾，」帕絲莉若有所思。「霍爾是學生宿舍的意思，哈。」

「我覺得你媽媽一定認識他。」喬許老師說著把自己的iPhone放到歐卓面前。

確實是歐卓的媽媽，依偎著尚恩．霍爾，坐在長椅上。吃著冰淇淋。那麼快樂的表情還是歐卓第一次看到。不一樣的快樂。事實上，只有在活得最心滿意足的人臉上，才能看到那種快樂。就算女兒很麻煩，也不會受到阻礙的快樂。

媽咪在跟這個男人約會嗎？心裡納悶著，困惑與受傷也在心裡打轉。她戀愛了嗎？那麼，為什麼還義正辭嚴地說「誰有時間約會」？她為什麼要對我說假話？她在那裡，開心得要死，我卻在這裡滿懷內疚？

「反正，」喬許老師接著說，歐卓早忘了他在旁邊，「尚恩・霍爾是我最喜歡的作家。我寫了一個故事，我真的很想送給他。已經存在隨身碟上面了。如果拿給你，你可以幫我拿給你媽媽嗎？」

此時，自從入學以來，歐卓第一次決定再也不裝了。

「我就問個問題，喬許老師。」她說。

「什麼問題？」

「我到底做錯了什麼鬼？」她大聲哀號。然後她道了歉，卻放聲大哭了起來。

第十五章　夢房

對伊娃和尚恩這兩個憤世嫉俗的懷疑論者來說，一走進去夢房，只覺得這地方有點嚴肅。

夢房規定

歡迎光臨夢房。禁止吸菸、吸電子菸、飲食、飲酒、使用手機、拍照、大聲說話、碰觸，或交換體液。此地為安全空間，不要作怪。請將貴重物品放進置物櫃。如果使用私人客房，可以關門——但門無法上鎖。每人會發給剛洗乾淨的針頭及毛毯（使用我們的環保洗衣服務！），結束後請丟進洗衣籃。使用時間到了以後，您的睡眠嚮導會輕輕推您一下。請不要毆打睡眠嚮導，他／她／他們／她們只是在履行職責。

那麼，您有什麼職責呢？三件事：放鬆身心！恢復元氣！給自己充電！

「成群的天使唱著歌，讓你安歇。」——《哈姆雷特》

進門的時候，輕巧如羚羊的睡眠嚮導給了他們剛洗好的鬆軟枕頭和毛毯。她應該把兩人當成情侶了，把他們帶進了私人客房。這裡是一棟經典的愛德華時代褐石建築，一、二樓隔成的房間就是一間間能催人入眠的睡房。不需要絕對的安靜，所以在不知從何發出的輕柔音調外，仍聽得到輕聲說話的聲音。線香帶著煙味的香甜氣息若有似無，飄送到走廊裡，除了投射在牆上的催眠影像，房間裡都是一片黑暗。輕輕跳動的藍色點點在一個房間裡翻騰。另一個房間是赭褐色的光芒，投射在牆上的則是嗶剝發聲的篝火；很真實，伊娃走過去的時候甚至能感覺到熱烘烘的暖意。有人在地上打瞌睡，躺在巨大的抱枕上，皮膚在各種顏色的燈光中發亮。在一個房間裡，有個女人發出細微的鼾聲。旁邊躺著一個西裝不太合身的男人，嘴巴喃喃唱著無聲的歌曲。也有可能在祈禱吧。或許他正在誦讀饒舌歌手麗珠〈Truth Hurts〉的歌詞。誰知道呢？重點是，他很放鬆。

伊娃無法想像她馬上睡著。她的睡眠需要五毫克的Ambien安眠藥、冰敷袋、止痛針跟白噪音應用程式。但這兒的迷幻嬉皮氛圍確實有安撫作用。見鬼地近乎高尚。最棒的是，她沒想到會進來這裡。就像掉進了兔子洞的愛麗絲，或在奧茲國罌粟花田裡昏倒的桃樂絲。一早出門來找尚恩的時候，她絕對沒想到會進來一間霧濛濛、有催眠效果的遊樂場。而且是下午兩點五十分。

女兒、事業跟人生都碰到了問題，伊娃實在沒有理由在這裡耗費一個小時。可是她進來了，拋下了俗世。感覺這裡面的經歷在真實生活裡都不會留下痕跡。

而且尚恩也在旁邊。

她還沒準備好再次道別。一心渴望這個下午變得愈久愈好。跟尚恩共度的這段時間，雖然不涉及情愛，但她也不想裝作無所謂，這已經是這輩子讓她最興奮的事了。就這麼容易。簡單到嚇人。

在他身邊，伊娃覺得她的性格被搖撼了。尚恩把她拉回真實的自己；她通常把那些傻乎乎、隨意、不完美、陰暗的時刻藏起來，現在卻完整地展現了。他也照單全收。兩人之間的吸引力與交流：天啊，她覺得好興奮。她已經忘了之前他們怎樣出現在彼此的空間裡。舊有的電流仍在，在兩人之間的空氣中嗡嗡作響。

伊娃覺得頭都昏了，只想把電流吸進自己的血管裡。她覺得好大膽，好輕浮——多年來，她一直不敢放任自己去感受，現在卻驚醒了。就算過了今天，再也見不到尚恩，也沒關係。今天這一天就夠了。

說謊，就跟晚上八點福斯新聞頻道的報導一樣，她心想。

到他們的房間，伊娃把毛毯攤在鋪了蓆子的地板上，尚恩把枕頭拍鬆，兩人躺了下來。這時，兩名憤世嫉俗的懷疑論者充滿了睡意。

伊娃覺得眼皮愈來愈重，環視了一下這個舒適（差一點就能引起幽閉恐懼症）的房間。跟一個中等的衣帽間差不多大。天花板上裝飾著「晚安」字樣的霓虹燈，有節奏地放射出微弱、朦朧的藍紫色光芒。亮四拍，暗四拍，跟心跳一樣。在這種光線下，他們的皮膚變成一種超現實、令人寬心的紫羅蘭色。

伊娃翻身對著尚恩，用臉頰弄鬆了枕頭。他平躺在地上，一隻手墊在頭下面。她盯著他，他盯著閃爍的字樣——他一下子就閉上了眼睛，睫毛靠在顴骨上。

「我應該在家裡弄一間這樣的房間。」他喃喃說。

「你家在哪裡？」

「嗯，沒錯，我應該先有一個家。」他睜開眼睛，轉頭看著她。「我一直決定不了我想住在哪裡。在開始教書前，我一年搬兩次家。奈洛比、錫亞高、哥本哈根，只要是水邊，都好。寮國。有一次，我去那裡騎摩托車旅行。越南的地形最讓人嘆為觀止。叢林、山脈跟瀑布。鮮綠色的草地。你會覺得地形對著你迎面而來。你知道嗎？他們把越戰稱為美國戰爭？」

「很恰當的稱呼，」伊娃的臉頰壓上了枕頭。「你最喜歡哪個地方？」

「塔伽左特，摩洛哥的船運村，」他毫不猶豫地回答。「我在那邊學衝浪，我的老師是一個九歲的孩子。」

「我真覺得這些都是你捏造的。」

「是真的！」他強調。「而且我學得很快。只是在珊瑚礁上割破了肚子。本來應該要縫針，但我的小老師什麼都不怕，我也只好裝酷。他還沒學會講話，就開始衝浪。斷了一根小指。全身都是紋身。是個他媽的海盜。反正，我拿膠帶貼了傷口，復原得超快。」

「那裡沒有外傷藥膏嗎？給我看你的疤痕。」

房間裡幾乎一片漆黑，但伊娃可以感覺到尚恩的壞笑。

「你要我把上衣脫掉嗎？」

「天啊，不用啦。」她咬了咬嘴唇。「拉起來就好。」

「你在求我，還是命令我？」

「命令。」他凝視著她，目光彷彿在空氣中發出爆裂聲，然後把手伸到背後，脫下了上衣。在黑暗中，她隱約看見他肚子上浮起一條鋸齒狀的疤痕。強壯的手臂和胸膛則更加清晰。以及微微現出肌肉線條的腹部，還有一片平滑的、深褐色的皮膚往下再往下延伸到下腹部牛仔褲頭上方毫無遮蓋的體毛。老天啊。

伊娃真的很想吸吮那邊的皮膚。牛仔褲上面那塊。

「你為什麼這麼讓人飢渴？」

「是你逼我的！」尚恩對著黑暗細語，又把上衣從頭上套了下來。「睡吧。」

「睡不著，」她咕噥著說。「我在想別的事情。」

「為什麼？」他轉頭對著她。他們四目交接，開始了無聲的對話。真的很像一場夢。每一分鐘之間的界線消失了。他們眨眼的速度愈來愈慢，臉上出現了甜蜜而滿足的微笑。

最後，伊娃說了一個兩個人都不相信的答案。「我想記住這個房間。很好的素材；或許可以寫進書裡，」她打了個呵欠，假裝自己睏了。「說老實話，雖然寫作的壓力很大，我從來沒想過不寫。」

「令人陶醉，對不對？」他含糊不清地說，兩眼盯著她的嘴巴。

「對啊，寫作真的很有力量。讓完全不認識的陌生人又哭又笑，性慾爆發。比性愛還棒。」

「是嗎？」

「其實，我不記得了，」她坦白地說。「我的性生活早就落到谷底。已經是很久以前的事了。」

「真的嗎？但你的書真的很色情。」

「我的想像力很色情。」她糾正他。

有時候，也真的受不了，她心想。在大多數時候，感覺很寂寞。有一次，希西診斷出，伊娃很渴望別人的觸摸（她的一名作家寫了相關的自助書籍）。長時間得不到他人的觸摸，對最輕微的擦碰也會有過敏反應。是真的。上個週末，伊娃的髮型師幫她洗頭，她差點就高潮了。她的髮型師已經是祖母輩，有六名孫兒。

今天一整天，伊娃都很小心地避開尚恩的碰觸。他要是不小心輕碰她一下，她可能就會爆炸。

「我也在谷底，」尚恩說。「戒酒成功後，就沒有做過愛。」

伊娃倒抽了一口氣。「那麼久了？為什麼？」

尚恩不知道怎麼回答。他的性經驗豐富，對象多到太多了，方式也愈來愈墮落，有不少好的經驗，大多卻是模模糊糊——能停下來，也讓他鬆了一口氣。健康的正常人不會在痛飲伏特加後，用性愛來解酒。

「就沒有時間吧。」他說。

「我一點也不想念性行為，」伊娃彈了一下手腕，傳達她的輕蔑。「說真的，我基本上又變回處女了。說不定會很痛。」

「那麼久沒練習，我可能兩秒就沒了。」

「還好我們並不是在做愛。」

「對我來說，可以鬆一口氣。」尚恩的微笑很野性。

伊娃忍不住摀住臉，咯咯笑了起來。「為什麼跟你那麼好聊呢？」

尚恩凝視著她，直到眼中的光亮變暗了一點。「一直都是這樣。因為我們的本性。」

「你記得以前的事情嗎？」她輕聲說。「我們嗎？」

他一時之間居然說不出答案。「很好玩。過去十年都變得模模糊糊了，但我記得那個星期的每一個細節。」

「我還希望，過了那麼多年，我會把記憶變得浪漫。把我們之間的事都變得不真實。」她的話聽起來很脆弱，很容易碎掉。

催眠的鋼琴聲若有似無地傳來，薰香溫柔地打了個圈。然後伊娃感覺到熟悉的一拉。就像他們十七歲的時候，兩人之間毫無空隙。想要靠彼此更近的力量一如往常，無人能夠抵擋。

伊娃想也沒想，就把自己的手塞進他的手裡。尚恩握緊了她的手，然後移到自己的嘴邊，在她的掌心印下留戀不去的親吻。她倒抽了一口氣，電流竄過她的身體。最輕柔的觸摸，但彷彿襲遍她的全身。

伊娃被禁錮在疼痛裡太久了，已經忘了開心的感覺有多好。她全身都被喚醒了。突然之間，她的感覺好清晰，能察覺到她的皮膚、她的細胞、皮膚下的骨骼。心裡小鹿亂撞，身體核心怦怦亂跳。

渴望觸摸。

尚恩半閉著眼睛，看著她的反應。然後他用嘴唇輕輕拂過她的手腕內側。她發出幾乎聽不到的嗚咽聲，背部拱了起來。像電流通過。

她坐了起來，把臉埋進手裡，一邊喘著氣，一邊羞愧自己的反應。不行。這是公共場合。門不能鎖。她是個母親！尚恩則有厚顏無恥的名聲。他們真的注定要在快閃的裝置藝術中被人抓到他們在親熱嗎？門口的招牌上說不能碰觸！要是被抓到了，Book Twitter也要炸了。歐卓會跳進東河。

但她睜開了眼睛。尚恩在旁邊，抬眼看著她，確實就是從前那個魯莽而令人無法抗拒的男孩——現在有了人生經驗跟成年人的莊重，還有在北非衝浪留下的粗糙疤痕，以及眼周讓人想入非非的紋路——什麼都不重要了。

她願意為這個男人赴湯蹈火。他也知道她怎麼想。

「過來。」他說。

伊娃跨坐到他身上，頭髮落到他臉上。尚恩的雙手在她大腿後方和屁股來回摩挲，然後猛地抓住她的臀部，把她拉向自己。他們的嘴唇就快碰到了。

「二十個問題，」他輕聲說。「問吧。」

「你究竟為什麼來找我？」

「找你幫忙。」

「騙人。」尚恩把她翻過來，讓她躺在地上，用一隻手把她的雙手手腕固定在她頭上。她本能地舉起雙腿，環住他的腰。「你為什麼來？」

「來找你。」她的髖關節頂著他的，渴求著摩擦。「想要你。」

「你找到我了，」他嘶聲說，在她的喉間留下火熱的吸吮。「換你了。」

伊娃在他下面顫抖，他的嘴唇讓她無法思考。她不能問尚恩她一直想問的問題（你去哪裡了？你為什麼離開？你怎麼可以丟下我？）。這些年來，她已經把自己訓練成再也不要在乎這些答案。此外，這一刻的主角不是他，是她。所以她選了簡單一點的問題。

「你想我嗎？」

他輕柔地用舌頭舔過她的頸子，來到她的耳朵，小力咬著她的耳垂。「我一直不知道怎樣才能不想你。」

「噢，」她說。然後用顫抖的聲音補了一句，「換你了。」

「你呢？把我們想得很浪漫嗎？」尚恩問，凝視著她的眼睛。「我們那一段是真的嗎？」

「是真的。」她的聲音幾乎快聽不到了。

「還有呢？」他用自己的身體摩擦著她，她發出了呻吟聲。

「沒——沒錯，」她喘著氣說。「以前是真的。現在也是真的。」

尚恩驀地鬆開她的手腕，用雙手捧住她的臉頰。她的手滑到他背上，抓住了他的肩膀。他的臉慢慢地靠近她的面龐，然後停住了。他低下頭，又停住了。他等了一輩子，就想看到她這個樣子，為了他全身震顫，渴望他，渴望到絕望了——他想好好品味。

但她發出了不耐煩的悶吼，用指甲摳住了他的肩膀，尚恩投降了。他的嘴重重地撞上她的，把她帶進甜蜜而熾熱的長吻。美妙的驚喜讓伊娃一下子僵住了，但她又立刻融進了他的身體，他雙唇的火熱、舌頭的滑動、牙齒誘人的輕咬都讓她迷惘，直到她除了好棒跟還要跟尚恩尚恩尚恩之外再也沒有其他合乎邏輯的思緒。他不停挑逗，吻得她喪失了理智。他的吻變得溫和，減緩成柔軟、灼熱的悶燒——熱到她快承受不住了。

他們停了下來，再不停止就要窒息了。

「還有一個問題。」他說。

「我們還有時間嗎？」她伸出舌頭，舔了舔嘴唇。

「有吧。」尚恩看了一眼門口，又回眸看著她。他的雙眼在黑暗中閃動著邪惡的光芒。「你還是想要嗎？」

「要，」她不假思索地伸手往下，握住了他牛仔褲裡的陰莖，又脹又硬。她來回摩挲著，逗得他低聲哼了出來。「你呢？」

「我也要。」他把她的洋裝往上推，把她的無肩帶內衣脫了下來。他低下頭，柔軟火熱的嘴唇游過她挺聳的胸脯，用牙齒咬住她的乳頭。他的舌頭繞著她的乳頭，吸吮著她的美味——然後，他的鬍碴刮過她的肌膚，換到另一邊。她無助、顫抖的喘氣聲讓他硬到沒辦法了，他覺得自己忍不下去了。

「對啊，」他對著她的乳房低吼。「我還是沒好。」

「為什麼？跟——跟我說。」

尚恩抬起頭，看著她。伊娃看起來像在發光，好蕩，洋裝拉到腰上，露出透明的內褲，捲髮散得到處都是，喘著氣，發著抖，嘴唇被他吻得又紅又腫。被他緊抓住的大腿根部已經有點瘀青。

「因為我長大了，也懂事了，」尚恩把她拉過來，給她一個口舌交纏的熱吻。「但是我還是要做。」

「做什麼？」

「幹你。在這裡幹。」

兩人開始撕扯著對方。在狂亂之下，尚恩把她濡濕的內褲扯了下來，伊娃褪下了他的牛仔褲和四角褲——但沒時間把衣服脫光了。他從皮夾裡翻出放了好久的保險套（在心裡對著好幾個神祈禱，希望還有效），幫自己戴上。尚恩用自己頎長強壯的身體蓋住伊娃，用折磨人的慢速進入她，小心翼翼地只怕把她弄痛了。

的確會痛，但燃燒的感覺很細膩。充滿渴求的伊娃攏住他的屁股，讓他推得更深。她倒吸了口氣，尚恩吻住她——用穩定深入的動作衝進她的身體，她只能承受一波一波襲來的愉悅。感覺到她抵住自己的嬌軀不斷顫抖，尚恩把手滑進兩人濕滑半裸的身體間，中指按住她的陰蒂。他慢慢地摩擦，但蠻力地抽送——太棒了，太激烈了，她彷彿衝上了雲端，在劇烈的震動後平靜下來。

尚恩幾秒後也釋放了，他把嘴湊到她耳邊，終於說出口了。

「伊娃，」他的聲音嘶啞，斷斷續續的。「伊娃。伊娃。」

他叫著她的名字，好像一種咒語，世界上唯一有關係的名字——心跳如雷的伊娃，在染了紫羅蘭色的黑暗中，緊緊抱住他。覺得迷失了，也覺得被找回來了。

稍後，伊娃後悔了。不是後悔跟尚恩做愛。而是後悔把尚恩一個人丟在房間裡。她起身後，匆匆穿上衣服，抓起包包就跑了。沒說再見。但說真的，他想要什麼？

伊娃已經把自己訓練成不要在乎尚恩為什麼丟下她。她認為那是一個教訓。自從十五年前的那一天起，她再也不讓自己被人丟下。丈夫、炮友、很久不見的愛人。都一樣。

伊娃一定要先離開。

第十六章 快感一定不安全

這些年來，伊娃一直想忘了青少年時期跟尚恩在一起的那個星期。老實說，由於她喝飽了伏特加、吃藥吃到神智模糊、又狂抽大麻，大多都忘了。

她記得的不多。

她記得站在浴室的鏡子前面，小心翼翼摸了摸發黑的眼圈。撥了撥被剪掉的頭髮。悲哀地嘆了一口氣，她想把頭髮束成馬尾，但是不夠長。在鏡子裡，尚恩出現在她身後。

「我看起來像隻受了電刑的貴賓狗。」她又嘆了一口氣。

他用力忍住了笑。

「笑啊，不要忍，」她說。「誰看了我不想笑。」

「不是，本來看到你就想笑，」他說。「聽我說，你可以把頭髮留長垂到地上。你可以剃光頭。我有可能瞎了。但你怎樣都漂亮，珍納維伊芙。」

他說話的樣子彷彿他的意見就是事實。她的肌膚滾燙，好似發了燒，掌心也出汗了。

尚恩往後退了幾步，靠著浴室門。珍納維伊芙轉過身，面對著他。

「你把我的名字說對了。」她說。

「我練了一下。」

「薑味欸夫，」他微笑著說。「聽起來好像很好吃。」

「再說一次。」

「一個名字跟好吃怎麼扯得上關係？」

「感覺統整。接受太多刺激，感官混亂了。看見音樂。聽見顏色。嚐得到文字。」

「噢。」她覺得口乾舌燥。眨了眨眼睛，他就在她正前方。她的腰背緊靠著洗手台。她屏住了呼吸。尚恩溫柔地用沒斷的那隻手攬著她的頸背，目光從她的眼睛游移到她的嘴唇。然後，兩人第一次接吻了——留戀不去、柔軟無比。很單純的感覺。他把打了石膏的手臂繞到她背後，抱緊了她，加深了這個吻。

「真的很好吃。」他往後退了一點。

「你……謝謝。」她慌慌張張地倒亂了字詞的順序。尚恩眼中的光芒忽隱忽現，得意與入迷的表情同時顯現。他又低下頭，吻住了她。

她記得有整整兩天的時間，母親一直打電話來。她不肯接電話，但那支笨重的Nokia一直連著電源，以防萬一（是什麼萬一，她也不確定）。第三天，她把電話放到樓下的廚房裡，就聽不到響聲。

她記得她第一次經歷不是自己弄的性高潮。他們穿著內衣躺在泳池邊的草地上，享受華盛頓特區的濕熱。尚恩聽她隨口聊著電影《魔女嘉莉》和《大法師》如何表現男性對女性青少期的恐懼。

「私底下，我想過要來一次月經。一次就好，」他邊說邊把一粒避孕丸頂在舌尖上，然後溫柔地餵進她嘴裡。「你為什麼那麼喜歡恐怖片？」

「可以逃避。」

他在她的下頷印下一串吻，一路吻到她的脖子上。這時他暫停了動作，對著她的頸項呢喃，「接著說。」

「很安全，可以……可以感覺到……」

「感覺到什麼？」

「強烈的感情，」她輕輕說。「一種快感，但不會陷入真正的危險。」他吸吮著她鎖骨上方的皮膚。然後咬了她一口。熱熱的、濕濕的、用力的。電流竄過她的身體，帶著顫抖的叫聲從她口中逸出。尚恩的眼睛閃爍著光芒。他輕輕用手攏住她的喉嚨。兩人的嘴唇差一點就碰上了，他說：「快感一定不安全。」

他緊握她的喉嚨，她覺得自己要融化了。天啊。她之前不知道自己有這種需要。他的嘴在她的肌膚上來回遊走，來到她濕濡的地方。他用口吸吮，直到她癱軟無力，從地上扯起了好幾把草。

她記得日落時分在亞當斯摩根散步。後來下了雨，尚恩（用那張神祕的提款卡）闖入路邊停著的雪佛蘭轎車，等雨停。他坐在駕駛座上，珍納維伊芙在副駕駛座，他們把搖頭丸粉末倒在尚恩的平裝本《白人男孩的混局》（保羅．比第的書），吸了好幾條。

她心裡一直掛了個問題，不知道怎麼說出口。話到嘴邊好幾次，就是吐不出來。但是，現在吸了古柯鹼，自信滿滿又電力十足，她開口了。

「想問你一件事。」她說。

「嗯，怎麼啦？」

「你有性經驗嗎？」

「處男處女都是社會建構。」他很驕傲地說。

「你可以認真回答嗎？」她揉揉曬傷的鼻子。「你是處男嗎？」

「呃……不是。」他流露出一絲不自在。「你呢？」

「不是。」她說。

她其實想說不是，尚恩，我不是處女，因為去年夏天，我在馬歇爾當收銀員，準備下班的時候，那個眼神犀利、個子高高、以前都不理我的庫存管理員，有一天卻問我要不要一起混，我們就在他媽媽家的地下室吸了一碗大麻，我叫他不要放進去，但他還是做了，事後還跟我擊掌，因為我沒有哭。尚恩，我不是處女。我是那種死纏爛打的女生，因為我告訴自己，他覺得我不一樣。我不是處女。我是妄想女王，男生的謊言我都相信，所以拜託，拜託了，小心我這個人……

「……問？」尚恩說了句話。

「對不起，你說什麼？」

「我說，你為什麼要問？」

她沒回答，只咬住了嘴唇，嬌俏地聳了聳肩。然後她捧住他的臉，親了下去，親吻變成了不顧一切的親熱。一個長得像蒂波．高爾的女人敲敲車窗，大吼，「回家去搞！」珍納維伊芙隔著尚恩的肩膀看了她一眼，按開小刀的刀刃，對她露齒一笑。尚恩咬著她的內衣肩帶，對著蒂波比了比中指。女人抓緊錢包，快步離開。

他們痛恨不是同一國的人。

她記得，有時候尚恩會在夢中打鬥，打到醒來為止。他對著空氣揮拳，跟床單纏成一團，滿身大汗。出於本能，她會用指尖撫過他的胸膛、手臂、背部，所有能碰到的肌膚——一而再再而三畫著無限符號，小小的數字八，直到他再度熟睡。

只有這個動作能讓他平靜下來。

這一塊記憶最黯淡。過了很多年，尚恩寫的《小八》出版，她才突然想起這件事。

她記得躺在床上，蜷成胎兒的模樣，大腦尖叫著，等她吸入的一堆毒品見效。西下的太陽讓房間沐浴在溫暖的草莓琥珀色光芒中。尚恩趴在灰撲撲的牆角，跟自己玩Scrabble拼字遊戲。皺著眉，嘟著嘴，他咕噥著說：「幹。要打敗我太難了。」

她瞪著他，直到他抬起頭來，紫色的瘀傷讓他的臉亮亮的。

「你好好看。」她的語氣很愉快。

掛上睡眼矇矓的壞笑，他開始低聲吟唱克莉絲汀的強力情歌。她倒抽了一口氣，然後開心大笑，要命啦，他的歌聲確實很像吉納文！

尚恩呻吟著，縮起了身子，像個被抓到的小男孩，把臉塞進了T恤裡。彷彿這是他生命中第一次放鬆了警戒。彷彿他傻乎乎的一面（跟荒謬的音域）只能給她看到（聽到）。

她的意識愈來愈模糊，無助地接受他的鍾愛，忘了自己是偷來的女孩，在這間偷來的房子裡竊用美好的時光——遲早必須付出代價。

她記得在凌晨兩點的時候去了7-11，偷了一大堆Hostess出品的零食。他們一起搭公車去了華盛頓特區東南邊的巴里農場區，法院判定尚恩該住的地方。威爾森兒童之家隸屬郡政府，是一層樓的建築物，所在的街區處處破損。她不敢相信會有人住在裡面，看起來就是廢棄的商店。

在夜色的掩蓋下，他們從守衛入口偷跑進去。伊娃留在充斥著漂白水味和尿味的走廊裡，尚恩溜進了擁擠的臥室，在每個小孩的枕頭底下放了一塊Twinkie蛋糕。然後悄悄離開。

他們走了兩個街區，到了公車站，坐在長凳上。整個街區只有一盞裂開的街燈。警報器沒完沒了地鳴叫。

「我希望我能保護他們。他們都是無辜的，你知道嗎？實際上，麥可跟朱尼兒很討厭，但他們很純潔。」

「你也很純潔。」

他咬了咬自己的腮幫子內側，看著她。「如果你了解我，就再也不會喜歡我了。」

她用下巴靠著他的肩膀，抱住了他。「你怎麼知道我喜歡你？」

他臉上閃過一個微笑，又不見了。「我有過爸爸媽媽，」他輕聲繼續說。「寄養父母，我還是嬰兒的時候就收養我，一直到七歲的時候。我真的很愛他們。他們也愛我。有一天，我要笨了，穿著超人的披風，從流理台上跳下來。我的手臂斷了。養母開車送我到急診室。她好怕，因為我的骨頭都突出來了，流了很多血。她闖紅燈，在十字路口出了車禍。她死了。我沒死。

「之後，養父表現得就好像我不存在一樣。後來他把我送走。我害死了他的妻子，他怎麼可能繼續照顧我？」

珍納維伊芙嚇到說不出話來，溫柔挽住他的手臂，握住他的手。她捏捏他的手，只能用這種方法表達寬恕。

「就這樣了。在那裡的小孩呢？我不希望他們跟我一樣被關進監獄。進去很多次以後，很難說服自己你不屬於那個地方。在監獄裡，能學到在學校裡學不到的東西。」他頓了一下。「我可能會進去第三次。」

「不會的，我不會讓你坐牢，」她向他保證。「你最喜歡做的事是什麼？除了打架以外。」

「寫作。」

「不要打架。寫東西吧。」她又把他抱緊了一點。「有了。用這句咒語吧，你就不會惹麻煩。」

「我不打架。我要寫作。」

「好。」她親了他一下，加上祝福。

她記得他們一直都醉醺醺的。尚恩喝酒是為了忘記現實；她喝嗨了就感覺不到頭痛。他們會一起喝酒——但她自殘的時候都會躲起來。每天，在浴室裡，她用酒精棉片消毒刀刃，然後在大腿根部或上臂割幾刀，只要能讓鮮紅色的血珠冒出來，排得整整齊齊就好。自殘的時候，她會進入一種靈肉分離的恍惚狀態，世界變慢了，灼熱切開了她的痛。每次都是充滿祝福的解放。

尚恩看到她的傷口。*我不會評判*，他曾這麼說。但過了不久，他的眼神就在她受盡折磨的皮膚上流連，覆上了一層擔憂。兩人都有自己扭曲的強迫行為，在同一個地獄裡，但在不同的角落。

不過，有一次，她頭痛到五官模糊，痛醒過來後，她求他幫忙壓身上的傷口。他不肯，但還是照做了。她痛到無法直起身子，痛得咬牙切齒——尚恩把她緊緊抱進懷裡，她感覺到他的心跳變快了。他的眼淚也沾濕了她的雙頰。

她記得快結束的時候，她躺在岩溪公園的大樹下。吸毒吸嗨了，然後清醒過來，循環了無數次後，她的神經變得很緊張。頭痛也愈來愈劇烈。她剛才才躲到另一棵樹後面吐了。現在，她把頭枕在尚恩的腿上，讓他用她的薰衣草精油按摩她的太陽穴。

「你想不想你媽？」他問。

想。

「不想，」她說。「不在她身邊，我覺得輕鬆多了。她想當個好媽媽，但是她……不會照顧我。她選的男人都爛透了。」

「她知道你的頭痛這麼嚴重嗎，G？要是我的小孩——」

「不准你說她的壞話！」她啪一聲用雙手蒙住臉，放聲大哭，哭得兩個人都嚇到了。

「嘿。我不說了。對不起——她感覺傻傻的。不要哭啦。」他溫柔地把她拉進懷裡，讓她靠著自己的胸膛。「幹，要哭就哭吧。」最後，聽著他穩定的心跳，她平靜了下來。

過了幾個小時，吃了幾顆Percocet，她覺得OK了，可以走路回去。

「你為什麼討厭你媽的男人？」

「他們會傷害她。」她坦率地說。

整個世界一直發出嗡嗡聲跟砰砰聲。一群鴿子從他們身邊飛過，嘎嘎亂叫，但聲音聽起來好遠。

「他們會動你嗎？」

她聳聳肩。「有的會。現在這個，就是她在酒廊的老闆。他碰過我。我把他推開了，他醉了，倒在地上。我自己可以處理。」

「他叫什麼名字？」

她說了那人的名字。

「酒廊叫什麼名字？」

她停下腳步，站在人行道上。尚恩也停下來，低頭看著她，他的表情能融化頑石。她說了。

她記得那天晚上，她醒過來以後，發現尚恩不在。那天晚上，他沒回來，第二天，也沒回來。她等著他回來——清了書架上的灰塵、刷洗浴室、淋浴、割自己的手臂、睡覺。他不回來了嗎？他不會自殘吧？天啊，他又進了監牢嗎？果真如此的話，是她害他去坐牢的。

那天晚上，外面風強雨大，她驚醒了。她沒關上露台的門，房間裡濕了一大塊。靠在臥室門上的尚恩也渾身濕透了。他看起來很精瘦，骨頭變得更明顯，T恤濕淋淋的，石膏模破了，也吸飽了水，脖子側邊有條新的傷痕。她從床上坐起來，他動也不動，低垂的眼皮下是放大的瞳孔，胸口起伏的速度宛如狂暴的斷奏。

「他再也不會來煩你了。」

這時，她才知道，她跟他一樣瘋狂。她的恐懼瞬間蒸發，她只能感覺到墮落的、強力的震顫，讓她把雙腿緊緊併在一起。他殺死了她殺不了的惡龍。他是個亡命之徒，讚他媽的。她想要那股力量進入她。

好女孩應該只期待四分衛球員邀她去舞會，給她一吻，而不是幫性感的變態口交。但是，她不是好女孩吧，因為她幾秒內就騎上了尚恩，扯掉他濕透的牛仔褲和內褲——把他榨乾到渾身無力，把自己裝得滿滿。

她記得日落時站在露台上，凝視著三層樓下面的游泳池。她知道她嗑了太多……某個東西，因為她有一種甜膩的疑惑感，又有一種令自己毛骨悚然的歇斯底里感。還有，頭痛劇烈到她快跟不上自己的思緒。

但她的想法很響亮。

每一件事，感覺都完全失控。她對尚恩的依賴突然嚇到了自己。他消失的時候，她覺得自己化掉了。要是他沒回來，怎麼辦？離開這裡後，會怎麼樣？離開這棟房子，這場冒險？接下來要怎麼辦？結束後，他還要她嗎？

她失去了很多。失去了健康。失去了普林斯頓。這件事結束後，一定會失去母親。也會失去尚恩。男生跟你睡過後，就走了。那就是為什麼她之前不肯跟尚恩上床。

尚恩是她的燈塔。如果他失去光亮，她就會迷失，永遠踩踏在黑暗的水域上。

我就活不下去了，她心想，撫摸著小刀外光滑的塑膠殼。這種痛。太痛了。

或許，她應該放手。

她爬上欄杆中間的橫槓，往前傾斜身子，等重力把她帶走。

但是，尚恩堅硬、打了石膏的手臂環住了她的胸口，讓她喘不過氣，又一把把她拉回了房間。他把她推倒在床上，爬上床坐在她旁邊，用沒斷的那隻手抓住她的下巴。

「你他媽的在幹什麼？」他搖了搖她。

她眨了眨眼，什麼都看不清楚。睡覺的時候，她用指節堵住自己的眼窩，想舒緩太陽穴持續不停的戳刺感，導致眼窩疼痛。她心想，幹嘛費這種力氣呢？

「寶貝，不要死。」

「給我一個理由。」

「我，」他嘶聲說。「為我活下去。」

「自私。」

「我是很自私。」他用手臂環過她的肩膀，把她壓向自己。「我需要你，所以你不能死。」

「就……就讓我死吧。」

他發出絕望的呻吟聲，把臉埋進她的肩窩，懇求她。

「留下來。我會讓你願意活下去。珍納維伊芙，我向你保證。你一定會很快樂，我發誓。把你的痛給我；我願意接收你的痛。答應我，留下來，我永遠不會離開你。你跟我，永遠在一起。答應我。」

她的眼睛顫動著，打開了。

她不想用言語做承諾。

她從尚恩的環抱裡掙脫出來，把他推倒，跨坐在他身上。她伸手拿了小刀，彈開了刀刃，抓起床頭櫃上的打火機。她顫抖著把刀刃浸入火焰裡。

尚恩的胸膛急速起伏，然後僵住了。

她很小心地在前臂刻了一個歪歪扭扭的S，就在手肘的皺褶下面。傷口的深度恰好能讓血滴灑在他的胸膛上。

尚恩拿起床頭櫃上剩下五分之一的伏特加，一口喝盡，然後把沒斷的那隻手伸到她面前。她再度把刀刃浸入烈焰，在他手臂的同一個地方刮出一個歪七扭八的G。

很痛，非常痛，但他們太醉了，醉到有種陶醉感。另一個能感覺到的東西。他發出野性的咆哮聲，把她翻過去，然後就是一團混亂——飢渴的親吻、吸吮、咬齧、撕抓，然後尚恩沉到她裡面，猛力幹她，就像要給她一個活下去的理由。她在他身下崩潰了，升騰著、抖動著、嗚咽著，直到她完全屬於他。

她記得醒來的時候，有人抱著她，她快透不過氣來。熟悉的香氣籠罩著她，她把自己縮進那個懷抱裡。無意識的煙霧散去後，她認出了那個味道。白鑽香水。跟黑人的戲劇。

是她媽媽，暈開的睫毛膏和著淚水，從她電影明星般的眼睛中流出來。

光天化日下，這個房間看起來宛如犯罪現場。床單亂成一團；地上丟滿了空瓶；床頭櫃上滿是藥丸跟粉末。她渾身是吻痕、抓痕、刀痕，手臂上的S被紗布蓋住了。拿著迪奧馬鞍包的韓裔美國女孩震怒無比，對著手機尖叫。床邊站滿了醫護人員跟警察，她的手肘內側插了點滴，連到一袋生理食鹽水。她聽到有人說她吸毒過量。

「你算幸運了，沒死。」那個沒有形體的聲音說。

沒死，正確。幸運，不正確。

「尚恩呢？他在哪裡？」

「尚恩是誰？」六神無主的莉澤特拖長了聲音。「噢，寶貝女兒啊。如果我留不住男人，你也留不住。默西耶家族的女人受到詛咒。受到詛咒。」

星期四

第十七章　沒有答覆的問題

「我告訴你，樓上那個東西不是我女兒。她已經看過世界上每一個該死的精神科醫師了，他們叫我來找你，神父。她需要神父。你不能告訴我驅魔不能幫她！你不可以說這種話！」

早上九點，伊娃躺在床上，用手機看《大法師》。她提早一個小時起床，本來要寫書。但是，當鬧鐘響起（鈴聲是希西唱著「寫啊寫，寫你的書」，搭配蕾哈娜〈Work〉這首歌的音調）時，她卻決定要看最能給她心理慰藉的電影。這一幕太殺了。女人十二歲的女兒在樓上的臥室裡，被魔鬼附身，好恐怖——神父卻認定她得了憂鬱症。那個女孩揹著十字架，飄了起來，也不算什麼。其實，一直都是這樣。女人說實話，沒有人相信。

憂鬱症，屁啦，伊娃心想。用可洛外婆的話來說，就是撒旦他本人。

伊娃能把《大法師》的台詞倒背如流，那種熟悉的感覺總能讓她感到平靜。從夢房出來後，她滿心羞辱，走路回家，讓保母下班，訂了La Villa的披薩當晚餐，跟歐卓一起一言不發地吃完，然後兩人分別躲進了自己的房間。她不敢面對自己的女兒。在西村放蕩亂來後，怎麼能如常運作？——檢查歐卓的功課跟藝術作品進度嗎？

在純白的被子下，伊娃把自己縮成一顆球。要是被抓到怎麼辦？她已經搜尋了好幾次「夢房＋尚恩·霍爾＋伊娃·默西」，沒有找到什麼。為防萬一，她決定超前部署，約了一家清除

Google搜尋結果的公司。

她的魯莽行為把自己也嚇壞了。

還有她跟歐卓無言的僵持。她們從來不會吵到這種程度。過不了幾天，歐卓就要搭飛機去爹利福尼亞過暑假，伊娃不能讓她就這樣帶著悶氣離開。

在歐卓起床上學前，伊娃把她的早餐準備好，放在桌上，旁邊放了一張紙條，「我愛你，寶貝。等你回家，我們談一談吧。」然後又躡手躡腳回了自己的房間。即使情勢尷尬，她也要讓女兒知道她很可靠。但伊娃也需要自己的空間。尚恩的撫摸、他的嘴唇、他的一切，仍讓她激動臉紅——她想要沉溺其中，直到不得不出來。

伊娃咬著嘴唇，想壓制住自己充滿內疚和興奮的微笑。尚恩。她在他面前無所遁形。他把她撬開了，讓她的內在湧了出來，慢慢的，甜甜的，像蜂蜜一樣。她想罵自己，居然讓他再度進來。她就這麼順服，什麼都不要了。

這些年來，懶洋洋做著白日夢的時候，她也曾經允許自己幻想與他不期而遇。不過在她的腦海裡，他們都還是年輕時的模樣。她無法想像兩人以成人的樣子和睦相處。不論尚恩點燃了她的哪個地方，她都以為自己已經不在意了。但他們已經不是從前的樣子。他們變得更好了。

她把被子拉近下巴，雙頰火熱，突然領悟了。尚恩不是你長大以後就可以不在乎的人。他總能佔有一席之地。不論她有多老、多年輕、多世故、多稚嫩。不論過了多長的時間。

尚恩來了，她就躲不過。

我要小心，她心想。但尚恩來了，再小心也沒用。感覺就像進了失火的建築物。或許你戴了太陽眼鏡，抹上厚厚的防曬，仍會遭到烈火焚身。

她呻吟了一聲，揉揉太陽穴，坐了起來，靠在三個枕頭上。想什麼都沒有意義，因為她逃離了現場。她必須道歉。但跟前男友在半公開的場合做愛，高潮到眼淚都噴了出來，然後奪門而出，來不及穿好的胸罩從袖孔裡跳了出來，似乎找不到適合的可愛迷因。

伊娃覺得，在被丟下前先行離開，她應該會覺得充滿力量。但她只覺得空虛無比。她希望能一輩子留在他的懷抱裡。或起碼等到睡眠嚮導開一張淫亂的罰單，因為他們不守規則。

逃跑並不能給人力量。有力量的女人有權讓自己耽溺一下。

不要亂想，她告訴自己。第一步，傳簡訊給他。第二步，面對現實。第三步，告訴他你覺得很享受。第四步，解釋為什麼不能繼續下去。

她拿起了手機。

今天，上午 9:30

伊娃：LOL？

尚恩：LOL？認真的？

伊娃：對不起。

尚恩：不用道歉。我活該。

伊娃：你是活該，但我還是覺得抱歉。我就那樣跑了，超荒謬。

尚恩：荒謬的是我，躺在地上，自己一個人，雞雞吊在外面。

伊娃：其實，還滿好看的。

尚恩：……我該說謝謝嗎？

伊娃：不客氣。

尚恩：我可以去找你嗎？我需要看到你。

伊娃：我覺得不太好。

尚恩：但是今天我們玩得很開心。

伊娃：真的！但是……就此結束吧。我們終於有了了結。一個結局。

尚恩：你覺得這是個結局？

伊娃：（驚慌的沉默）

尚恩：不要驚慌。我也嚇到了。拜託，可以出來嗎？

伊娃：傳簡訊比較安全。

尚恩：為什麼？

伊娃：見到你本人會讓我忘了我該記得的事情。

尚恩：你在繞口令嗎？

伊娃：尚恩。

尚恩：我要見你。你在家嗎？我馬上過去。

伊娃：你不知道我住哪裡。

尚恩：要知道也不難。我有希西的電話號碼，你知道的，她愛搞事情。

尚恩：（充滿希望的沉默）

伊娃：可惡。第七大道四十五號。一樓。

尚恩：你確定？如果你真的不願意……

伊娃：來吧，不然我要改變心意了。

伊娃把被子一掀，跳下了床，手機跟著飛起來，落在厚實的長絨地毯上。等下再撿吧。她穿著四角內褲跟吹牛老爹家族團聚巡迴演唱會的T恤，指節用力推著騰跳的太陽穴，心中掠過無數的思緒。

早上九點四十五分！他的意思是現在就來？還是要等到下午？我得擦點腮紅，整理一下客廳——糟了，什麼吃的都沒有，只有Five Guys漢堡店的外帶跟Pirate's Booty零食。要不要買葡萄酒？不行，不行，不行，尚恩當然不能喝酒。冷靜。冷靜。先去沖個澡。來不來得及約美髮師幫我快速挑染頭髮？可惡。可惡。可惡。我瘋了嗎？

她一把拉開臥室門，跳躍著穿過走廊，進了廚房。先喝咖啡。再吃止痛藥。再決定要怎麼辦。腳上毛茸茸的厚襪子（雖然快到夏天的氣溫，她的腳卻總是冰的）讓她跑起來一步一滑，最後滑進了廚房。

「啊！」

伊娃嚇得跳了起來，發出血腥恐怖片風格的尖叫聲。歐卓在廚房裡，盤著腿坐在地上。低著頭創作莉澤特的肖像。她身邊亂七八糟丟著羽毛、顏料、布料和亮片。一聽到伊娃的尖叫聲，她也大叫著跳起來，揮舞著畫筆，好像拿著一把劍。

兩人站在廚房的兩頭，氣喘吁吁，瞪著彼此。歐卓臉上黏了一根紫紅色的羽毛。

「你在這裡做什麼？」伊娃抱著頭大喊。剛才的尖叫在她的腦袋裡轟隆作響。

「嗯，我住在這裡，不是嗎？」歐卓的口氣冷靜無比。她穿著寬鬆的普林斯頓運動褲，頭上戴著霍格華茲分類帽，這是她創作時的習慣。「什麼鬼，媽咪。」

「別亂講話！」

「噢，又是我的錯了。光是看到你，就能讓你媽歇斯底里，該怎麼辦？」

「歐卓，」伊娃竭力調整自己的呼吸，她的頭跟心臟都在怦怦亂跳。「親愛的女兒。你為什麼沒去上學？請不要告訴我，布莉姫·歐布萊恩把你趕出來了。不，要，是，這，個，理，由。不然我絕對要告赤夏中學。她答應我——」

「我沒有被退學！老天啊嗟。今天是學期的倒數第二天，放假日。每年都放，因為老師要做成績報告單。你沒收到學校的電子郵件嗎？」

赤夏發來的信太多，伊娃沒跟上。大小事都發信，有頭蝨警告，或家長開的Zumba課。

伊娃盡量讓頭部保持不動，小心翼翼地溜進她吃早餐的位置。歐卓看著她，沒放過任何一個徵兆。她噴了一口氣，從冷凍庫拿了剛結凍的冰敷袋，丟給自己的母親，後者手一伸，接住了。

「謝謝，」伊娃有氣無力地說，用冰敷袋壓住左邊的太陽穴。「我忘了今天放假。我以為我瘋了。」

「不予置評，」歐卓嘟起了嘴。她撲通一聲坐到伊娃對面的凳子上——一個未達優美的女孩，四肢細瘦，項頸纖長，總有一天會優雅無比。但今天，她只是一隻新生的長頸鹿。

伊娃裝作若無其事地問：「肖像畫得如何？」

「還不錯。」

「很好看。雖然是抽象作品，你真的抓到了外婆的神韻。你爸爸一定會很驕傲。」

「老爸設計過《怪獸電力公司》跟《勇敢傳說Brave》裡的角色，」她咕噥著說。「這不算什麼。」

「好啦，歐卓，」她決定換個話題。「那。你看到我的紙條了嗎？今天早上寫的。」

「看到啦。」

「那你有話要說嗎？」

歐卓聳聳肩，脫掉了巫師帽。帽子下也是一頭狂亂的捲髮，跟伊娃一模一樣。「沒什麼。嗯，對啦。我覺得，我們應該聊一下。」

歐卓的下唇突了出來，眼睛眨也不眨，就怕一眨眼，眼淚就流下來。跟自己的孩子認真對話，應該不會讓伊娃這麼緊張，但女兒對她的看法會嚴重影響她的自我價值。她知道這種想法不健康，也有點誇張，但她就是這樣。

「寶貝，我們不能對彼此有顧忌。你是我女兒。你是我的家人。我對你的愛比——」

「我知道，比《小美人魚》最後驚天動地那幕裡的烏蘇拉還大。」

歐卓一出生，伊娃就一直對她說這句話。這是她們的密語。但歐卓不為所動。

「我先吧，」伊娃嘆口氣。「對不起，我在學校裡吼你。地點不對，時間也不對。我只是嚇到了，你知道嗎？你總是那麼完美。我從來沒有想過去見校長的時候，居然會聽到你可能被退學。」

「你表現得好像我是世界上最爛的女兒，」她說。「你知道帕絲莉為什麼留校嗎？龍舌蘭酒！」

「她帶龍舌蘭酒去學校？」

「才不。她把浸了龍舌蘭酒的衛生棉條塞到自己的陰道裡，把酒精吸進血流，還不到第四節就醉倒了。」

伊娃瞪著女兒，嚇呆了。

「算你有道理，」她說。「聽我說，你一點都不爛。我對你的期望很高，因為我希望你能擁有最好的選擇。我年輕時得不到的選擇。」

她女兒靜靜坐在那裡，面無表情。最後，她把深紅色的羽毛從臉上拔下來，在桌上慢慢撕碎。

「歐卓。講話啊。」

她終於抬起眼睛，看著她的母親。

「你是不是很後悔生我？我是不是拖累了你？」

「才不是！你怎麼會有這種想法？」

「你說我是你的負擔，媽媽。你說你沒有空間享受人生，因為我吸光了你的時間跟精力。」

「我沒有說過那種話！」

歐卓的眉毛唰一聲升到了天花板那麼高。

「好啦，我說過那種話，」伊娃承認。「是真的。我沒辦法跟其他單身女性一樣出去約會，愛怎樣就怎樣。但我沒有約會的心情。我現在的生活就很棒了！就你跟我，孩子。」

「就你跟我，哼？」

伊娃歪著頭。「對啊。還有別人嗎？」

歐卓聳聳肩，態度很無禮。她表現得很奇怪。現在感覺不光是吵架的問題。她心裡還有其他事。

「對了，」伊娃繼續絕望地掙扎，「你說我很完美，對吧？我一點都不完美。我像你這麼大的時候，我過得很辛苦。」

「你念了常春藤聯盟的學校！未成年就寫了一本暢銷小說。」

「親愛的，我生病了。病得比現在還嚴重。想知道我怎麼進普林斯頓的嗎？高三的時候，我的成績一落千丈，他們解除了我的入學許可。我躺在醫院的病床上，寫了一篇文章」——精神病房，坦白告訴她吧——「求學校再給我一次機會。我向他們解釋，我得了病，非常虛弱。」

「真的嗎？我可以看那篇文章嗎？」歐卓羞怯地問，心情出現了變化。她對母親的童年非常有興趣。歐卓還小的時候，會沒完沒了地問伊娃問題。你記得最好笑的事情是什麼？你碰過你喜歡他、他也喜歡你的人嗎？你在電影院裡看過最恐怖的電影是哪一部？這些問題，伊娃都有答案。更深刻的問題，她就答不出來了。

「好啊，寶貝，我會拿給你看。」伊娃站起來，坐到歐卓那一邊的長凳上，把身體挪到她旁邊。歐卓挽住伊娃的手臂，把頭靠在她肩膀上。

「所以，你奮鬥過，才贏回普林斯頓。」

「我奮鬥過。」伊娃說。

「也為了我能繼續念書而奮鬥，」歐卓說。「怎麼辦到的？我的意思是，你說了什麼，讓歐布萊恩校長改變心意？」

歐卓抬起又圓又大的眼睛，看了她一眼，伊娃僵了一下。她還沒準備好解釋尚恩的事情。

「我幫了她一個忙。我找到可以接替高伯瑞老師的英文老師。尚恩・霍爾。聽過嗎？」

「噢，我聽過這個名字，」歐卓的回覆感覺很謎。「你怎麼會認識他？」

「嗯，他是黑人作家，」伊娃親了一下歐卓的額頭。「黑人作家幾乎都彼此認識。」

「嗯。你跟他很熟嗎？」

「我的意思是……」

「你是不是，比方說，喜歡他？」

「你為什麼要問這種問題？」

「因為，我看到你們兩個的照片。在外面，昨天拍的。一看就知道是約會。」

伊娃放開了歐卓的手臂，瞪著她——張大了嘴、心跳加速、太陽穴爆炸了。

「歐卓，」她硬擠出不在乎的笑聲。「我不知道你看到了什麼。但如果我有約會的對象，我一定會告訴你。說老實話，尚恩．霍爾看起來像我會喜歡的類型嗎？」

「媽咪，你不約會。你喜歡哪種類型？隱形人嗎？」

太過分了。用不了幾秒，偏頭痛的程度從煩人升高成毀滅。視線開始模糊，她抓起桌上的皮包，翻出裝止痛藥的瓶子。乾吞了兩顆，提醒自己要呼吸。麻木的效果如潮水般滾過頭痛，席捲而去，帶至碰不到的地方——起碼從現在起可以平靜三小時吧，等效果消退了，疼痛又會嘩啦一聲沖回岸上。

即使只有一點點緩解，伊娃也心甘情願。她到了二十五、六歲時，才找到能給有效止痛處方的醫生，她一直心懷感激。尤其是今天。為了把這件事解釋清楚，她必須有足夠的戰鬥力。

「我去找尚恩幫忙。就這樣而已！不是約會！事實上，找很久不見的朋友來幫忙，真有點丟人。但是為了你，我不能不願意。」

歐卓想到她媽媽跟那人的合照。看起來就像甜膩浪漫喜劇的海報。媽媽也一臉賣俏的樣子——歐卓從沒看過她這麼嬌媚。*她根本就是在勾引那個人。*

伊娃才宣布，她沒有時間交男朋友。結果，突然之間，就有人拍到她跟一個真正的男人眉來眼去？浪漫約會跟一起吃冰淇淋？歐卓深度分析了《受詛咒的戀人》推特帳號，發現了更多粉絲拍的照片，兩人眼冒愛心、在西村逛來逛去。伊娃跟尚恩一起出去了好幾個小時。兩個可能，她媽媽很聽這人的話，不然，她就是演技一流。

歐卓大喊一聲。突然之間，一切都合情合理。歐卓用雙臂環抱住媽媽的肩膀，又哭又叫。

「不要啊，媽咪！告訴我，你沒有！我覺得我好糟糕！你說對了，我就是全世界最爛的女兒。」

「你在胡說什麼？」歐卓猝然的歇斯底里讓伊娃不知所措。

「我知道媽媽的愛沒有極限。可是，哈囉？我看過《媽咪累壞了》！」

「大家都看過這本書吧！」伊娃說，其實她沒看過。「歐卓，你以為我怎麼了？」

「你……你……去色誘那個男人，好讓我不會被開除，對不對？你為了我，跟他上床。*我這輩子都不會原諒我自己！*」

伊娃愣住了，一時說不出話來。反正，沒時間了——門鈴已經響了。

她忘了。一個小時前，她才跟尚恩．霍爾你來我往用簡訊調笑，但一看到女兒的臉，就顧不得想別的事情了。

包括尚恩已經上路了。現在，他到了。

第十八章　一連串輕率的決定

希西・辛克萊爾的品味極佳。大家都知道。她在最有勢力的出版社擔任最有勢力的編輯。大家也都知道。她舉辦的宴會無懈可擊、參加網球雙打時極其專注，也稱得上是當代黑色和棕色人種作者最重要的擁護者。

她扮演的角色很多（有些人可能會覺得太多了），但只有一個角色能讓她的脈搏加速、臉上放光、愛液縱流。那就是連起一個個小點點。你要找哈德遜河這一邊最棒的裁縫師？她幫你搞定。馬上要到哈林工作室博物館參加盛會，臨時需要同伴？下午五點半以前，她會派一名帥勁十足、正好失業的電視劇演員到你家門口。要找教練？要找人捐卵子？想用最快的速度找到歐巴馬的高級顧問瓦萊麗・賈瑞特？問希西・辛克萊爾就對了。

希西不是每次都有答案。但她相信她能找到。對希西來說，她的朋友和夥伴、大規模的文學社群、美國東岸最上等的黑人家族，也必須相信她有這個能力。

在這個時刻，她在家中的書房裡沉思，她住的這棟褐石建築位於柯林頓山——裝潢得很漂亮，走世紀中葉的淡雅美學（資金大多來自她丈夫肯恩的薪水，他是辛克萊爾整形外科藝術診所的執行長和主任醫師）。身穿最漂亮的週末休閒服——Proenza Schouler的收腰洋裝，腳趾甲塗了Essie的芭蕾舞鞋裸白淡粉色——迷死人了，但她卻焦慮難安。因為有兩個點她連不起來。

伊娃跟尚恩這件事，跳掉了幾拍。有漏洞。看到這兩個人，她應該挖出所有的細節，追根究底——夫人，事實不只這樣。希西知道得很清楚，尚恩不只是留在老照片裡的一夜情。短暫的戀情不可能讓人煩躁到這種地步，還成為成年後唯一的寫作題材。

伊娃有所隱瞞。希西一想到就快瘋了。尚恩不會說，因為尚恩就是謎。伊娃也不會說，因為她是個謎，而且這個謎團還用遮光窗簾包住。

砰！巨響傳遍了整棟公寓。

我的媽啊，她心想。肯恩還要讓我聽多久這種沒完沒了的噹啷聲？

已經五個星期了，希西的丈夫肯恩都在家裡翻修他們的餐桌。鍾子敲啊敲的。敲擊聲讓她咬緊了牙齒，但她盡量不讓肯恩發現。他在診所的工作沒日沒夜，只好靠家居改造帶來快樂。沒關係。她只希望肯恩能找一個安靜一點的嗜好。

希西咬著牙，突然站了起來，來回踱步。肯恩老說她雞婆，儘管裝著不在乎他的評語，她的確愛管閒事。當雞婆發現自己沒跟上八卦，渾身的毛都會豎起來。她們變得暴躁易怒，很容易因為一時情急而做出高風險的決定。

在絕望的支配下，她要開一個派對。定在明天。頒獎前的派對，因為星期天就要舉辦黑人文學傑出獎。要參加文學獎典禮的人都到紐約了，也會沒事找事做。不論如何，她也該主持一場專屬的、會員獨享的晚會。

是的，伊娃宣稱，她「寧可死」，也不想跟尚恩困在同一場派對裡。但她也是損己女王。

伊娃十九歲的時候，充滿迷惘，那時希西就認識她了。她等於是看著她長大的，覺得自己對她有責任。希西比誰都明白，伊娃陷入了常規——寫書的常規、人生的常規、一切的常規——靈感死了，作者就毀了。或許，輕推一下，她就能清醒過來。解脫出來！希西可以送她一份禮物，設定華麗的背景，讓她跟舊情人好好團聚——希望能藉此得到寫書的靈感。身為書籍的催生者，她應該要創造出理想的氛圍，讓作者創造魔法，不是嗎？

尚恩可以當特別來賓。他是文學部落格的熱門話題；大家都想看一眼他本人。沒有太多時間計畫，但對希西來說無妨，她的賓客從不期待她會提早發出邀請函。說辦就辦，也是一種樂趣。最棒的是，希西終於能找到答案。尚恩跟伊娃是她的作者小孩。作為母親，她有權弄清楚他們的關係。

砰！

肯恩是個好丈夫。但再砰五分鐘，我就要在他的LaCroix氣泡水裡下毒。

希西坐到桌子上，女主人的大腦飛速運轉。她會邀請她的常客。她會允許大家帶孩子來，伊娃就不能用「找不到保母」的藉口。沒問題；就把他們關進客房裡，提供Shake Shack的小漢堡、保母跟迪士尼頻道。

她會打電話給好友珍娜．瓊斯，幫她準備漂亮的衣服。珍娜以前是時尚雜誌的編輯，現在主持每個人都能看到的YouTube時尚節目，叫作《完美的發現》。由於她是時尚界的貴族，她認識每一間時裝公司的公關人員（包括希西本人不認識的小公司，他們有很酷的獨立設計）。珍娜是希西的祕密時尚武器。

好，來打給珍娜！但是，她要先找到手機在哪裡。肯恩敲個不停，她根本聽不到自己的思緒。希西快步走出書房，走進了餐廳。餐廳裡亂七八糟。餐桌倒放在地上，肯恩蹲在旁邊，把一條桌腿敲回托座裡。

「肯恩。你，快，把，我，吵，死，了。」

帥氣的肯恩，外號輕量版比利迪．威廉斯，把鼻梁上的眼鏡推高，問她：「你覺得桌腿看起來一樣長嗎？」

她長長地吐了一口氣，撫平了洋裝，蹲到他身邊。「快了。」

「很好。」他又繼續敲了起來。

「親愛的，我下了地獄也會聽到你的砰砰聲。」

「你不會下地獄。」肯恩嘴裡咬著一根螺絲釘，含糊地說。

「噢，拜託。我在那裡有房產呢。」她輕鬆地說。捏了捏丈夫的肩膀，她站起來，繼續踱步。從現在開始，到明天的派對，有很多事要做。

希西當女主人的時候，一切都發自靈魂——她猜同年齡的女人應該把這股精力都拿去養孩子了。但她一直不想要小孩。書就是她的孩子。婚姻看似冷淡、人生選擇感覺毫無意義，或工作停滯不前的時候，晚上可以抱著書睡，讓她覺得溫暖，平復混亂的思緒。吃早午餐的時候，貝琳達問她曾否經歷過狂野、深刻的愛情。希西不知道該怎麼說，她不需要這種愛。不去深刻感受任何事情，她覺得很OK。頂級的生活對她來說就夠了。夜晚開始時，陰謀和戲碼蠢蠢欲動——但在夜晚結束時，每個人都醉了、怪了、變黑暗了。很久以前，她就學到，如果給予空間，人生有可能會很掃興，帶來痛苦。有打擊，也有錯誤，但你要做的，就是對世界保持有興趣。

因此，希西能精準嗅出哪些書會暢銷。草稿到手後，讀一次，不需要想得太認真，不需要浸潤在文字中，就知道能不能賣。一本小說翻到最後一頁，然後連吸一口氣的時間都不到，希西就可以說服帕克及諾威出版社買下版權。做了四十本暢銷書後，沒有人懷疑她的直覺。

包括出身芝加哥羅賓森家族的蜜雪兒．歐巴馬（希西去瑪莎葡萄園Farm Neck高爾夫球俱樂部的時候遇到她，那時莎夏跟瑪麗亞都還是幼兒呢）。在二〇一七年的全國國會非裔議員連線大會上，蜜雪兒透露她正在構思一本回憶錄，希西根本不需要她費勁推銷。她一聽就知道賣點在哪裡。

「親愛的，南區，」她對著蜜雪兒戴了鑽石耳釘的耳朵輕聲說。「你一定要寫南區的事。」

「真的嗎？你覺得大家想知道我小時候的事嗎？」

「蜜雪兒，不是我覺得，」希西的口氣充滿智慧。「我知道。」

憑著本能，她也知道，伊娃跟尚恩的故事一定妙不可言。只需要……推一下。希西的派對能激起什麼樣的火辣魔法呢？她等不及了——她也期望伊娃能把這種魔法注入新書的稿件裡。或許她已經不在乎《受詛咒的戀人》，但粉絲還在乎，出版社也在乎。伊娃必須把書稿寫出來。

就在此刻，坐在嶄新琥珀烏木地板上的肯恩對著她發笑。

「笑什麼？」她問。

「希西，你在密謀一件事。我看得出來。」

「不是密謀，是計畫。」

他對著自己竊笑，嘴裡還銜著剛才那根螺絲釘。「我家的雞婆。」

希西咧嘴笑了。她是愛管閒事，也是他家的人。不論是好是壞，都是肯定的。

「左邊那條腿再調一下。」她對著他拋了個飛吻，風一般走了。

在布魯克林的另一邊，尚恩靠在伊娃那棟褐石建築的大門上。他按了兩次門鈴——無人回應。她可能改變主意了。在這一刻，他開始反思之前做過的每一個人生選擇。

聰明人現在該離開了。但是，要是她沒聽到門鈴呢？不走。他可以再等一下。還不能走。

昨天，太多了，但是還不夠。昨天，留下了許多困惑，現在尚恩坐立難安、心癢難搔，就只想到她身邊。他想看著她做事、說話。握著她的手，讓她笑開懷。跟她做愛做到暈厥。給她所有她一直得不到的東西。把最好的自己獻給她。

根據戒酒無名會的指導方針，清醒兩年後才可以談戀愛。這個規定有道理，但尚恩沒想到事情會變成這樣。

中學時代的戀情應該沒有意義，他對自己分析。我們的額葉甚至還沒發展。怎麼知道是不是真的？

青少年分辨不出迷戀和更深刻的東西——更不用說想法正不正確了。十七歲的時候，尚恩的想法很扭曲。但對她的想法一點都不扭曲。

他的心思突然回到在夢房裡的一刻。伊娃在他下面，呼吸急促，高潮到快暈過去了，嘴唇摩得腫腫的，雙頰入火。尚恩非常快樂，為自己的存在開心。他把臉埋進她的頸窩，把她抱進懷裡，緊緊貼著她，緊到根本不想放開。

那個擁抱彷彿能夠永存，就像他們把這些年來經歷過的自我都併了進去。畫出一個圓。伊娃用鼻子摩挲尚恩的喉嚨，嘴唇在他的下頷上游移。

「想你，一直想你。」她吐了一口氣。

他還沒有機會對她說同樣的一句話，她就從他身下滑了出來。然後走了。

尚恩了解她離開的理由。但他也崩潰了。他把她找回來，卻再度失去她。

尚恩一直覺得那個星期的回憶在折磨他。他親眼目睹了一切，看得很清楚。每一個細節，都是生動的、彩色的。喝再多酒，都無法忘懷。但是，那些看似無足輕重、實則極其重要的細節，那些他早忘了關於伊娃的事情，沒想到就這麼回來了。

就像Spotify播了一首你從童年後就再也沒聽過的歌，提醒你你是誰。例如，「噢，對了，我這個人啊，能把威爾．史密斯在《飆風戰警》裡的台詞倒背如流。」

昨天，伊娃走了以後，尚恩認命了，不打算再找她。他心裡覺得痛死了，但他活該。所以，他找了很多事情來做。他跑了六英里，放鬆，沒喝酒，吃東西，沒喝酒，寫稿，沒喝酒，然後上床睡覺。但是，伊娃卻發了簡訊來。不知怎地，他就坐在她家門口，等她開門。

他的手機響了，他嗖一聲抽出手機，速度快到牛仔褲的口袋都翻了出來。

阿泰打來的。

「在幹嘛？」青少年說。

「還沒決定。」尚恩邊說邊張望著伊娃家的窗戶。尚恩昨天跟阿泰講過電話。大前天也講過一次。他向自己承諾，每個星期要跟他帶的學生聯絡兩次。有時候，光是聽到一個相信你的人的聲音，似乎也能去掉一點陰霾。

「阿泰，你怎麼沒去上學？」

「今天是學期的倒數第二天。」他沒有要深入解釋的感覺。

「那個女生怎麼了？」

「很好。」

然後尚恩開始連珠炮般的問題，每個學生都會收到。

「作業寫了嗎？交了嗎？」

「交了。」

「沒做不合法或邪惡的事情吧？」

「『邪惡』指什麼？」

「犯罪的事。」

阿泰頓了一下，似乎在思考。「沒吧？」

「跟人打架了嗎？」

「你來以後就沒打過。」

「喝水喝夠了嗎？睡了八小時嗎？」

「有時候真的很難睡。我的腦子停不下來。但我會努力。我的咒語有效。」

「你真的很棒。」

尚恩可以感受到數千英里外的阿泰在微笑。

「霍爾老師，我可以……你可以借我兩百元嗎？」

「兩百美元？為什麼？」

「我姊的男人出租錄音室，計時還什麼的，我想……我一直想弄這個饒舌的東西。上SoundCloud，簽約。」

尚恩放聲大笑，但發現阿泰沒有跟著笑，他立刻閉嘴了。

「噢。OK，但你什麼時候開始當主持人？你從來沒提過饒舌的事情。」

「我超愛。」

「有意思。阿泰，你的饒舌藝名是什麼？」

「還沒決定。」

「你的藝名是『還沒決定』。」

「不是啦，我還沒決定我的藝名。」

「希望你不要誤解我的意思，」尚恩很謹慎地開口了。「但你連饒舌的藝名都沒有，我真的會懷疑你是不是認真的。黑人男生到了三年級，都會取一個饒舌用的名字。」

青少年沒說話。

「你姊姊幫你介紹的人？普琳瑟絲？」

「對啊。」

「普琳瑟絲住的地方是一台挖空的克萊斯勒，停在廢棄的冰淇淋店裡面。你想過嗎？她的男朋友會開合法的錄音室？有沒有可能他們只是想從你身上弄錢？」

阿泰說不出話來，只發出生氣的嘆氣聲。

「我沒辦法了，」阿泰懇求著說。「我騙你的。我兩天沒吃東西了。別人以為我有東西吃，因為我長得胖，可是我沒有。普琳瑟絲跟我媽把錢都拿走了。說不定饒舌可以救我。那人認識經紀人跟製作人，該有的都有。」

「阿泰，我不能給你錢。我覺得有問題。我要先掛了，我們再找時間聊。」

「我以為你真的能幫我，」阿泰的聲音低低的，快聽不見了。他好像很難過。「世界和平。」電話掛了，尚恩洩氣地靠在門上。他他媽的知道阿泰沒辦法循規蹈矩地生活。或許尚恩對他太嚴厲了。或許他應該給他錢。心煩意亂地，他拿起水瓶，喝了一大口水，一個胸前綁著學步兒的紅髮高個子女人從他面前走過，看了他一眼，又不可置信地看了第二眼。

「天啊。你是作家塔納哈希・科茨！」

「不是啦。但是，你把他的名字唸對了，他應該會很高興，」他喝光了剩下的水。「我就學得很辛苦。」

然後，終於，終於，門嗡地一聲開了。尚恩還弄不清楚自己有什麼感覺，就飛奔進了厚重的桃花心木大門。

第十九章　異性戀男人都愛我

伊娃弄了半天，才幫尚恩開了門。

她跟歐卓辯論了很久，歐卓或許是布魯克林有史以來想像力最豐富、最頑固、最愛大呼小叫的女生（可能僅次於芭芭拉．史翠珊）。

歐卓堅信，伊娃為了她而出賣自己的身體。剛好尚恩在樓下等，伊娃沒時間勸她。她從臥室地板隨手抓了衣服套上，急急地打扮漂亮，同時要說服歐卓改變心思。她更不可能準備好讓尚恩跟歐卓見面，在夢房的幽會後，也不知道該說什麼。

聽到敲門聲以後，歐卓跟伊娃先後跑過走廊，歐卓先到了。她把門一把拉開，站在那裡，拳頭抵著屁股，皺著眉瞇著眼看著尚恩。

他嚇得離地六英寸。「天啊，要死了！」

「尚恩！注意你的用詞！」伊娃踩著毛茸茸的襪子滑過走廊，用屁股頂開了歐卓。

「但是……她……」

「沒想到會在家裡，對啊。」伊娃上氣不接下氣地接了話。她簡直不敢想像她們兩人在別人眼中有多可笑。伊娃穿著吹牛老爹家族的T恤跟急忙套上的吊帶丹寧短褲，頭髮堆到頭頂，像顆生氣蓬勃的鳳梨——歐卓則穿著運動褲，頭戴霍格華茲分類帽。兩個人都用力喘著氣，未了結的問題飄動在兩人之間的空氣中。

「尚恩，這是歐卓。歐卓，這是尚恩。唔，我先跟他說一件事。」尚恩還在目瞪口呆，她抓住他的二頭肌，用盡全身的力氣把他推回走廊上，帶上了門。

「我就給你們五分鐘！」歐卓大喊，關起的門堵住了她的聲音。

伊娃做了個手勢，要尚恩跟著她，匆匆上了樓梯，停在三樓的平台上，也就是她家樓上的公寓外面。她得到一個沒人能聽到他們說話的地方。

伊娃誇張地吐了一口氣，靠在有兩百年歷史的牆壁上，尚恩也往牆上一靠。她心想，不知道這幾面牆看過多少對見不得光的戀人。

她喘著氣說：「你按了門鈴後，我就忘了呼吸。」

「你沒告訴我你女兒也在家！」尚恩既驚慌又興奮。「天啊，我從來沒看過這麼可愛的女生。她是你生的。完完整整的一個人。你願意讓我跟她見面嗎？」

「因為我忘了，今天學校放假！」伊娃覺得自己在旋轉，她很慌張，不敢相信尚恩居然來了，在她住的地方，而且就是現在。

「噢。噢噢噢。」他的心一沉。「聽我說，我馬上就走。我不想擾亂你。也不想擾亂她。」

「不要走。」

「真的嗎？」他一臉開心。

「你要幫我，幫我圓謊。」

「噢。」他的心又往下一沉。「圓什麼謊？」

「歐卓在網路上看到粉絲幫我們拍的照片——吃冰淇淋，坐在一起——我們看起來有點像……你知道的。」她對他擺出一個做夢的表情。「像這樣。」

「什麼？傻乎乎的嗎？」

「戀愛的樣子。」

尚恩點點頭，用指頭慢慢地拉了拉下唇。他的視線懶洋洋地從她的眼睛移到她的嘴唇，看到她沒穿胸罩的身體，又往上移。

伊娃張開了嘴巴。他對她嘻嘻一笑，一臉狂妄。

「不出我的意料之外。」他說。

「反正，」她的臉都燒起來了，「她認定，我勾引你，好挽救她的學業。」

「勾引我？這是她說的話？」尚恩把臉埋進手裡，悶住了笑聲。「噢，不會吧。」

「從來沒碰過比她更會演的人。」伊娃兩手往空中一甩，用力翻了個白眼。

「我就碰過。」他咧嘴笑了起來。

「這個星期的事實在太多了。」伊娃覺得自己的頭好重，快撐不住了，把額頭靠到尚恩的胸膛。她就靠在那裡，用頭揉他的胸口，釋放壓力，只希望能舒緩頭痛。

尚恩僵住了片刻，被這種親密的動作嚇到了。即使昨天才那麼親密，他也不想驟然決定兩人的關係。

「沒事的，」他輕聲說，不敢伸手碰她。「我可以抱你嗎？」

「請便。」她對著他的上衣呼氣。

他微微彎下身子，用手環住她的腰，把她抱了起來，讓她貼著自己。她踮起腳尖，抓住他的上衣，臉孔靠著他的脖子。

「再緊一點。」她呻吟著說，他抱緊了她。他想一輩子留在這裡。他用指頭壓住她的頭髮，輕柔地按摩她的頭皮。

「你來了，」伊娃輕聲說，覺得暈暈的，「因為我叫你來。」

尚恩的喉頭發出了尷尬的聲音，但現在顧不得尷尬了。「要聊聊昨天做的事情嗎？」

「沒時間了——我女兒以為我賣身。要先解決這個問題。」

「我來幫忙。」他用指背輕撫過她的臉頰，想感受她的肌膚。她發出幾乎聽不到的嘆氣聲。

「歐卓的想像力很豐富，也不誇張吧，畢竟她媽是寫書的。我對小孩很有一套。」

「但她是我的女兒。」伊娃抬起臉看著他。「我也不希望你用這種方式認識她。我的意思是……不是說我想過讓你們兩個見面。」

「沒關係，我懂。」他把臉壓進她的捲髮裡。椰子油跟香草。好令人陶醉。

「我們就告訴她，我們是很久沒見的老朋友。這也不是謊話。」她輕聲說，把手臂環上他的脖子，讓他緊緊壓著自己。他忍不住呻吟了一聲，抱著她讓她往後退，直到她靠在牆上。

「只是朋友。」他重複她的話。

「對啊。」她輕聲說。

尚恩靠了過去，把嘴唇壓在她的唇上，輕輕把她的舌頭吸進自己嘴裡，給她一個不疾不徐的深吻。他用牙齒輕咬著她的下唇——太強烈了，她覺得雙腿發軟。

「OK。」他對著她的嘴低聲說，然後突然放開她，拉開了距離。她眨眨眼，有點站不穩。他開心了，把指頭插進她的酒窩裡。「噗！走吧，朋友。」

沒過多久，伊娃、尚恩跟歐卓坐在默西－摩爾家的餐桌旁。明亮的光線從對著花園的窗戶射進來，雛菊從陶瓷花瓶裡冒出來；兩年前，伊娃跟歐卓去巴塞隆納度暑假的時候買了這個花瓶。餐桌是古董，伊娃在威廉斯堡買到的倒店貨。那時，威廉斯堡還沒變成文青聖地。桌面是薄薄的一片細緻天然紅木，搭配四條鐵桌腳。過了這些年，上面留下了怪異的溝槽跟缺口、指甲油、油漆、麥克筆的塗鴉。是伊娃跟歐卓的生活動態。沒有男人上過這張桌子。

端視目前的局勢，這應該也是最後一次有男人坐在這裡。

尚恩本來以為跟歐卓講理應該輕而易舉。畢竟，他每個星期都要搞定平均二十五個學生。但這一個不一樣。

「我要先提醒你，我是你母親，」伊娃說。「我不需要為我自己做的事情辯護。但是，因為這件事太蠢了，我希望你一個字都不要透露給赤夏中學的任何一個人，我們得講清楚。尚恩，對吧？」

尚恩吞了口口水。他從來沒有這麼害怕。「對啊。對的。」

「這位霍爾老師，是我高中認識的朋友，」伊娃繼續說。「他來紐約待一個星期，我們約了喝冰咖啡。我沒有用女人的花招騙他下一個學年到你的學校教書。我甚至不知道我有沒有女人的花招。可能有過，不知道丟哪裡去了。總而言之，沒有花招。」

「我懂了。」歐卓扶了一下巫師帽，指了指尚恩。她用辯論隊隊長最正式的聲音說：「先生，你現在可以說話。」

尚恩用他私立中學英文文學老師最正式的聲音說：「我知道，我們是第一次見面。你沒有理由信任我。但是，我跟你媽媽出去玩了一下，不涉及男女之情。完全屬實。」

「真的嗎？實話嗎？尚恩・霍爾？」歐卓吐出他的名字，彷彿她剛在Google上找到對他不利的資料。而她也確實找到了。

「我可以向你保證，我是個紳士，我……無法贊同……你的暗示。」

「你究竟有沒有酒後駕車？」歐卓把雙臂交叉在胸前。

「歐卓・若拉・東妮・默西－摩爾！你現在立刻向霍爾老師道歉。」

「叫我尚恩就可以了。」尚恩說。

「霍爾老師，對不起。我太沒禮貌了，」歐卓讓步了。「但是，媽媽，你好虛偽！可可琴的哥哥來，你氣成那樣，以為我們做了壞事。好像我會對客戶有不正常的感情。」

「客戶？」尚恩很驚訝。「你提供什麼服務？」

「現在，你行為不當，我不能有反應？」

「我，是，你，媽。」伊娃每說一個字，就拍一下桌子，加重她的語氣。「我應該要質問跟我十二歲女兒來往的十六歲男生。這是我的事。但是，就算我用身體去換你的學業，也不是你的事。」

「但是你沒換。」尚恩說。

「我當然沒換。」伊娃抓住歐卓的手。「你怎麼會幻想出那麼八點檔的情節？因為我讓你看《嘻哈世家》嗎？說老實話，親愛的。你覺得我是這種人嗎？」

歐卓看了一眼尚恩，又看著母親。

「不是，」她的口氣傳達出筋疲力盡的接納。「不是。我想，我想太多了。但是你想想，我有多混淆！你告訴我，你沒有男朋友。第二天，你就跟一個男的約會——你又需要他幫忙。說不通啊。你最後還說，為了讓我留在學校裡，你什麼都願意。」

尚恩點點頭。「很合理的結論。」

「相片裡，就一件事，」伊娃說，「兩個很久不見的老朋友。」

「好朋友，」尚恩補了一句，他以為在這場對話中，他能言詞便給，提供協助，但對著伊娃跟她活力充沛的女兒，只能張口結舌；歐卓的活力宛如一個坐在自家門口評斷鄰居滑稽舉止的老姨婆。看著他的伊娃變成這樣，太棒了。一名母親！

他已經有幾十年的時間沒體驗過家庭生活。他覺得眼花了。

此時，歐卓用手支著下巴，看看尚恩，又看看母親，又看看尚恩。她的憤慨慢慢變成好奇。

「你怎麼以前都沒提過尚恩？」歐卓問。「你們在哪裡一起念高中？我知道你搬過很多次家，因為外婆是模特兒。」

外婆是模特兒。聽到歐卓在尚恩面前講這句話，伊娃抖了一下。他知道真相。

「在華盛頓特區的學校。我高三的時候住在那裡。已經是很久以前的事了。」伊娃站起來，走到流理台旁邊，拿了一根香蕉。「呼！太好了，都說清楚了！你們餓了嗎？我有可以放烤麵包機的酥皮捲！」

「霍爾老師，對不起，我不該隨便下結論，」歐卓說。「這對我來說太難了。媽咪向來不跟異性戀男生出去。」

「才怪，」伊娃嘴裡塞滿了香蕉。「異性戀男人都愛我。」

歐卓轉過去對著她。「高中畢業後，就沒聯絡了嗎？為什麼？」

「我在忙著照顧你，歐卓。尚恩常常在外面跑。」

「可是你沒提過你跟他認識。」

歐卓說「他」的時候，彷彿尚恩沒有名字，也不是正好坐在她面前。尚恩被忽視了，可是他不在意。能進入伊娃跟歐卓的軌道，他已經很興奮了。

「只是……我說了，我們常常搬家，」伊娃結結巴巴的。「我的記憶很模糊。」

幫幫我，她在歐卓後面對著尚恩無聲地說。

他清清喉嚨，想也不想，就召喚他唯一的超能力。他說了一個故事。

「歐卓，你知道嗎？我跟你媽媽的友誼很難用線性術語來量化。」

線性術語，伊娃在心裡重複，她服了。我一定要看看他能編出來什麼。

「來說一件看似沒有關係的事，很久以前，我養了一隻海龜。我住在波波尤的一棟棚屋裡，那是尼加拉瓜的衝浪勝地。門都不需要鎖，很安全。有天早上，我起來了，床上有一隻巨大的海龜。」

「不會不衛生嗎？」伊娃問。

「噓，別說話。」歐卓說。

「不論如何，他選擇了我，就是那樣。我立刻愛上了他。也很用心照顧他。我研究了很久，了解海龜喜歡吃什麼，我每天餵他兩次，幫他做小碗的水果沙拉，上面放活的蟋蟀。」

「噁心死了！」歐卓看看伊娃，一臉開心。

「他愛死蟋蟀了，」尚恩說。「反正，他到哪裡都跟著我，因為他走路很慢，我也要走得很慢，好讓他跟上。我們就跟老人一樣，在家裡慢慢拖來拖去。」

「唔。相互依存，」歐卓說。「接著說吧。」

「他是我的小朋友，你知道嗎？我只跟他說西班牙語。」

「為什麼？」歐卓問。

「他是尼加拉瓜的海龜。」他的回答很簡單。

「等等，」伊娃說。「你會說西班牙語？」

「足以跟海龜說話。」他用西班牙語說。

「你真的瘋了。」伊娃咯咯笑了起來。

尚恩咧嘴一笑，毫不掩飾他的自豪。「總之，有天我衝浪回來，他已經走了。」

「去哪裡了？」歐卓問。

「去找其他喝得醉醺醺的作家一起放鬆吧。我很難過。但是有一天，他回來了。我什麼都不想做了。這次，他足足待了六個月才走掉。」

「我猜應該走得很慢吧。」伊娃說。

「在我內心深處，我總是暗自期待，能再碰到他。」

「嗯。在時機成熟時，一切都會顯現，」歐卓若有所思地說。「霍爾老師，你不覺得奇怪嗎？你居然跟一隻海龜的感情這麼好。」

「確實很奇怪。而且，就像你說的，依存關係。」尚恩聳聳肩。「但是我願意接受。有一天，他出現了，我們立刻變成好朋友。我們在彼此的生活中沉沉浮浮，但不論如何，我們的感情都很好。我跟你媽就像那樣。一直是朋友，不論過了多久時間。」

「原來如此。等一下。」歐卓沒作解釋，站起來走了。

「我做錯了什麼嗎？」他輕聲問伊娃。

「等一下。」伊娃也輕聲回他。

過了三十秒，歐卓換了一身衣服，回到廚房。俐落的黑色無袖連身褲，平光玳瑁框眼鏡。

「親愛的，」伊娃開口了，「這又是什麼打扮？」

「心理學真實的博士，」她認真地說，又坐回自己的位置。「霍爾老師，根據這個海龜的故事，你顯然需要治療。這是我的名片。如果我媽同意，我可以幫你。」

「我不同意，」伊娃說。「尚恩，不管怎麼樣，都不要給她錢。」

「我再問兩個問題，可以嗎？」歐卓越過桌子，靠近了尚恩，帶著同謀的姿態。「媽咪念高中的時候是什麼樣子？她簽了你的畢業紀念冊嗎？你們參加什麼社團？」

尚恩把雙臂交叉在胸前，開始思索。「要聽真話嗎？她是我碰過最聰明的女生。也非常勇敢。她想到什麼就說什麼，跟你一樣。」

歐卓一臉喜色。「你覺得我們很像？」

尚恩看了伊娃一眼，她仍站在流理台前看著他們。然後對歐卓微微一笑。「真的。你們很像。」

「才不是，我適應不良。」伊娃坐回長凳上，靠在女兒旁邊。她把一杯檸檬水推到尚恩前面。

「我們兩個都適應不良。」他說。

「就某種程度而言，」伊娃說，「你幫了我。我發覺，學校裡不只我過得一團糟。」

「我一直沒發覺我很寂寞，」他說。「碰到你以後，就不寂寞了。」

然後，尚恩跟伊娃進入了回憶，接著，情緒升高了，兩人都忘了歐卓也在場。歐卓覺得周圍的溫度變了。她從位子上站起來，坐到媽媽的腿上。

歐卓有時候會讓伊娃這樣抱著她。在伊娃教她寫功課的時候。在她們一起追《鑽石求千金》的時候。雖然手長腳長，動作笨拙，她仍想跟媽媽抱在一起。但這是一個維護領域的動作，像貓咪一樣——彷彿她發現尚恩的凝視帶著佔有的慾望，必須宣示伊娃屬於她。

伊娃懂的。她用手臂環住女兒的腰，握住她的手捏了三下，她們說我愛你的密語。歐卓也捏了她的手，放鬆了一點。

「親愛的，你要不要繼續畫你的肖像？」

「好喔，走了。」歐卓從她的腿上跳下來，從地板上撿起她的作品。

尚恩目擊了她們無言的交流，滿心敬畏，就像第一次看到大峽谷的城市人。他倒抽了一口氣。「你畫的？酷斃了！」

「我喜歡拼貼。」她有點害羞。

「讓我想到藝術家曼．雷，」尚恩說。「還有那個，他叫什麼名字啊？一個來自西雅圖的男人，他用舊雜誌當成拼貼素材。他對平凡的人生有著超乎現實的看法。他叫什麼名字呢？」

歐卓吸了一口氣。「你知道傑斯．特里斯？哇，謝謝你！但我一輩子也沒辦法像他那麼棒。」

「很好，」他說。「就做你自己。畫裡這個人是誰？」

「我的寶貝是最棒的藝術家，」歐卓還沒回答，伊娃就插嘴了。「帶他去看你掛在牆上的作品！」

「媽。不要——」

「來嘛，讓我秀一下我的寶貝多有才華。」

伊娃領著兩人出了廚房，來到靠近主臥室的走廊。牆上掛了伊娃和歐卓十年來的肖像畫，裝進了畫框裡——都是歐卓畫的、素描的、繪製的，精細度逐年增加。

尚恩閉上了嘴，細看歐卓的作品。不論用什麼媒材，她的作品都很明亮生動，令人回味無窮。但是，他也注意到，她在背景和前景使用枯萎的花朵和舊時的物品加上憂鬱的感覺。陶瓷娃娃和灰撲撲的書。從另一段時光來訪的物品。簡直展現了伊娃的氣場。歐卓很快樂，個性健全，感受不到母親的陰鬱——但經由滲透，她依然吸收了母親的稜角。

伊娃看著尚恩欣賞寶貝女兒的作品，心跳都有點不規律了。她克制不了自己。尚恩在她的家裡，跟歐卓閒聊，就像收藏家參觀展覽時跟藝術家對話。伊娃覺得很有趣，但她不想讓自己太開心。家居感也很強。她的理智中冒出了希望，就像一條蛇，用尖牙刺穿了她。就像第一次見面的時候，在露天看台的那天。

成熟點，她告訴自己。你知道最終的結局是什麼。

她當然知道。但感覺太甘美了，她想放下擔憂。「……拼貼會讓你失去平衡，一點點，」歐卓解釋說。「你知道的，看見不該在一起的元素。」

「就像那幅肖像，對嗎？羽毛跟燈芯絨的頭髮。感覺幾乎就像在微風中顫動。」

「就是這樣！」她看著伊娃，一臉開心。「對了，那是我外婆，莉澤特。她跟你一樣，不會墨守成規。你應該見過她吧？」

「沒有呢，很可惜。」

「我們都去尚恩家玩。」伊娃很快地接了一句。

「莉澤特外婆很懂得欣賞藝術，」歐卓伸手扶了一下歪掉的畫框。「我媽還小的時候，她帶她去過聖塔菲的歐姬芙美術館。還有巴黎的畢卡索美術館。」

尚恩瞥了伊娃一眼。伊娃繃緊了臉。歐卓又很清楚感覺到，有什麼她不知道的事情。

「好吧……」她退出了走廊，「我要去完成我的肖像了。」

尚恩向她伸出手。她對他自信一笑，握了握他的手。

「很高興能認識你，」他說。「你真的讓人讚嘆。」

「你還可以問她緬因州的首都在哪裡。」伊娃嘻嘻一笑。

「媽！」歐卓回尚恩說，「我不是那麼令人讚嘆。只是特別敢說。但是謝謝你。希望你以後常來。」

說完之後，她把肖像畫往腋下一夾，準備進自己的房間。卻又突然停下了腳步。

「噢，」歐卓轉身對著兩人。「一個問題。」

「什麼問題？」伊娃跟尚恩異口同聲地說。

「你們倆，哪一個是海龜？」

「什麼意思？」伊娃問。

「你們哪一個是海龜？你知道的，海龜會離開，又回來，又離開，另一個就負責等，對吧？」她又轉過了身。「作家們，這是一個隱喻。你們好好想想吧。」

她走了，他們兩人直視著前方。對視的話，可能會燃起熊熊大火。

過了一會兒，他們在伊娃家前面的人行道上閒逛。晚餐時間剛過，沒上學的學生在公園坡的人行道上橫行了一天，現在終於安靜了下來。正要落下的太陽射出粉紫色的光芒。歐卓在樓上做她的拼貼。尚恩和伊娃的雙手離不開彼此——用手搭著肩、用指頭劃過顴骨、放肆的擁抱——他們也不想克制。一切都沒有問題。

伊娃要回去趕稿了，所以尚恩得離開。他們已經說了快一個小時的再見。

「好吧，」他說。「那是這個星期最精采的時刻。算是第二個精采時刻吧。」

「歐卓喜歡你。」伊娃努力壓抑飄飄然的感覺。她覺得自己要爆開了，碎片會灑滿第七大道。

「你們兩個在一起，好有魔力，」他的口氣熱烈。「她真的很棒。」

「謝謝，」伊娃一臉開心。「朋友。」

「隨時想來都可以。朋友。」

她輕輕用肩膀撞了一下他的肩膀。他也回撞了一下。

「好吧，」他拗了拗指節，「我要走了。你可以去寫第十五集，降災在我身上。」

「噢，我想起來了，」伊娃的口氣帶著猶豫。「我想問你的意見。如果賽巴斯汀是白人，你覺得怎麼樣？」

「降災也不用降到那麼可怕。」

「我是認真的。《受詛咒的戀人》要拍成電影。我很興奮。但是導演想用白人演出賽巴斯汀跟吉雅。你知道的，主流的訴求。」

尚恩忍不住放聲大笑。「我嗎？變成白人？欸，別鬧了。」

「相信我，我不是在開玩笑。」她把幾綹鬆開的捲髮塞回頭頂的髮髻。

看到她認命的表情，尚恩知道她在說真的。「你不會答應的。拜託。你怎麼可能接受那種亂搞，會破壞完整性。」

「我真的很需要把我的書改編成電影。」她聳了一下肩，靠到前門上。「除此之外，書裡都是神話的角色。什麼種族都可以。」

尚恩瞪著伊娃，想弄清楚她相不相信自己說的話。或者，她只是想說服自己。

「你知道你做不到。」他斥退了她的念頭。

「我需要這部電影。有了進帳就可以放假，可以做其他的事情。」

「你是藝術家，黑人藝術家，你就該說實話。」

「我是單親媽媽藝術家，我就該賺錢，」她挑明了講。「我知道實話是什麼。」

「唔，」尚恩抿著嘴，不願改變立場。「聽起來，你想說服自己，接受白人演員。你其實不願意。《受詛咒的戀人》是你的身分。」

「只是一個故事。」她心裡已經有了定見。

尚恩靠到她身邊，握住她的手。「可以問一個問題嗎？你真的跟你媽媽去過巴黎？還有聖塔菲？」

「不全是謊話，」他暖和的皮膚給了她撫慰。「有一陣子，我媽交了一個做藝術品買賣的男友。那時候，她的男朋友都很大咖。他常帶她搭飛機，參加拍賣。他們去過很多美術館。只是沒帶我去。」

他們靜靜地站了一會兒。手握著手。他們撫摸著彼此的掌心，陷入各自的沉思。指頭交纏在一起，感覺再自然也不過了。然後尚恩把露在外面的手臂靠在伊娃的手臂旁——他的G跟她的S對在一起。

「你，」她開口了，「怎麼解釋這個傷痕？」

「我不解釋。」

「就那麼簡單嗎？」伊娃驚嘆了。

「屬於我們，」他就說了四個字。「很神聖。」

「真希望對我來說也那麼簡單，」她說。「我必須捏造出一整個神話來解釋。如果S是小說中的人物，就能混過去。」

尚恩點點頭。「就像你怎麼說你媽的事情嗎？為歐卓改寫她的歷史？」

伊娃捏捏他的手，然後放開了。

「有很多你沒看到的事，」她輕聲說。「在我跟歐卓之間。我們經歷了很多。」

「要告訴我嗎？」

她往後退了一步，肩膀垂了下來。「下雨的時候，我的頭痛很可怕。一場大雨就能讓我在醫院躺一個星期。歐卓小時候，她真的被嚇壞了——最後她變得很怕下雨。落一滴雨，她就失控了。颶風珊迪來的時候，她一直尖叫，叫到臉上的微血管都爆裂了。她歇斯底里到無法踏出家門一步。我只好讓她暫時不去上幼兒園。」

這種罪惡感，解釋也解釋不了，伊娃心想。知道自己的孩子受到折磨，而且都是自己的錯。

「我看了無數個醫生。只想變好，變得比較正常。就為了她。有個醫生很瘋，甚至開了美沙酮給我。現在不合法，因為是一種鴉片類藥物。我變得精神恍惚。希西基本上在我們家住了一年。」

「太慘了，伊娃。」

「重點是，我幾乎都躺在床上當媽媽。叫晚餐、檢查作業、幫她綁辮子——都在床上。身體受到限制。但我可以講故事。把可怕的東西編造成魔法。嚇壞我家寶貝的暴風雨怎麼辦？我告訴她，她對雨很敏感，因為她是天氣仙子，就像南非神話裡的閃電鳥 impundulu。她的外婆是反社會人格，怎麼辦？在我們家，她是個性特異的女性主義女英雄。」

雖然毫無底氣，她仍裝著很有自信的樣子，轉身對著尚恩。他臉上毫不掩飾的悲傷讓她心裡空蕩蕩的。

「對啊，我誇大了事實。但是我編織出的世界可以保護她不受到真實世界的傷害。」她微微聳了聳肩。「可能不光是為了歐卓吧。或許，我扭曲了對莉澤特的記憶，晚上也能睡得比較好。我沒辦法。我知道真相，但我內心依然對她有一些崇拜。」

尚恩把伊娃摟進懷裡。她柔順地靠上他的胸膛。

「在我認識的人裡，你最強，」他說。「你教給歐卓適應的能力、力量和創意。她真的很幸福。她充滿生命力，都是因為你的關係。」

伊娃僵住了。然後倏地脫離了尚恩的懷抱。

「不要，」她說。「不要這樣。」接著，她轉過身，打開門，飛也似地上了門前的階梯。尚恩被她突如其來的動作嚇了一跳，追了過去，一步上了兩階。

「不要什麼？」尚恩問。

伊娃狠狠地一翻口袋，想把開門的鑰匙塞進鎖孔，但是她笨手笨腳的，整串鑰匙噹一聲掉到地上。尚恩撿起鑰匙——她生氣地吐了一口氣，猛地轉過身對著他，伸出了手。

「把鑰匙給我。」

他把鑰匙遞了過去。「不要什麼，伊娃？」

「不要再讓我愛上你！」

尚恩退了一步。「我怎麼了？我們兩個不都一樣嗎？」

「真的嗎？不管你住哪裡，我都沒有跑去找你，突然蹦出來擾亂你平靜的生活。你來這裡，就是來擾亂我。故意的。」

「聽我說，我真的不會故意做什麼事，」他用自嘲讓自己的聲音保持輕鬆，想安撫她的情緒。「我沒有計畫，沒有不可告人的動機，我只是來道歉。就是戒酒無名會要求的爛東西。但發生了這些事，我一點都不遺憾。」

「不行，」她的眉頭糾結在一起。「我不能讓你榨乾我。你還見了我女兒。我承受不了。」

「榨乾你。」他重複她的話。

「沒錯！」

「都是我的錯，對嗎？」

「你說什麼？」

在昏黃的天色中，尚恩的眼睛放出怒火。「我沒有先打招呼，就出現在布魯克林。沒錯。但是事實是什麼？是你到赫瑞修街來。是你說服我去夢房。也是你把我丟在那裡。我知道，你修改歷史，好讓自己輕鬆點，但我從來沒有強迫過你。你有沒有想過你自己扮演了什麼角色？」

「我的角色？」伊娃的聲音升高了五個分貝。「拜託，我對你來說，甚至不是真人！只是你虛構的小說。」

「屁啦。你才是你虛構的小說。」

她很想打他一巴掌。「好，你走吧。」

「我會走。但是，聽好了。你還記得那棟房子嗎？你把我嚇死了。我連睡都不敢睡著，我就怕你割得太深。或吃太多藥丸。是你幫我們紋身。是你幹的。這裡的危險人物不止一個。有兩個。我們不分上下。」

伊娃氣到說不出話來——一把怒火熊熊燃燒，知道他說的真話令人不快——背對著尚恩，又開始撥弄門鎖。等她顫抖著轉過來面對他，她把多年來封藏的憤怒一口氣傾吐出來。

「那時候，你去哪裡了？」

他大吃一驚，搖了搖頭。「什麼？」

「你去哪裡了？」她向他邁了一步，滿心怒氣，鑰匙刺進了掌心。「好，我們都很壞。但是，是你消失了。不是我。」她忿忿地擦了一把眼淚。情侶和家庭踩著輕快的腳步走過，沒注意到門廊上頭哭泣的女人和一臉痛苦的男人。

「昨天很完美，」她接著說，依舊帶著怒氣。「今天也很完美。我們他媽的很相配，跟以前一樣。看我們浪費了多少時間！你怎麼可以離開我？那天早上，我醒來的時候，你……我找不到你。我必須從頭教我自己怎麼呼吸，怎麼在沒有你的世界裡活下去。你懂嗎？」

伊娃住了口，大口喘氣。「你求我留下來，答應我你絕對不會走。都是騙人的。你甚至沒想辦法聯絡我。甚至不想知道我是不是活下來了！你覺得很好玩嗎？毀了別人的人生，拍拍屁股就走？你是有病？還是就愛說謊？為了你，我活下來了。但是，不論如何，你已經把我害死了。」

「伊娃……」

「我告訴自己，我不在乎。」現在應該大家都看得到她在哭了。「但是我還是在乎。你不守承諾。你去哪裡了？」

這就是尚恩要來告訴她的事情。但一切都變了。尤其現在，看到歐卓為莉澤特創作的肖像，親耳聽到伊娃改造了母親的歷史。

我知道真相，但我內心依然對她有一些崇拜。

尚恩不想抽掉伊娃對母親的情感聯繫。但他欠她一個解釋，出發前，他也只有這個目的。

「我沒有離開你。」他終於說出口了。

「什麼？」

「你媽沒告訴你嗎？」

「沒有，」她的聲音顫抖，祈求他說出真相。「到底怎麼了？」

「我沒有離開你。」

她一臉疑惑。

「我絕對不會離開你。是……是你媽媽。她把我送走了。」

「你現在說是她的錯？」伊娃震怒到發抖了，她握緊雙拳，想止住抖動。「我醒來的時候，我問你在哪裡。尚恩，她甚至不知道你是誰。」

「你以為她怎麼找到我們的？」尚恩的聲音失去了平穩，混合了懊悔和痛苦。「我用你的手機找到她的電話號碼，打給她。她來了以後，就叫了救護車。叫了警察。然後送我去坐牢。」

伊娃的臉刷一下變白了。「不會吧。」

「你問她，」他輕聲說。「去問她。」

星期五

第二十章　是那個男孩

德州的蓋文思頓島，熱到要燒起來了。這裡向來很熱，但六月底的酷熱太難受了。在莉澤特．默西耶充當排練室的閣樓裡尤其熱。她租了一棟不牢靠的房子，空調拒絕運轉，只是偶爾能在星期天、星期一和星期三打開。

為了對抗令人窒息的熱力，莉澤特在刷成粉紅色的閣樓四周放了Home Depot買來的電扇——紙張、羽毛圍巾、長禮服、令人眼花撩亂的飾帶、罩袍和其他縫了亮片的東西到處飛，彷彿捲入了暴風。莉澤特最愛這種戲劇效果。有時候，她甚至會對著電扇丟碎紙，讓學生習慣表演時出現的分心事物。在舞台上，總有東西能讓你出錯。刺眼的光線、瞥見了男友、評審的斜眼。對手會想盡辦法破壞你在台上的表演，就像艾瑪琳．哈葛洛從舞台側邊對著她揮了一下老牌演員畢雷諾斯赤裸又多毛的身體——那是一張折頁，取自七〇年代的《柯夢波丹》。

那是什麼時候，一九八三年？不對，是一九八四年。南路易斯安那州嘉年華小姐的比賽。艾瑪琳．哈葛洛是垃圾。但是，莉澤特成功報復了她。首先，拿下才藝項目（用單簧管吹奏〈Brick House〉），然後，拿下艾瑪琳的老爸（彼得．哈葛洛法官）。那年，莉澤特得了最佳人緣佳麗的頭銜。不是冠軍，但是她還是很開心。

有時候，小小的勝利加起來更有價值，她心想。事實上，這句話簡直可以當成口號。我應該印一條橫幅，給我的女孩們看。

反正，後面那面牆上掛的橫幅該換了。「忠於自己」。莉澤特的一名學生贏了小龍蝦小姐的兒童選美比賽後，幫她做了這幅閃亮亮的標誌。已經十年了，「自」有一畫上的亮片都掉光了。「忠於白己」意思就不對了，但她確實會鼓勵女孩們保持白皙的皮膚，所以也能扯上一點關係。

莉澤特不喜歡感情用事，但她當然喜歡收到學生的禮物——糖果、絨毛玩具、花束。她最喜歡的是感謝信。在蓋文思頓海灘一帶，她是最厲害的選美教練。也算一項豐功偉業，因為她光靠口碑開課。沒有行銷。也絕對不用社群媒體。她厭惡IG的飢渴，臉書則感覺像電影《陰陽魔界》裡的畢業紀念冊。莉澤特覺得，那些能讓生活更輕鬆的「便利」科技其實就像在耳邊嗡嗡作響的蚊子。她討厭蚊子。她也討厭別人來煩她。

此外，莉澤特不希望別人能找到她。網際網路不適合有祕密的人。

她的第一個客戶是鄰居的女兒，她偷看到那個小女孩在兩家共用的後院裡練習，要參加「一生美麗」的兒童選美比賽。她五年級了，外表神氣，在練習儀仗隊的表演，但是一直把指揮棒掉在地上。「親愛的，你要找支長一點的棒子，」她在隔開兩家草坪的鐵門這邊大喊，劣質鐵門上的鐵鏽都開始剝落了。「跟你張開兩隻手臂的時候一樣長！」

莉澤特多事了，繼續評論她的表演技巧——凱蕾參加比賽後，囊括了每一項頭銜，她知道她的忠告很有價值。

現在，她正在教麥肯琪．佛斯特，一個小魔鬼，屁股狂扭、雙腳踢踏、非常引人注目。坐在導演椅上的莉澤特往前傾，銳利的目光盯在小女孩身上。莉澤特沒有受過舞蹈訓練，但她知道怎麼提升存在感。在雞尾酒廊當服務生的時候，光是她走路的韻律就能激起暴動。至少，能讓滿臉通紅的白人醉漢對著她喊「荷莉．貝瑞」。莉澤特長得一點都不像荷莉。但白人就有這種現象，看到一張漂亮的深色臉龐，就認定很像他們心裡能想到的第一張漂亮深色臉龐。有人說過她像電影《失速夜狂奔》裡的角色黛瑪，影集《嶄新世界》裡的演員潔絲敏．蓋，跟情境喜劇《救命下課鈴》裡面發了瘋的黑人女孩——沒有一個像。

就是另一種他們讓你覺得自己很不起眼的方法，她心想。莉澤特知道她像一個人，就是她自己。跟可洛．默西耶。

總地來說，她的過去對她來說沒什麼妨礙。事實上，什麼對她來說都沒有妨礙。靠著贊安諾，她住在雲裡霧裡，不好的感覺，陰暗的日子，都無法滲透。如果跳出鬱悶的想法，她一巴掌就拍掉了。

「親愛的麥肯琪，再來一次。」她用愉快的聲調表示，拉了拉身上的和服，讓衣服用漂亮的角度垂在雙腿旁邊。莉澤特五十五歲了，一雙迷濛的圓圓大眼，跟漫捲的及肩秀髮，看起來就像一九四〇年代高級妓院的老鴇，而不是兒童選美的顧問。

聽到她的三星Galaxy第一次響起時，莉澤特沒接電話。手機就在旁邊的一張導演椅上，想看小孩練習的直升機母親如果在場，就可以坐這張椅子。響了足足六次以後，莉澤特瞄了一眼螢幕上亮起G的名字。她驚叫一聲，不小心壓扁了右手拿著的易開罐健怡可樂。

「哎呀，糟了，」她抓起了手機。「哇喔，哇喔，哇喔。好的。麥肯琪？小美女，繼續練習，我下樓一下。我要接個電話。」

「OK……莉……莉澤特老師！」已經跳滿四十分鐘的麥肯琪快喘不過氣來了。

莉澤特輕輕巧巧地下了樓。她照了照牆上的鏡子，在豐厚的嘴唇上補了一點CoverGirl的大紅色Red Revenge唇膏，斜躺在白色的人造皮沙發上。

「哈囉，珍納維伊芙，」她細聲說，音調又甜又柔，口音抑揚頓挫。

「嘿，媽。嗨。」女兒的聲音聽起來很激動。而且很近，彷彿她就在隔壁的房間裡大喊大叫。六月的某一個下午，女兒打電話來，一定有急事。她們每年只通四次電話：四月兩次（她們倆各自的生日），九月一次（歐卓的生日），最後一次則是耶誕節。她真想不出為什麼會接到這通電話。但對她女兒來說，什麼都是危機。

珍納維伊芙離家後，莉澤特沒見過她幾次。是警察把她送進精神病房的，老天啊，她絕對不會把自己的骨肉送到那種地方，珍納維伊芙回來以後，有天半夜找她談了很久，聲淚俱下告訴她，治療師說她需要空間。遠離母親的空間。對她的健康有益。

空間！

她說了這兩個字，在那間廚房裡，她們在華盛頓特區租的那間爛公寓裡。那個地方一直感覺不像家，就是一座過渡的煉獄，只有不幸。在華盛頓特區，一切都分崩離析。珍納維伊芙不見了。莉澤特的男友也不見了——然後，有一天晚上，他跛著腳走進他的酒廊，也就是她工作的地方。看到他用腋下拐杖撐住自己圓胖的身軀，滿臉瘀痕，她尖叫了起來。

她側著身子走到他旁邊，穿著黑蕾絲的她相當美麗。

「另一個人一定更慘，」她對著他長滿毛的耳朵喊喊喳喳地說。（不屬於他的）諂媚送出去了——但他沒有反應。他的視線好像穿過了她的身體。事實上，他好像什麼都看不到。結束了。

不應該會讓她那麼難過。她以前也被拋棄過。但這一段本來很有潛力！莉澤特遇見他的時候，正在拉斯維加斯當服務生。喝了幾杯血腥瑪莉後，他邀她住到華盛頓特區，答應會幫她找個好地方住，教她怎麼管理他的酒廊。她本來希望，這就是真命天子。每隔兩三年，就要跟新的男人從頭開始，然後為了不明的原因被拋棄，她已經厭倦了。壞事一再發生，就是一個徵兆。上帝叫你要改變。改變你的態度、髮型、住處。變就對了。

所以她知道珍納維伊芙為什麼要離家。莉澤特也知道，不論你跑去哪裡、跑多遠，都跑不過自己。但女兒長大了。她能怎麼辦？她抱她、親她、幫她打包帶去宿舍的行李。多年來，「空間」愈變愈大。直到有一天晚上，莉澤特去俱樂部跳舞，在更衣室裡翻了翻《*Glamour*》時尚雜誌，在「矚目人才」上看到珍納維伊芙的人物介紹。才發現她有了寶寶跟前夫，她都沒見過。

歐卓兩歲的時候，莉澤特才第一次見到她。太殘忍了。她把女兒養大，並沒有教她這種可怕的行為。不過，或許珍納維伊芙終究沒做錯，該切斷她們的關係。珍納維伊芙現在叫伊娃，她跟歐卓都過得很好。

一切都順其自然，她心想。

「寶貝，怎麼啦？」她從沙發坐墊下拿出一包百樂門，抽了一根點起來。吐出一口菸，她說：「一定是麻煩事吧。」

「你在抽菸嗎？」

莉澤特深吸了一口菸，然後直接對著手機吐出來。「沒有。」

「你說你會戒的。我寄了電子菸給你。你收到了嗎？」

「耶書瑪勒唷社夫！」耶穌，瑪麗亞，約瑟夫。「你管我的事情幹嘛？不要惹我——我正在教課。」她抬頭看看，麥肯琪踏踏踏的腳步聲穿透了天花板。

「我要問你一件事。很重要。」

「你的聲音不對，」莉澤特說。「你哭了嗎？」

「那天早上，在威斯康辛大道那間房子裡，你找到我的時候，到底是什麼情況？」

莉澤特用手指壓住了嘴角，她的動作很慢，彷彿在水中移動。她們從來沒討論過這件事。珍納維伊芙一直堅持，她再也不想記起那天早上的事情。很久很久以前，她就下定了決心。為什麼現在變卦了？

「我不願意去想那天早上的事情，」她說。「我今天很累，G。學生那麼多，時間那麼少，我累死了。你應該看看樓上那個小麥肯琪。」她用香菸指了指天花板。「瘦瘦小小的，卻是明日之星。」

麥肯琪在樓上踏踏踏，天花板都震動了。莉澤特的水晶吊燈搖來搖去；很久以前，她提供了絕佳的服務，然後得到了這個禮物。有點危險。說不定會掉到她頭上。

啊，隨便啦，她心想，眨了眨眼睛，又乾脆閉上了。反正人都會死。

「媽，我需要你一五一十說清楚。」

「嗯，你之前都不問，現在又是為什麼？你從那間瘋人院回——」

「瘋人院？那是霍華德大學的精神病房，不是《飛越杜鵑窩》。」

「隨便啦。你不准我再提起那件事。你要我向你保證。」

「那時候我還是個孩子！」

「對，固執、自大的孩子，發起脾氣來就像火山爆發。我不想讓你難過，所以我照你的話做了。還有，」她的語氣很傲慢，「有些事就不在我們的討論範圍內。我們的關係就是那樣。」

「我們有關係嗎？」

「天啊，你又在演了。」

「告訴我，」珍納維伊芙向她懇求。「拜託了。」

「噢，好吧。」莉澤特靠上了她的絲質枕頭。她放肆地打了個呵欠，像貓一樣伸展全身，和服在她的美腿上飄動。然後她舒服地疊起雙腳，點上今天的第十一根香菸。

「你想想看。你怎麼……」

莉澤特聽到女兒的聲音抖了一下。

「怎麼什麼，珍納維伊芙？」

「你怎麼會到那個地方？」她的聲音微弱，帶著遲疑。莉澤特不太確定，但從她問問題的方式，看來她已經知道答案了。她怎麼知道的，莉澤特則不得而知。但她的直覺很少出錯。一股寒意刺穿了她的身體。莉澤特知道她必須受審，但她想不出這次質問從何而來。

「我不想討論這件事。」她抱怨著，快發脾氣了。

「我真的不在乎。」

對她來說，會造成什麼損失？女兒已經視她為寇讎。如果上帝要審判她的罪過，為了保護女兒而對她說謊，應該是最輕的罪行。

「讓我想想啊，」莉澤特嘆了口氣。「我打電話給你，打了一整個星期，你都不接。你想想看，如果歐卓也這樣呢？就跑掉了。」

「她才不會跑掉。」珍納維伊芙的斬釘截鐵聽了就很傷人。

莉澤特清清喉嚨。「嗯，終於，在星期天，我的電話響了。但是，不是你打來了。」

「誰打的？」

「是那個男孩。」

「尚恩？」

尚恩。聽到這個名字，莉澤特翻了個白眼——卻發覺她再也聽不到樓上麥肯琪的踏步聲。無法容忍。她脫下紫色的細跟高跟鞋，對著天花板一丟，咚地一聲，鞋子掉在邊桌上，落入裝了粉紅色和黃色馬卡龍的托盤裡。

她從沙發上瞄了一眼那粉彩的場景。很像九〇年代女性愛情小說的封面。

「媽，你還在嗎？是尚恩打電話給你？」

「對！要說幾次才夠啊？」莉澤特拿了一個枕頭抱在胸前。「他急死了。說你有麻煩了，又把地址告訴我。我開車過去的時候開得很快，還被開了罰單。到了那裡，你……你已經沒有呼吸了。他在哭，說都是他的錯。本來就是。到處都是毒品。藥丸，烈酒，都是墮落的東西。刮鬍刀。而且你身上都是可怕的刀傷！我知道都是他幹的；你是我的寶貝，單純的寶貝。」

「噢，媽，」她悶著聲音說。「天啊，你全部搞錯了。」

「我叫了救護車，」她很驕傲地說。「然後叫了警察。他們打電話給那個黃皮膚女生，那是她爸爸的房子。」

「『黃皮膚』，很沒禮貌，」她冷漠地回應。「所以，你報了警。是你。」

「要是我知道警察會送你去瘋人院，我就不報了。但是，沒錯，我報了警！那個男孩綁架你。傷害你。你在流血。做母親的，當然會報警。如果是歐卓，你會怎麼辦？而且，他也知道他有錯。你一定想不到……他……他不肯放開你。他抓著你兩隻手，就是不肯放開。然後他爬到床上抱著你。就在我面前。太不尊重我了。如果是你女兒，你怎麼想？他不肯放開你。警察到了以後，三個人合力才把他拖走。」

莉澤特已經很多年沒想到這件事了，但記憶仍讓她怒火中燒。明明就是那個男孩的錯，他怎麼敢表現得那麼難過？她才是母親。她才有權難過。莉澤特的世界崩潰了，男友剛拋棄她，又有這個孩子愛她女兒愛得要死，要用拖的才能拖走。

珍納維伊芙只是個小孩。她的人生還沒開始。她為什麼能得到那樣的愛慕，莉澤特從未體驗過的愛情？不合理。不公平。

「然後呢？」珍納維伊芙的聲音嘶啞了。

「我讓警察逮捕他，把他關起來。他媽的，擺脫得好。他應該去了少年觀護所。他們說他已經坐過兩次牢了。累犯。」

寂靜無聲。

「不用謝了。」莉澤特心裡也覺得緊張起來。

沒有聲音。

「你在嗎？」

「這麼多年了。」珍納維伊芙的聲音變得很刺耳。

「這麼多年來，我一直以為他是懦夫。騙子。我恨他。」

「對啊，不恨他要恨誰？」

她女兒顯然不願回答這個問題。她沉默了好久，真的一點聲音也沒有，莉澤特一度以為她已經掛了電話。

「你從來沒發現我身上有傷嗎？」她遲疑地問。「你應該知道吧。」

「什麼？你老是神神祕祕的。我怎麼可能知道？」

「歐卓被紙割到手，我都會發現。」

「好吧。」莉澤特用力吸了一口菸。「寶貝，你要有自己的人生。」

「我自己割的。不是他。我也一直在吸毒——你的毒品，或跟你的男友拿毒品——從沒停過。我不是你無辜的小寶貝。」

「你怎麼跟我的男友拿藥？」莉澤特的聲音變得又冷又尖。她痛恨別人提起她失敗的愛情。還有她的生活有多艱難。還有她一直控制不住會傷害女兒的東西。但珍納維伊芙總是感覺那麼遙遠。她的痛把她帶到一個沒有人跟得上的地方。

「媽，我這輩子都在照顧你。」

「你放尊重點。」

「我很痛苦。我需要有人幫我。」

「寶貝，我知道你很痛苦。但是我能怎麼辦？我幫你禱告過；我現在還是會幫你禱告。但是，你對付不了詛咒。我早就告訴你，家裡要放植物。」

珍納維伊芙呼了一口氣，呼出她長久以來的痛苦，那股力道彷彿跨越了九個州。

「我學生常問我，家裡怎麼都是死掉的植物。我告訴她們你可洛外婆說的話。死掉的植物代表好運氣。家裡的植物死掉的話，就是因為吸收了壞能量跟巫術。針對你的巫術。植物會保護你。」分享了她的智慧之語後，她深吸了一口菸。「每個人都有煩惱，珍納維伊芙。心理的，生理的，精神的。只要記得，你有多幸福，就好了。」

「媽，拜託，別跟我講哲學。跟你不搭。」

「除了蝙蝠袖，我穿什麼都搭，」她生氣地說。「聽好了。我不知道你在發什麼脾氣，為什麼要跟我提陳年往事。要聽我的勸告嗎？放下你的童年。我已經放下了。你以為你過得不快樂？我必須幫選美比賽的評審做不可告人的事，才能賺一點錢去買吃的，或者去Family Dollar那種廉價商店買假的Jordache牛仔褲。」

珍納維伊芙的沉默比雷聲還響。

「假的叫作Gordache，換了一個字母。」莉澤特的語氣很難過。

「你把尚恩送去坐牢。」珍納維伊芙聽起來像在自言自語，而不是對莉澤特說話。「他怕死了，就不想再回去。我告訴他，我會想辦法，不讓他回去監獄。」

「噢，G，」莉澤特柔聲說。「那個男孩玩弄你。他們都一樣！他們想要漂亮的女孩，但是又嫉妒你的青春活力。就誘惑你走上那條路，毀了你。」

「嫉妒我的青春？尚恩跟我一樣大！」

「好啦，我知道，但是我說的是我！」莉澤特滿心厭煩，撫平了腿上的和服。

又沉默了許久，珍納維伊芙終於開口了。「你嫉妒我。」

「我這輩子從來不嫉妒別人！但是，聽我說。默西耶家的女人確實受到詛咒。我們是這樣。如果我留不住男人，你見了鬼也留不住。」莉澤特綁緊了和服上的腰帶。「我不知道為什麼你一心一意要恨我。帥氣的年輕罪犯把你帶走，我救了你，結果我是壞人？怎麼可能？」

「你真的要我解釋嗎？」

「說啊，小姐，來審我啊。除了全能真神無情的目光，我什麼都不怕。你可以當《親愛的媽咪》裡虐待兒女的瓊·克勞馥，也可以當《天才老爹》裡的律師媽媽——不論你是哪一種母親，女兒總是要把她們犯的錯怪在你頭上。」莉澤特吸了最後一口菸，把香菸捻熄在水晶菸灰缸裡。她低聲說：「再過十五年，歐卓也會對著心理治療師滔滔不絕地抱怨。」

「你不明白你究竟碰到了什麼事，對嗎？」珍納維伊芙的語氣很疲憊。

「G，別那麼鬱悶。你小時候，我們也過過開心的日子！記得那些可愛的小鸚鵡嗎？」

「牠們鉛中毒，死掉了。」

「又是我的錯嗎？」

「牠們半夜啾啾叫，你用鉛筆丟牠們，結果鉛中毒死了。」

「誰知道鉛筆可以吃啊？你知道嗎？」

「再見了，媽媽。」

「不要再生我的氣了！你知道的，像尚恩那種男生，就該去坐牢。」莉澤特想方設法，就怕珍納維伊芙掛電話。她一直不了解珍納維伊芙。懷孕的時候，你以為會生出一個像自己的小孩。跟你想法相同、感覺相同的小人兒。但她的女兒就是不一樣的人。自給自足、固執倔強、聰明得不得了，又是全然的神祕。莉澤特從不知道要怎麼把她養大，天曉得，珍納維伊芙就是個謎。

「你去找麻煩，我救了你。看看你變成什麼樣！你……」莉澤特倏地停口，因為電話已經斷了。

好吧。這不是女兒第一次掛她電話，也不會是最後一次。她把自己從沙發上拉起來，匆匆上樓回到麥肯琪身邊，莉澤特已經讓幾十個女孩子照著自己的樣子變得完美，這就是其中一個。每收一個新學生，莉澤特都有重新再來的機會。一季又一季過去，節目一個又一個，一再循環。

第二十一章　好個巧合

伊娃很節儉，不輕易搭Uber。而且，她家就在地鐵Q線旁邊。但是今天晚上，她不管了。她什麼都不在乎，只想盡快找到尚恩。

希西同意晚上過來照顧歐卓。能跟她最愛的偽外甥女一起睡，她開心死了，但有一個條件：伊娃必須發誓，她會參加明天的派對。「你知道的，只是圈內人的聚會，慶祝文學獎。」伊娃急急丟下一句「你要什麼都可以，當然沒問題，我會到」表示同意，就衝出門了。

她基本上沒發覺自己同意了什麼。腦子裡只有一個念頭。

我需要他，她邊想邊叫了要三十七美元的Uber。*需要他*，她邊想邊搭車飛速穿過曼哈頓大橋及市中心。*需要，需要，需要*，她邊想邊跑上赫瑞修街八十一號的樓梯。

星期五晚上，暖暖的，很奇怪地起了風，九點四十五分──昨天的酷熱以及跟尚恩的爭執都早已遠去。赫瑞修街很安靜，但她能聽到華盛頓廣場公園那邊戶外啤酒花園的宴樂聲，剛畢業的有錢年輕人在那裡喝雞尾酒慶祝。

但在此處，在詹姆斯．鮑德溫排場十足的孔雀藍大門前面，她覺得自己會被這裡的一片漆黑吞噬。心跳如雷，她靠著平滑的大門，額頭跟手掌都抵了上去。她給自己時間，做了幾次淨化的深呼吸，想減輕腦袋裡的重擊感，掛了莉澤特的電話後，她的頭就快爆炸了。

然後，伊娃敲了這扇門，兩天內的第二次。但這一次，她敲得很大力。尚恩也立刻打開了門。除了他，她什麼都看不到。屋子裡一片黑暗。除了黑，還是黑。但她看見了他，在她面前，令人屏息。高大，強壯，牢靠。她的尚恩。

伊娃直視他的眼睛，心裡有什麼顛了一下。

「我知道了。」她想讓自己聽起來很鎮定，但聲音裡的哽咽洩露了她的心境。

「進來吧。」

她動也不動。她必須把自己來這裡要說的話說出來。言語如洪水般奔流出來。

「我媽告訴我了。你那時候還年輕，很害怕，又想表現得很堅強——我答應過你，不會讓你回到牢裡。我對你做出承諾。她卻讓你去坐牢。」她吞了一口口水，覺得喉嚨很乾。「尚恩，對不起。昨天說了那些話，我應該向你道歉。這些年來，我都在怪你，對不起。我不該恨你。我恨你恨了好久。」

「我知道，」他的聲音沙啞。「進來吧。」

「不，聽我說。我恨你，只有一個理由……」伊娃停了一下。「因為我不能愛你。」

尚恩轉開了目光，繃緊了下巴。

「你為什麼不告訴我？」她問。「為什麼？」

「我不能說。」他說。他看起來好像回到了小時候，很無助。

「有好多事情要弄清楚。」

「待會再說。」

「但是……」

尚恩抓住她的洋裝前襟，把她拉進了昏暗的門廳。他甩上門，把她壓在門上。唯一的光線來自月亮，經過開著的凸窗，微弱地照著這棟公寓。

暈頭轉向的伊娃眨了眨眼。她能敏銳感覺到每一樣東西：他的氣味、他粗壯的頸背、他揉皺的T恤、他二頭肌的線條、他的眼睛。尚恩讓她不知所措。他讓她暈眩了。

尚恩呻吟了一聲，用嘴巴撞上她的唇，把她壓在門上親吻。

他的手跟她的捲髮纏在一起，把她的頭往後拉，吻得更深。他們一再享受著彼此的滋味，熱吻中充滿著飢渴。

「可惡，」他說。「你來了。」

「我來了。」

張開的唇又壓上了她的脖子，他把手伸進她的薄紗短洋裝裡，沿著大腿內側往上滑。他擠壓著那兒柔軟的肌膚，展現他的佔有慾。她快站不住了。

「告訴我，你要什麼。」尚恩對著她的耳朵嘶聲說。

她要他整個壓著她，他的氣味、他的嘴巴、他的舌頭、他的雙手，他。她要他在她身上留下印記，讓她心裡只有他。「我只要你。全身都要你。」

尚恩抓住她的手，帶她穿過黑暗，走進臥室。風變強了，把巨大的窗戶打得哐啷響，對著這棟房子嘶吼。

兩人跌跌撞撞，邊吻著對方邊進了月光斑駁的臥房。皺巴巴的大床有種雨天的性感，蓬鬆的被子中間凹下去了尚恩的人形。他們一起倒在床上，四肢交纏，把枕頭都踢到地上。

尚恩捧住了伊娃的下巴，快速地給她充滿情慾的一吻。然後，突如其來地，他讓她趴在床上。從腳踝開始，他的唇在她的小腿肚上慢慢上移，用鬍碴刮過她的皮膚，在膝窩裡重重親了一下。她呻吟著，把床單抓進了拳頭裡，但他沒停下來，在她的臀部下方種下濡濕的吻痕，然後把舌頭慢慢拖過她的脊椎。飢渴的尚恩分開她汗濕的捲髮，吸吮著伊娃的脖子。

「翻過來。」他下達愛慾的指令。她不假思索地照做了。他慢慢溜下她的身體，把手滑到她的屁股下面，把她的私處拉到自己面前，毫不客氣送進口中——沒有逗弄，沒有前戲。帶來充滿快感的衝擊。她喊了出來。拱起背部。然後他停了下來。

帶著一臉戲謔的得意笑容，他壓住了她。

「嗨。」他咧嘴一笑。

「你–你幹嘛停下來？」

「要親你。」他親了她一口，純潔的吻。

「你最壞了。跟我做。拜託。在詹姆斯·鮑德溫的床上幹我。」尚恩笑了起來。「這不是詹姆斯·鮑德溫的床。你以為一九六一年就有Sleep Number的床了嗎？

「噢。」她抓住他的手臂。「好嘛，在這張Sleep Number的床上幹我。」

「先舔你。再幹你。」

她還來不及有想法，他就貪婪地舔著她。她覺得身體要散開了。

「伊娃。」

「什麼？」享受著一波波高潮的她呻吟著說。

「伊娃。」

「什麼？」

「看著我。」

她往下看到尚恩的臉龐，邪惡的嘴含著她的下體——噢，好猥褻，感覺好好。等她定定看著他，尚恩用兩隻手指深入她的身體。他輕輕彎起手指，比出「來」的手勢，對了。她高潮了，體驗著每一下震動。

高潮的刺激開始消退，但她仍在迷醉中。雖然尚恩讓她全身發軟，伊娃還是鼓足力氣爬到他身上。她抓住他的陰莖，很小心地落下自己的身體。他嘶吼一聲，用一隻手抓住她的臀部，另一隻手抓住她的乳房，放棄了主動。

「來吧，」他嘶聲說，咬住了下唇。「該你的，都拿走。」

伊娃照做了，轉動臀部，用力碾磨著他。他們的呼吸聲變得紊亂，雙眼緊閉，他呻吟著喊出她的名字，她呢喃著不知道在說什麼，他更用力地揉捏她，最後，一道電流讓兩人來到了極限。

尚恩茫然地坐起，把伊娃拉過來，用手臂環著她。伊娃用腿纏住了他的腰。他們就這樣抱在一起，不知道抱了多久。到了某一刻，他們一起倒到床上，仍緊緊相連。

他們一直連在一起，對吧？

過了一會兒，她跟尚恩坐在露台的地板上，俯瞰後院隱密的花園。夜晚變得有涼意，他們裹了一條非常大的海灘浴巾。

「這個星期，」她開口了。「歷史是不是要重演？」

「歷史不會重演，」尚恩說。「但是會押韻。」

「誰說的？納斯嗎？」

「馬克．吐溫。」

「唔，」她說。「他們兩個都是很棒的哲學家。」

幾小時後，他們橫躺在床上。風又變大了，吹得窗戶哐啷作響。撐著朦朧睡眼又做了一次愛以後，在高潮帶來的迷茫中，他們在黑暗裡四肢交纏，她的背緊貼著他的胸，他的臉埋進了她的頭髮。他終於說出，在華盛頓特區最後那個早晨發生了什麼事。

「你沒醒來，」尚恩的聲音很嚴肅。「我沒辦法下手打你巴掌，電影裡不都這樣演嗎。但我用力搖了你好久，都不管用。你快死了。都是我害的。我給你那麼多毒品。」

伊娃把他放在自己胸脯上的手拉到嘴邊，親了一下。再把他的手塞到自己的下巴底下。

「我抱著你抱了好久，你知道的，我就一直哭，一直想該怎麼辦。然後我想到你放在樓下廚房裡的手機。我找到手機的時候，看到你媽已經打了三十通電話。我就打給她了。

「我知道她來的時候會看到什麼。是我非法進入那棟房子。是我把你帶到那裡。是我前科累累。在前八個小時，我喝掉了一瓶伏特加，吸了不知道多少海洛英。對，我知道看起來對我很不利。」

「你為什麼不走？」伊娃問。「你可以打電話給她，躲起來，之後再來找我。」

「我不能丟下你，」他的口氣很堅決。「你媽說我傷害了你，我也不能否認。」他停了一下。「我快滿十八歲了，所以我被當成成人受審。但我只坐了兩年的牢。因為我行為良好。」

「你？真的嗎？」

「對啊。我變了。我總是低著頭。不挑釁別人。記得你給我的咒語嗎？」

「記得。不要打架，我要寫作。」

「唸咒語，保平安。我在那裡寫了《小八》。」

伊娃轉身對著他。「對不起。」

「不，該道歉的是我。所以我來紐約，跟你道歉。對不起，我沒有信守承諾。出獄之後，我沒有立刻去找你，也是我的錯。可是那時候，你已經出了第一本書。你成功了，我不想破壞你的生活。那時候，我相信被我碰過的東西都會毀滅。」

伊娃看著他，想起很久以前他說過的事：失去與養父母一起、穩定快樂的生活。認為是自己的錯。

「我不小心跌斷手臂，害死我養母……」他停了下來，繃緊了下巴。「那次去醫院的路上，我養母死於車禍，但我沒死，之後我就故意弄斷自己的手臂。整天喝酒。我也決定，我不值得得到好東西。」

伊娃緊緊抱住了他。她只能這樣給他力量。抱得夠緊，就可以悶住負面的想法，永遠悶在裡面。

稍後，尚恩跟伊娃交纏著躺在客廳的長毛地毯上，凝視著天花板上的彩色玻璃。尚恩側躺在地上，用指尖摩挲她臉上的線條。橫過她的眉毛，沿著鼻梁向下。他捧住她的臉，把她的臉頰擠在一起，讓她的嘴唇突出來。又把指頭塞進她的酒窩。

「說啊。」伊娃微笑著說。

「我從來沒說過這句話。沒有對任何人說過。」

「我向你保證，不會痛。」

尚恩咧嘴一笑，他的笑容令人心醉。接著他把臉靠在她的乳房上，閉上了眼睛。

「準備好了嗎？」他問。

「好了。」

「我愛你，」尚恩說。「愛得發瘋，愛得發狂，一輩子愛你。」

她親親他的頭頂，笑容比陽光還燦爛。

「我一直都很愛你。」他輕聲說。

「那就太巧了，」她也輕聲回應。「我也一直都很愛你。」

又過了不知道多久，伊娃跟尚恩在鋪滿亮色磁磚的廚房裡，捧著罐子吃義式冰淇淋。她坐在廚房的中島上。他們一人穿了一條尚恩的四角褲，身上也只有這件衣物。

「……我不能讓這部電影用白人演員。我會對不起自己，」她說。「但我不知道該怎麼辦。我連第十五集都寫不出來。」

「不是下星期要交了嗎？」

「我一直在忙別的事情。」她微笑著舔起湯匙上的冰淇淋。

「我走了，」他假裝要離開。「如果你的事業垮台，不是我的責任。」

「別走，你不能走，」她拉住了他的褲腰帶。「說老實話，我就是沒有靈感了。我只想寫家族的故事。去路易斯安那州，就我跟你說的。研究那些女人，寫她們的故事。」

「你知道你有多珍貴嗎？」

「別鬧了，」她自嘲著，又挖了一匙冰淇淋。「對文學社群來說嗎？」

「對我來說。」

她看著他。

「跟我一起去貝兒花兒，」她脫口而出。「明天，歐卓就要搭飛機去她爸爸那邊住三個月。

你要到八月底才開始教課。我們有時間去！」

「走啊，」他笑了。「我可以當你的研究助理。還有幫其他的忙。」

「其他是什麼？」伊娃舔起下唇的冰淇淋，一臉好色的模樣。「你想當什麼？」

尚恩定定看著她。然後，把她拉下了中島，讓她轉過身，背對著自己。他把手滑進她那條四角褲的腰帶裡，慢慢按摩著她的陰蒂。她的頭往後一仰，靠在他的肩膀上。

「我什麼都能做，」他對著她的耳朵說。「我要當你歡笑的理由。我要讓你笑，讓你呻吟，讓你覺得安全。」

他一直揉她，她只能無助地顫抖。

「我希望你睡著時想著我。記起我就有性高潮。我想當你最後的歸宿。」他輕咬著她的耳垂。「你對我怎樣，我就想對你怎樣。」

他有節奏地滑動手指，她發抖著叫了出來，高潮了。

「你被錄取了。」她輕聲說。

最後，在拂曉前，伊娃在尚恩的懷裡打起了瞌睡。他們在沙發上坐了一下，又移到床上。後來，她記得自己嘟噥著說：「你知道你才是海龜，對吧？高興就來，高興就走，而我，一直在這裡等你，對吧？」

她沒有聽到答案，因為她已經睡著了。睡得很沉，很滿足，很安穩。

星期六

第二十二章　消息傳得很快

各位俊男美女，星期六快樂！誠摯地邀請你今天下午一點到本人的住所參加派對。什麼都不用帶，只要帶來你迷人的人格和最勁爆的業界八卦。按慣例，這個派對是私人聚會。請勿使用手機。但是！由於將在白天舉行——做爸媽的，不用客氣，把孩子帶來吧。我會把樓下的客房改成兒童仙境，提供Dylan's Candy Bar的糖果和Shake Shack的漢堡（溫馨提示：我很愛你們的孩子，但是，請不要讓他們觸碰起居室裡的印花中式沙發。那是我丈夫教母黛漢恩．卡羅爾送的結婚禮物）。待會兒見啦！

希西名單上的作家、視覺藝術家、網路奇才、製片人和時尚設計師都不覺得奇怪，派對八個小時後就要開始了。那是她的傳統——讓每個人都保持警覺。「隨時準備好就不用費心準備」，她的眾多座右銘中當然有這一條。

她位於頂樓的公寓四處放了現代藝術、尖稜角和無價的立體藝術品，但也完美融合室內和室外，大面積的露台種滿綠色植物，從浴室的窗戶可以俯瞰曼哈頓下城的天際線。希西跟室內設計師李．敏德爾費了很多心思，提升空間的用途，也是一片時髦的背景。在宴客時，來的人就是最好的裝飾。在那樣的背景前，每一名賓客都會變成明星。他們很突出，是獨一無二、特別出眾、多采多姿的人物。

他們也確實是人物。少不了曼哈頓黑人藝術界最具影響力的名字。珍妮，語不驚人死不休的傳記作者。克雷格，無賴的畫廊經理人。蒂莉，笑點很低的圖像小說家。凱莎，驕傲的輕珠寶設計師。拉席德，書籍經紀人，專做精緻到讓人受不了的書。克萊奧，執著於天賜祝福的時尚攝影師。藍尼，在杜克大學要求老師給他打一個臨時成績，而且喜歡大肆宣揚這件事。

大家都來了。溫暖明亮的陽光射進了希西的窗戶。香檳酒任君飲用。漂亮的侍者送上培根蘆筍捲、小小的螃蟹吐司和帕瑪森乳酪瓦片。吃全素的人則拿到裝滿鮮切水果的Iittala小玻璃缸。（躲在廚房裡的）DJ放出弛緩但好玩的樂曲，有Solange、Khalid和SZA。有些賓客在露台上閒聊，躺在沙發上的也不少，當爸媽的則真的在盡情享樂，因為他們的小克蘿伊跟小傑登穿著最高級的整套Zara童裝，在樓下玩，不在他們的視線內，得到很好的照顧，太幸福了。

伊娃穿著她最愛的「夏日性感」裝扮：黑色的連身短褲跟無肩帶的馬甲（讓她的腿看起來超長，胸部看起來超性感）。她把捲髮用復古髮夾固定在側邊，化了煙燻妝。就是個危險壞女人。

一整晚沒睡，性高潮不斷，她已經瘋了。腦子跟雙腿都不正常了——她一直偷笑，好尷尬。

伊娃愛尚恩，他也愛她。其他的都不重要。絕對不是別人想的那樣。不過稍早的時候，他們已經想過，去派對的時候要怎麼表現。

今天，上午 10:28

尚恩：你要去希西的派對嗎？

伊娃：不能不去，她騙了我。

尚恩：那我也要去。我超想你的。

伊娃：你今天早上才見過我。☺

尚恩：我出現戒斷症狀了。

伊娃：我也是×1000。

尚恩：在公開場合，要怎麼表現？

伊娃：正常就好！

尚恩：但是，我們的正常是什麼樣子？脫光光嗎？

伊娃：說到重點了。好怪喔。

尚恩：會有辦法的。

伊娃：你知道吧，她辦這個派對，就想挖我們的八卦。

尚恩：去他的希西。你要告訴她嗎？

伊娃：不需要。她看得出來。

希西一看到伊娃，就看出來了。她散發出性的氣息；就這麼明顯。伊娃不記得上一次感覺這麼輕是什麼時候。這麼沒有防備！跟尚恩做愛，讓她放下了所有的防衛。現在，她洋溢著浪漫與愛。頭暈目眩。光芒四射。看到四十五個在講八卦的黑人，就開心到要昏倒了。但是她不在乎。大約在凌晨三點三十分（冰淇淋性高潮後），她得到了領悟。

她裡面有個東西解鎖了。多年來，伊娃一直退縮著，很多事都不敢做。現在，她要找出自己的身分——然後做自己，從自己得到喜悅。因萬事萬物而喜悅！擁有真實的人生，活得真實！她向自己發誓，對自己、對別人都要誠實。覺得痛嗎？承認吧。在戀愛嗎？告訴大家吧。人生太短了，一定要做自己。

聽聽看我在說什麼，她心想。碰了碰男人那根，我就是瞪大了眼睛的迪士尼公主。

她沒發覺自己放聲大笑了，直到貝琳達和希西看著她，眉毛挑得高高的。她們正在努力跟貝琳達最新一位服務業玩物男孩聊天。她把Trader Joe's的男人換成該隱，一個有紅銅色肌膚的小鮮肉，她從TaskRabbit雇來幫她組裝IKEA的梳妝台。

二十四歲的該隱矮壯性感——回覆總是短短的。

「那，」希西穿著合身的桃紅色褲裝和白色的毛毛拖鞋，非常華麗。「你覺得這個派對好玩嗎？」

「有共鳴。」該隱點點頭。

「該隱，好酷的名字，」伊娃說。「是聖經的名字嗎？」

「確實。」他說。

「你有個弟弟叫亞伯嗎？」伊娃咯咯笑著，覺得自己的笑話很有趣。「應該有很多人問你這個問題吧。」

「貼切。」該隱說。

「你知道嗎，我從來沒碰過叫該隱或亞伯的人。」希西若有所思地說。

「歌手威肯的本名是亞伯。」貝琳達說。

「威肯是你弟弟嗎？」伊娃問該隱。「如果是的話，我想評論一下他的髮型。」

「小丑。」該隱說著也笑了起來。

貝琳達很快地把對話轉向他可以談論的話題。

「寶貝，」她說，「聊聊你的DJ事業吧，聽說做得很棒！」

「火得屌了。」該隱說。

就這樣，他正式把自己列入討人厭的賓客名單裡。

「寶貝，再幫我拿一杯Aperol Spritz。」貝琳達——穿著白色的露肚繞頸上衣及碎花曳地裙，長髮編成分格褶辮——拍拍該隱的屁股，讓他去拿飲料。

「哇噢，」伊娃忍著笑說。

「好啦，但你看看，他很讚吧？」貝琳達輕聲說。「而且，對我的夏日蕩婦行程來說，他只是第一級。」

DJ恰好在這個時候把崔維斯．史考特的歌轉成〈Hot Girl Summer〉，意思是「辣妹之夏」。賓客一起大喊「讚啦」，舉起香檳杯。

這些派對常客在成長過程中沒當過學校的風雲人物。他們的青春期可能都埋進了藝術書籍，趁下課時匆匆拿著筆記本寫詩，在腦袋裡寫出精采的故事。藝術家對小處的執著分散了他們的心神，很多人沒學會怎麼融入真實世界。他們忙著研究人生，累積以後可以用在小說、歌曲、劇本或畫作裡的筆記。他們是觀察者，不是參與者。

成人之後，就像彌補失去的時光。現在，他們是一群名聲在外、備受推崇的藝術家，三十多歲了，但行為跟十五歲的孩子差不多。他們拚命八卦，到別人家參加派對時放肆親熱，喝醉後做出尷尬的決定。展覽A：在房間的另一頭，卡利勒，就是布魯克林博物館座談會上那個趕不走的直男說教者，正對著盆栽發洩情慾。

希西抓住丈夫肯恩的手臂。他正在跟知名的藝術大師聊天。「老公！看到那個人嗎？跟卡爾頓·班克斯一樣打了領結。快去打斷他。」

在和氣的表情下，肯恩看似已經熟睡，他在大師臉上親了一下，匆匆走過去。

「樓下有小孩，」希西氣沖沖地說。「卡利勒有什麼毛病？」

貝琳達哼了一聲。「你有空嗎？」

「說實話，有點忙，因為我得去招呼客人，」希西說。「那麼，趁著我還在這裡，夫人」──她用馬丁尼杯指了指伊娃──「我建議你解釋一下你的容光煥發從何而來。為了聽你解釋，我可是費盡心思搞了一個派對出來！」

伊娃咬咬嘴唇，聳了聳肩。

「我受不了了，不要再搞神祕！」貝琳達說。「不准你繼續太陽天蠍，月亮牡羊。這個星期怎麼了？你消失了幾天，再來這裡的時候，好像吃飽了愛愛大餐？」

「誰吃飽了愛愛大餐？」一個知名的推書網紅問，她在IG上有兩百萬個粉絲，最愛聽八卦。她正跳著舞步，要去拿托盤上的蝦子。

「她說吃到飽大餐，」希西不著痕跡地改了說法。「對啊，音樂太大聲了。」

推書網紅咧嘴一下，道了個歉，輕跳著走了。

伊娃要密友靠過來一點。歐卓被安排在樓下，跟一群吵吵鬧鬧的幼兒一起看《汪汪隊立大功》。這裡很安全。

「我本來打算不要理尚恩，」她低聲說。「但是我們一起玩了一天。很……很好玩。真的很好玩。他已經見過歐卓了！」她做了個手勢，要貝琳達跟希西更靠近一點。「昨天晚上，我們在詹姆斯．鮑德溫的房子裡到處做愛。」

兩名閨蜜目瞪口呆地看著她。

「在哪裡？」希西問。

「幹得好！」貝琳達表示贊同。「我一直很想脫光光，去藍斯頓．休斯在哈林區的住家到處摩擦一下。你們懂吧，去展現他的恩賜。」

「不是，不是，不是啦，」伊娃說。「尚恩租了詹姆斯．鮑德溫住過的房子，他要住一個星期。」

「太好了，」希西說。「兩位暢銷作家久別重逢，融入文學傳奇人物的精神，第一次以成人的身分跟對方做愛……」

伊娃喝了一小口氣泡水。「嗯……不是第一次。第一次是三天前。在市中心的裝置藝術。」

「你們兩個在那裡就做了？」貝琳達翹著嘴巴，很嫉妒。「我才是愛搞變態的人！」

「聽起來很瘋狂，但是整個過程感覺很自然。以前我們還小，太嫩了；還沒準備好談感情。現在可以了。」

希西放射出滿意的感覺。伊娃承認她跟尚恩在談戀愛。在她的派對上。花了這麼多錢，值得了。「所以，你覺得，過了十五年，你們可以接續當初停下的地方？」

伊娃沒有回答。因為她根本沒聽到希西說了什麼。而是對著前門的方向笑容滿面。

尚恩來了。穿著深色T恤跟深色牛仔褲，鬍碴目測留了三天，帥到讓人生氣——凝望伊娃的樣子滿是著迷。伊娃笑得更開心了，居然有人能笑成這樣。此時，尚恩臉上浮現了本世紀最得意的笑容，他用指頭戳著臉頰，也就是房間這頭的伊娃對著他秀出酒窩的地方。伊娃對他眨眨眼，做出手槍的手勢對著他開槍。

貝琳達大樂。「你們兩個老掉牙的阿呆。我支持你們！舉雙手贊成。」

「看大家的臉，」希西倒抽了一口氣，來了一位神祕作家後，她很高興派對上的賓客都屏住了呼吸。少了神祕嘉賓的私人派對就不夠精采了。希西把酒杯塞進貝琳達空著的那隻手，急急到門口歡迎她這位出名的愛將。

急著跑過去的不只她一個。不到幾分鐘，尚恩周圍就擠滿了想奉承他的同儕。他看了她幾眼，眼神柔和，但除此之外，從他的表情她可以看得出他的不自在。他被困住了，不得不交際一下，但他只想跟她在一起。

伊娃也只想跟他在一起。就慢了幾秒，否則她可以飛奔到他的懷裡。現在只能站在那裡，對著尚恩送出愛的能量。慢慢地，其餘的賓客一個接一個收到了訊息。

消息傳得很快。

在露台附近，有人說：

「哇。我還是第一次看到尚恩·霍爾的笑容。」胸部豐滿的傳記作者說。

「我從來沒見過尚恩·霍爾，句點。」戴著眼鏡的《紐約客》散文作家說。

「他在跟誰眉來眼去啊？伊娃·默西？」

「他們在交往，」散文作家說。「昨天看到粉絲拍的照片。專討論黑人作家的Black Book推特帳號。」

「等等，」一名經紀人驚喊。「我一直以為她是女性化的女同性戀。女同不就喜歡吸血鬼？」

「她確實有點柔伊·克拉維茲的感覺。」

「柔伊·克拉維茲不是女同。」

「看來伊娃·默西也不是。她看尚恩的模樣，好像他是剛出爐的墨西哥烤牛排。」

在酒吧附近，有人說：

「二〇〇七年參加美國書展的時候，我跟尚恩．霍爾上過床，」一名修長的小說家輕聲說。

「妹子，溫柔就不是他了。」她的經紀人說。

「他超溫柔的！」

在乳酪拼盤附近，有人說：

「伊娃真見鬼的冷靜，」一名球鞋設計師用九〇年代「尬詩」的聲音說。「與吾之心靈不容，彼之傾心於浪子。」

「不過他很適合打炮。」塗了多色指甲油的艾文．艾利舞團舞蹈指導說。

「哪個帥哥沒有問題，你說一個。」

「倒是真的。美女可以很正常，美男就是夢魘。」

「別說出去啊，」設計師說，「自從我開始跟普通的男人約會，我可是愈來愈旺。」

「哪裡有普通的男人？」

「平日晚上的大西洋中心。在車輛管理局、Applebee's餐廳跟Home Depot之間吧。蕩婦，你可以帶走一個主菜，跟一份配菜。」

在沙發上，有人說：

「真不敢相信，尚恩．霍爾來了。他好可怕。」一名瞪大了眼睛的年輕作者說，她剛出了第一本書《我歌頌彩虹之子》就聲名大噪。

「我們跟他一樣有才華吧，」她的朋友，一位知名的影子作家，撒了謊。「而且我們沒有活得一團糟。」

「聽說他戒酒了。」

「我不信。二〇一〇年，去法蘭克福書展的時候，我參加了一個花園派對，看到這傢伙聞了聞玫瑰花叢，不小心吸到了一隻蜜蜂，在自己的鼻子上揍了一拳，把自己打暈了。」

「不會吧，你騙人。」

「我發誓是真的。我那時候想，這個人這麼垮，怎麼寫得出《小八》？」

「就有這種事。你看瑪麗亞．凱莉。要十六個波多黎各的男舞者扶著，她才能走過舞台。可是她的聲音代表了一個世代。」

在書櫃附近，有人說：

「卡利勒。你為什麼要穿綠襯衫配粉紅色的褲子？」他的前女友問，她是編劇，滿口酸言酸語。「你知道你的別名是什麼嗎？一管媚比琳的極致濃黑防水睫毛膏，對嗎？」

「你太過分了！你穿的呢？寬邊草帽加蕾絲襯衫。看起來就像艾達．威爾斯。」

「你放尊重一點，我體現了黑人大遷徙。」

「聽說，伊娃在跟尚恩交往，」卡利勒咕噥著說。「你相信嗎？為什麼要選他？只會打手槍的傢伙。」

「我倒想幫他打手槍，」她喃喃自語。「他們一定在交往——你看，他們站得好近！幹，伊娃都發光了。皮膚超好的。」

「是沒錯，」卡利勒心不甘情不願地同意了。「她的膚色就像一個富家養的嬰兒。」

「我還聽說，她去了吃到飽的餐廳。」她低聲說，聲音裡帶著驚嘆。

此刻，在希西和肯恩的凱欣德．威利肖像旁……

剛執行完社交責任的尚恩累得好像剛划船橫渡大西洋，終於能站到她面前了。他們傻傻對望，兩人之間的空氣發出了爆裂聲。

「嗨，我的寶貝。」尚恩說。

伊娃的心一沉。她還沒準備好當「寶貝」。

「嗨，」她柔聲說。

雙手插在口袋裡，尚恩向她靠近，說：「大家都在談我們的八卦。」

伊娃很快掃了四周一眼。「我知道。很奇怪嗎？你在意嗎？」

他心不在焉地叩了一下下唇，一臉無賴。「一點都不在意。」

說著，尚恩用一隻手臂環住她的肩膀，親了她的太陽穴。她有點得意，握住了他的手。兩人就像兩片拼圖，拼合得很完美。

希西的吸氣聲應該全世界都聽到了。看哪，黑人作家界新選出來的舞台國王和皇后接受加冕。她成功了！

她差點就要幫自己熱烈鼓掌。

在樓下，歐卓無聊死了。她被困在冷氣如冰箱的臥室裡，旁邊有八個小孩——都不超過六歲。他們正在看《樂高玩電影》，看得很入迷。好像這部電影很讚，跟《仲夏魘》一樣。

歐卓跟幼兒沒有共鳴（在她自己是幼兒的時候也沒有）。此外，研究這個群體的話就知道，他們都有精神病。歐卓已經診斷出幾名小孩有強迫症、注意力缺失症和依戀障礙。最糟糕的是五歲的奧蒂斯。超級討厭。他穿著貼腿牛仔褲和喬丹運動鞋，像個小饒舌歌手，剛把垃圾桶放到梳妝台上，用幼兒籃球不斷灌籃。每灌兩次，他就跳起Milly Rock的舞步，左右橫移。然後對著大家露出屁股。

如果這些小變態要繼承世界，歐卓心想，未來看起來就不太妙了。

來打工的保母露慕絲二十分鐘前就睡著了，她坐的那張單人沙發椅看起來不好睡啊——所以歐卓只得負起托兒的責任。沒禮貌。她來參加派對，可不是為了當免費保母。事實上，她還以為自己也是受邀的賓客！在希西阿姨和肯恩叔叔的露台上啜飲無酒精雞尾酒，同時跟文化精英暢談政治、藝術和全球大事！

希西阿姨家的閣樓是歐卓的第二個家。她不應該躲在樓下。她可以聽到樓上傳來的叮噹聲、禁忌的聲音，屬於成人的歡樂——她還沒體驗過這種程度的FOMO（錯失恐懼症）。

奧蒂斯光著屁股、繞著圈圈跑起來，她喘了口氣。她不想在這個高檔的健寶園浪費腦細胞跟漂亮的衣服（Free People的針織短洋裝）了。

我走了，歐卓心想，走上了樓梯。

第二十三章 那種一家人的感覺

「伊娃．默西！」

希西急奔到她的整面大書櫃前面，她的閨蜜正跟她的非正式貴賓打得火熱。「你來啦，」她顫聲說。「我想介紹一個人給你認識。」

「現在嗎？急什麼？」伊娃誰都不想認識。真的，她什麼都不想做，只想跟這個男人和他的費洛蒙在一起。

「人脈很重要。」希西挽住尚恩，假意怒瞪他一眼。「尚恩。」

「希西。」

「你讓我氣死了。」

「你老在生我的氣。」尚恩一臉頑皮。「我又做錯了什麼？」

「我發掘你。給你人生。你卻守口如瓶，不告訴我你高中就認識我們家伊娃了。」

伊娃沒有聽到這段對話。她正瞇著眼看一名女服務生，她頂著紅銅色的鮑伯頭，托著一盤蟹肉餅服務旁邊的一對夫妻。服務生正呆呆看著她跟尚恩。伊娃有些困惑，對著她揮了一下手。她認識她嗎？想不起來在哪裡見過。

「……沒錯，你確實有賽巴斯汀的眼睛，」希西隨口評論。「或許該說，他有你的眼睛吧。

但是，我怎麼能想到她會用你當成他的範本呢？太牽強附會了。此外，有褐色眼睛的黑人也不多。」她頓了一下。「事實上，我想不到有誰。但是蕾吉娜．金恩的男人就有褐色眼睛。」

服務生還在附近晃來晃去。希西敲敲她的肩膀，大聲咳了一下。服務生嚇了一跳，匆忙離開。伊娃瞇著眼，想看清楚她的長相。

「我的錯，希西——就是沒想到要告訴你。」

「饒了我吧！」

「真的啦，」他大笑，笑聲純粹而輕鬆。希西從來沒有看過他這種……毫無保留的模樣。伊娃對他施了什麼魔法？「高中簡直就是地獄。有什麼好提的？」

「現在就好多了。」伊娃說。

「對啊。」他說。

「對啊。」她微微一笑。

尚恩吻了她一下，發出響亮的咂嘴聲。反正沒有顧忌。

「哎，」希西嘆了口氣。「朋友們，如果會繼續走下去，一定要讓我知道要不要為婚禮做準備。我得趕快鍛鍊我的大腿。」

「天啊，婚禮？」伊娃對著尚恩抬了抬下巴。「你是那種想結婚的人嗎？」

「我確實有點嫉妒你的第一任丈夫。」

「尚恩．霍爾，你希望我當你的前妻嗎？」

「希望我有這個榮幸。」

「我不想打斷你們的打情罵俏，」希西說，「但是，伊娃，我一定要介紹珍娜給你認識。尚恩，我要帶她走了。」

「一定要嗎？」他做了個鬼臉。「我很怕社交，沒辦法靠自己。該怎麼辦？」

不能喝酒，他心想。在派對上，不能喝酒的話要怎麼辦？

「你沒事的，」伊娃要他安心。「就裝出悶悶不樂、神祕莫測的樣子。」

「不然，你先說一些別人會有共鳴的私事。」希西提議。

尚恩咬了咬下唇。「比方說，有一次我看到一個死人活過來？我開過靈車，有一次，一具屍體坐起來了。衝開了他的棺材。哇，我叫到嗓子都啞了。後來才知道，他有脊椎退化的毛病，身體會折起來。葬儀社的人忘了把他綁在夾板上。你們知道的，把他的脊椎弄直。」

伊娃跟希西嚇得面無人色。

「什麼都不要說，」伊娃建議。「就假裝你在打電話。」

希西把她拖走了。留下尚恩一個人。

在另一頭，歐卓逃出來後非常興奮，開心死了。她漫步走到酒吧，很有自信地要了一杯攙了石榴汁糖漿的雪碧。這種飲料跟美國知名的童星「秀蘭．鄧波兒」同名，但是說出原料聽起來比較有格調。

她仔細觀察了一下這個派對。只要能避開她媽媽、希西阿姨跟貝琳達阿姨，應該就沒事了，不然這三個人都會把她送回樓下。她一走入人群，DJ就開始放Khalid的〈*Talk*〉，不適合在電台播放的那個版本，感覺就像她專屬的主題曲。要克制自己不隨著音樂起舞，真的很難。但她必須表現得很成熟。頭上的雙丸子可能無濟於事，但沒關係啦。

歐卓在人群中偷偷摸摸地移動，熱烈偷聽別人的言談（她覺得這是一個很棒的愛好，只是被低估了）。

這場派對跟她一整年參加過的猶太人成年禮差不多。打量著人群，她可以辨別出哪些人是酷女孩、裝模作樣的傢伙、渴望得到注意的人、大帥哥跟新手。她想知道她媽媽屬於哪一種人。她也想知道她媽媽在哪裡。

在她身後，歐卓聽到了一段對話。

「呃，我為什麼要讓他把我搞得又哭又笑？」一個又高又尖的聲音哭著說。

「因為你是巨蟹座，親愛的妹子。你很敏感，一直付出。但你需要駕馭你的光輝。啟動你的神性。不能因為他想要就跟他做愛。」那人頓了一下，強調重點。「好啦，我也該走了，要回家餵我的貓咪，成長與變形。」

不用轉過身，歐卓就知道一定是貝琳達阿姨。她低下頭，急急繞過人群，來到露台的拉門前。在這棟公寓裡，歐卓最喜歡這裡。感覺既現代又熱帶——白色家具、時髦的火坑、繁茂的綠色植物——看起來就像阿根廷別墅的後院。歐卓小時候，常穿著希西厚厚的絨布浴袍，在露台上消磨好幾個小時。她會假裝自己是國際級流行樂巨星，剛完成勞心勞力的全球巡演，到了豪華飯店度假。這個遊戲要非常投入。她會慢慢喝隱形的薄荷茶，舒緩操勞過度的聲帶。抱著隱形的小寵物狗蒂安娜。反覆問她隱形的助手拔示巴有沒有去取乾洗的衣服，及幫她預約熱蠟修眉。想到當時的情景，她一定是個難搞的孩子。

回味著一年級的記憶，歐卓繞過一大盆白鶴芋。嚇了一大跳的她驚叫了一聲。因為，原來她不是一個人。她看到了尚恩，在鼓脹脹的白色躺椅上放鬆。

「嗨，霍爾老師！」然後她看到壓在他耳朵上的手機。「噢！抱歉。」

「沒關係，沒關係，我只是假裝在打電話。」他說了實話，尷尬地笑笑。他很開心地站起來，用一隻手抱了她一下。

「怎麼了？」

「抗拒社交。」他的口氣充滿歉意。

「啊，那，要我走嗎？」他還沒回答，她就半盤著腿，坐到躺椅上。

「別走，留下來吧！」尚恩把手機塞回口袋。此時，他的手機嗡嗡作響。他放著不管。「我很喜歡跟你聊天。」

「要聊什麼？」

「我不知道。我不太懂正常人怎麼閒聊。我老是會把話題扯得很奇怪。跟別人聊天，會說到完全沒有依據的陰謀論。閾限空間。皮樣囊腫。」

「皮什麼？囊什麼？」

「不是指臭皮囊，」尚恩喝了一大口氣泡水。「皮樣囊腫是一種醫學現象。有時候，在懷孕的前三個月，胚胎會吃掉自己的雙胞胎。出生後，就會在奇怪的地方長出皮樣囊腫，或另一個嬰兒的某些部位。指甲，眉毛。牙齒。」

歐卓嚇得摀住了嘴。

「想想看，有個眼珠子，會眨眼，一輩子在你的肝臟裡。」他很開心，他的聽眾聽得入神。

「霍爾老師，你有皮樣囊腫嗎？」

「沒啊。」他的口氣帶著難過。

「在社會情境中，我的動力並不是搞怪。而是深入。就好像，嗨，我是歐卓，我想請教你對一些主題的想法，例如宗教、禁止跨性別者從軍、遊民、唱國歌的時候單膝跪地……」

尚恩很震驚。「好啊，來吧。」

「太棒了！」她對著空氣揮了一拳。「宗教如何？」

「宗教嗎？唔。我覺得很像火。在好人手中，火可以用來做好事，例如保暖。烤棉花糖巧克力夾心餅。在壞人手中，就能燒死木樁上的女巫。處死黑人。」他聳聳肩。「用來做好事的話，宗教很酷。」

「說得好。跨性別的禁令呢？」

「不文明。」

「遊民呢？」

「我當過。不知道該怎麼辦。」

「很清楚。你認同國歌嗎？」

「怎麼認同，覺得是行銷騙局嗎？」尚恩搖搖頭。「邁爾士・戴維斯說，思維有兩類：真相跟白人的胡說八道。國歌就是白人的胡說八道。」

「好驚人啊，好的。轉推。你及格了。」

尚恩的手機又響了，這是第五次。他很快地向歐卓說了聲抱歉，看了一下來電紀錄。是阿泰，一定要找到他就對了——有點過分了吧，他們早上才講過電話（講了很久，又辯論了一次阿泰假想的饒舌事業，兩人都很鬱悶）。

我有空再回你電話，尚恩傳了簡訊給他。

「霍爾老師，你為什麼會有社交焦慮？今天來了很多作家。他們都跟你一國的。」

「你真以為他們跟我是一國的嗎？問題來了。他們都認識我，但我不認識他們。可能碰過，但我不記得了。很久以前，我一直……」尚恩說不下去了，過去十五年來，他幾乎都喝得爛醉，這件事怎麼好告訴歐卓呢？「我的記憶力不太好。所以我不知道以前碰過誰。頭都昏了。」

「太好了，可以給我一個例子嗎？」

尚恩想了一想，瞇起眼睛，揉著下巴。

「那裡有一個男的，叫卡利勒，他很討厭我。我不知道為什麼。」

「你什麼都想不起來嗎？」

「說真的，我根本不會想跟他講話。他就是人類裡的垃圾廣告郵件，」他的語氣充滿厭惡。「我應該惹到他了吧。誰知道？我以前挺混蛋的。」

「聽我說，每天到赤夏中學上課，都像度過驚濤駭浪，」歐卓說。「成人的社交難度應該跟七年級學生差不多。要交朋友的話不難。只要願意積極聆聽。如果你認真聽，就知道別人需要你幫什麼忙。如果你給他們需要的東西，就交到了一輩子的好朋友。」

尚恩忍不住笑了起來，好聰慧的小女孩。「你好聰明，聰明到嚇到我了。」

「我知道。」歐卓咧嘴微笑，酒窩跳了出來，跟伊娃的一樣。她大大嘆了一口氣，躺回抱枕上，望著露台前方種滿植物的後院。「說老實話，這是一種負擔。」

「你把每個人都看透了，是嗎？聽起來，你是全世界的情感支持夥伴。」

「我應該申請商標。」

「但你有情感支持夥伴嗎？你的朋友都跟你一樣，願意積極聆聽嗎？」

她想到帕絲莉，跟她的自戀，差點笑了出來。「沒有呢。我很愛我的朋友——不要誤解我的意思。但是，中學就是悲劇。去別人家過夜時找男生FaceTime，去Governors Ball吸電子菸——好蠢。朋友都很蠢。但我不蠢。我很確定，我該擔任成人的角色。」

「成人期是騙人的，歐卓。我們只是個子比較高的幼兒。」

「噢，我知道啊。我很興奮，因為我做的一定對。比每個人都好。」

他看了歐卓一眼——細瘦的女孩，四肢纖長，眼睛大大，很有頭腦——點了點頭。「你知道嗎？我相信你可以的。」

尚恩舉起他的氣泡水，歐卓用她的秀蘭．鄧波兒跟他碰了一下杯子。他們靜靜坐了一分鐘，享受宜人的空氣，以及從希西陽台上看出去的祥和後院風景。希西的後院可稱為布魯克林的叢林，要不是有兩棵矮矮的木蘭花交纏在一起，樹枝伸到了露台上，她應該可以看到遠處曼哈頓市中心的天際線。

「媽媽是我的情感支持夥伴，」歐卓坦白了。「她跟我一國的。」

尚恩的笑很溫柔。「靈魂伴侶。」

歐卓突然轉過身，正對著尚恩。「霍爾老師，你跟我媽媽不光是朋友。」

「什麼？我們是朋友啊。」

「拜託，我不是小孩。」

「但你還是個孩子。」

「只是年紀還小。」覺得受辱了，她把雙臂交叉在胸前。「你會對她好吧？」

「好？」

歐卓對著拉門的方向張望了一下。尚恩跟著她的視線看過去。看不到伊娃，沒事。

「對她好一點，」她低聲說，語速很快。「我媽把很多事情藏在心裡，但她的思緒真的很響亮。我知道她很害怕，很寂寞。她有障礙，你應該知道了吧。跟氣壓有關。下雨、下雪、一下子變得很熱或很冷，她就覺得痛。但是，酒精、壓力、噪音和奇怪的味道也會讓她頭痛。你要知道她的痛點。而且拜託你了，對她有耐心就好。有時候，她必須躺一陣子。你可能會覺得無聊寂寞，甚至覺得她拒絕你，但她生病了，沒辦法。」歐卓把一隻手放在尚恩的肩膀上。「媽媽不能接納自己，老是有罪惡感。讓她開心接納自己就好。」

尚恩點點頭，卻緊閉著嘴。他說不出話來。

「她不能塗口紅，因為痛到手會抖，」歐卓透露。「可是她今天塗了口紅。因為你會來。」

「我聽懂了，」尚恩勉強開了口，聲音嘶啞，只能吐出幾個字。「我懂了。」

「霍爾老師，你哭了嗎？」

「沒有，」他緊緊閉上眼睛。自從不知道多少個六月前，在華盛頓特區的那個早上，他就沒有再掉過一滴淚。他以為，他已經忘記了怎麼哭。「沒有，我沒哭。我他媽的是放聲痛哭。」

「呃，我常常讓別人這樣。但是，哭沒關係，」她遞給他一張雞尾酒紙巾。「直男毀壞了世界，去掉男性弱點的污名化，就是重建世界的第一步。」

「太糟糕了。對不起。」尚恩重重吐了一口氣，用手抹了把臉。天啊，這個女孩是感覺的忍者吧。「別擔心——我會對她很好。」

「你要向我保證。」

就理論上而言，他知道，向孩子做出保證，很危險。做不到的話，就搖撼了他們的安全網。但他還是發誓了，因為他知道他會遵守承諾。要是不能變成值得信賴的人，幹嘛那麼辛苦地讓自己保持清醒？尚恩照顧的迷失孩童有幾十個，他是他們的代理父親、叔叔或導師，他對每個人發誓，隨時可以用FaceTime找他，發簡訊給他，甚至要求他搭飛機過來。這就是他在做的事。

並不容易。為全美國各地這些不良少年隨傳隨到，壓力比山還大。也很花時間。阿泰每次Roblox的分數破紀錄，就會打電話給他。尚恩不知道Roblox是什麼，但只要能不讓阿泰惹事生非，就很好。尚恩要為他負責。他立下了誓言，孤注一擲。

「我保證，」他的口氣很確定。「說真心話。我等了很久很久，就為了讓你媽媽過得快樂。十五年，感覺像三十年。」

「呿，為什麼不早點來找她？」

「我怕。」

「現在呢？」

「還是很怕，可是我不在乎。」

「你交過很多女朋友嗎？」

「交過幾個。但你媽媽不一樣，」他說。「原來，我很在乎這一點。」

「霍爾老師，我想邀請你加入我們，」歐卓鄭重宣布。她講話的樣子好像希西。「明天，我要搭飛機去爹利福尼亞。」

他看著她，一臉茫然。

「我爸爸家。在加州。搭飛機前，我跟媽媽都會去Ladurée吃早午餐。你要來嗎？我們會搞得很豪華。要穿正式一點。」

尚恩吃了一驚，往後退了一點。

「是嗎？但是，聽起來像是你跟你媽的一個儀式，很特別。」

「是啊，但是你也很特別。」

「你覺得我特別嗎？」尚恩的臉發燙了，全身跟著熱了起來，又刺又麻。他的手也在發抖。到底怎麼了？

那種一家人的感覺，他心想。完全的接納，有歸屬感。一種讓萬事萬物黯然失色的連結。自從離開養父母後，尚恩就再也沒體驗過這種感覺——好久了，久到他認定自己不配。

他以為他再也感受不到這種連結。

「對啊，你很特別。你可以跟別人說是我說的。」歐卓握起拳頭，跟他碰了碰。「而且，你才不抗拒社交。你都跟我聊天了。」

「我說，我不知道跟正常人聊什麼。你不正常。」

「不正常的舉手。」她咯咯笑了起來。

尚恩記得，他跟伊娃有過同樣的對話。你不正常。現在，跟那個時候一樣，是恭維對方，也收到了恭維。這對母女就像照鏡子一樣，相似的程度讓人驚奇連連。

在一百九十五英里以外的地方，也就是羅德島的普羅維登斯，十三歲的阿泰．波以爾很害怕。他個子很大，所以很少感受到這種情緒。但就在這個時候，他唯一能承認這種感覺的人卻不接他的電話。不是故意不理他吧。霍爾老師不會這樣。或許，他正好在忙。

阿泰在榆木區，站在一棟貼了護牆板的廢棄老屋外。儘管霍爾老師不准他做這件事，他還是同意來找他姊姊普琳瑟絲的男朋友，大家叫他歐麥克，聽說這裡是他出租的錄音室。但這個地方不像錄音室。比較像恐怖電影《牠》裡面內波特街上的鬼屋。

這一區通常很吵鬧，尤其是夏天剛開始的時候，但這個街區卻很安靜，感覺很詭異。為什麼外面沒有人？阿泰看看手機。下午兩點三十分，歐麥克跟他約兩點。阿泰籌到了租錄音室的兩百美元，所以歐麥克會讓他錄一首曲子。霍爾老師不給他錢，所以他跟快變成女友的那個女生借了錢。她下課後會到Old Navy當收銀員，一個星期就可以把這筆錢賺回來。

阿泰花了兩天的時間寫韻腳，覺得還算有信心，就唸給她聽了。她覺得很不錯。她覺得他很不錯。

他靠著骯髒的入口，把手插進牛仔褲的口袋裡，裡面放了他捲起來的筆記本。他用指頭撫過封面，平靜自己的神經。

霍爾老師不贊成這件事。他提醒阿泰，普琳瑟絲癮頭很大，又愛說謊——歐麥克應該也一樣。但是阿泰不傻。萬一歐麥克想搶他，阿泰也準備好了，他帶了一把點三八口徑的柯特自動手槍。在牛仔褲的另一個口袋裡。

歐麥克到了三點才出現。很奇怪，他從前門出來。後面飄著一團煙霧。

「你去哪裡了？」歐麥克很矮很瘦。他比阿泰大十歲左右，但是看起來像四十歲。扎扎實實的四十歲。黑色的嘴唇、灰色的指節、滿是紅絲的眼睛，以及不是故意磨破的牛仔褲。

「我一直在這裡，」阿泰說。「我在等你。」

「黑鬼，我一直在這。」歐麥克口中噴出粗野的笑聲。然後他轉頭看了看房子裡面。阿泰覺得他聽到黑暗中傳來了人聲。

*可能是他的製作人，*阿泰心想。

歐麥克抓抓手臂內側，對阿泰比了個手勢。「給我的鈔票呢？」

「嗯，我帶來了。」阿泰把重心從一隻腳換到另一隻。現金跟他的筆記本塞在同一個口袋裡。可是感覺不太對。歐麥克看起來心神不寧，不知道急什麼。

阿泰必須保持專注。饒舌可以帶他離開普羅維登斯。饒舌就是他的計畫。*集中精神。*

「錄音室在哪裡？」阿泰問。

「鈔票給我，」他吸了吸鼻子，「就帶你去看。」

「普琳瑟絲在裡面嗎？」

「不在。」他向阿泰走近了一步。他身上有大麻跟香菸的味道，還有一種酸味。

感覺不太對。旁邊沒有其他人。突然之間，阿泰覺得無法呼吸，想要拔腿就跑。歐麥克帶了一個人來。至少一個，說不定屋子裡還有更多個。

阿泰用塞在口袋裡的那隻手按下手機上的緊急聯絡電話。

*霍爾老師，*他的思緒失控了。*拜託，接電話。*

第二十四章　精采的歷史

回到希西的派對，在肯恩祖父的三角鋼琴旁邊，一處相對安靜的地方，伊娃看到了新朋友。

「我好激動，你們兩個終於見面了，」希西用雙手握住脖子，口氣非常誇張。「珍娜‧瓊斯，這位是伊娃‧默西，《受詛咒的戀人》的作者，大家都很尊敬她。伊娃‧默西，這位是珍娜‧瓊斯，時尚編輯，也是《完美的發現》的主持人。」

伊娃伸手跟珍娜握了握，但這位塗著大紅色唇膏的美女說「我喜歡擁抱！」，便把她壓到了自己的胸脯上。她的氣味好聞極了，像是昂貴的香水跟椰子油。

珍娜身穿長袖變形蟲花紋拖地洋裝，前襟直開到肚臍（復古的Dior），長串的珠珠耳環在肩膀上搖曳（來自奈洛比的街頭市集），散發出強烈的時尚界怪人能量。

「噢！我看過你的網路連續劇！」伊娃認出了她是誰，也倒抽了一口氣。「你會請來賓製作他們夢想中的時尚單品，然後跟零售商合作賣出？」

「就是我，」她一臉開心，非常迷人。「抱歉，可以問一下，那個貝雕戒指是哪裡來的？我剛才在這邊就一直盯著它看。好華麗。」

伊娃舉高了手，三名女人一起盯著她生了鏽、缺了口——但美得驚人——的橢圓形戒指。

「這是我媽媽的復古戒指，但是，感覺就像為我而設計的。」

「復古的，沒錯。」珍娜把伊娃的手左右轉來轉去。「看外殼的話，超過一個世紀了。我敢打賭，這個戒指應該有很精采的歷史。」

希西從服務生的托盤上拿了一杯葡萄酒，腦袋裡的輪子轉個不停。

「伊娃，電影準備得怎麼樣了？」她問得一點也不突兀。「如果你還沒找造型設計師，你們兩個應該可以合作。」

伊娃跟珍娜對著彼此吸了一口氣。希西開心得飄起來了。人脈，成功。

「什麼電影？」珍娜旁邊突然出現了一個年輕帥哥。他長得很像演員麥可．B．喬丹，太沒道德了。

他向伊娃伸出了手。「我是珍娜的丈夫，艾瑞克。」

「伊娃，告訴他你要拍電影了！」希西的表情很鬼祟，很適合搭配搓揉雙掌的手勢跟高聲大笑。「艾瑞克是導演，曾被提名金球獎，也是日舞影展的寵兒。呃，聽說你正在找新導演，不是嗎？」

伊娃張大了嘴巴。

「不要管達妮．艾科斯塔了，」希西在她耳邊輕聲說。「他才適合你。」

就這樣，大功告成。希西急忙進了廚房，確定他們會停止提供開胃菜。已經過了五點，大家都已經喝了好幾個小時。不趕快把這些黑人趕出去，他們會開始搞破壞。

珍娜跟艾瑞克都充滿期待地看著伊娃。

「我的電影！好的。」她清清喉嚨，不知道為什麼很緊張。「是這樣的，我寫了一套小說，主角是女巫跟吸血鬼。製作人悉妮．葛雷斯買了電影版權。她人真的很好。但是，導演想用白人演員，比較貼近主流。真的讓我很挫折。但是，娛樂界就是這樣吧。」伊娃比了個爵士手，想把事業上的這個挫敗說成一個笑話。

「真糟糕！」珍娜大聲說。

艾瑞克用力搖搖頭。「不行。不對。無法接受。劇本寫了嗎？」

「寫了，大概一年前就寫好了。」

「很好。那就別擔心，你其實有權力。」艾瑞克掏出手機，開始找聯絡人。「我跟悉妮是老朋友了。我現在就發簡訊給她。」

「等等，為什麼？」

「因為我要當導演，幫你拍一部大片，親愛的，」他笑容滿面。「我正好在休息。當家庭主夫太難了；我得找點工作來做。」

「我們的兒子是個可愛的小淘氣。」珍娜在旁邊解釋。

「我是科幻片宅男，」他說。「動手吧。我們可以拍黑人的奇幻電影。」

「動，手，吧。」伊娃鏗鏘有力地說出每個字，很興奮能發揮自己的創造力。

就在此刻，珍娜抓住艾瑞克的手臂，指著另一邊。「老公，是我的幻覺嗎？還是我真的看到奧蒂斯跑出來了？小孩不是都在樓下嗎？」

「保母會看著他們，」伊娃想安撫她的驚慌。「我女兒也在幫忙。她十二歲了，很有責任感。」

「該死，」艾瑞克說。「真的是他。在翻別人的皮包。得走了，一會兒聊……」他邊說邊跑掉了。

珍娜用一隻手摀住眼睛，母愛已經完全枯竭。「我就知道，帶奧蒂斯來沒有好下場。我兒子居然去偷東尼獎得主的東西。」

事實上，伊娃推了一下眼鏡，心想，他現在在對她做不雅動作。

「你剛說你女兒十二歲？露台上那個是她嗎？還有……等等，那個人是尚恩．霍爾嗎？《小八》的作者？」

伊娃踮起腳尖，在人群的另一邊，她看到歐卓跟尚恩靠在欄杆上，背對著大家——看來聊得很起勁。她輕聲對他說了什麼，他笑得肩膀都抖了起來，眼尾也出現了紋路。

她說：「天啊，歐卓。」這是本週的第三次了。

「喂，喂，喂，」伊娃敲了敲歐卓跟尚恩的肩膀。兩人倏地轉過身，臉上是同樣噢，死了的表情。

「嘿！」尚恩說。

「嗨！」歐卓說。

「歐卓，你在這裡幹什麼？你應該在樓下，幫忙看小孩。現在有個小男生光溜溜在那裡跑來跑去。這是大人的派對。就請你做好一件事而已！」

「對啊，他叫奧蒂斯，」尚恩說。「歐卓講了他的事情。真可怕。」

歐卓對母親燦爛一笑，露出她的牙套。

伊娃應該要覺得困擾。但她覺得很高興——也很感動——看到尚恩和歐卓如此融洽。也不需要她在旁邊。他們剛才在聊什麼？

或許，不知道比較好。

「媽，你想不到吧？我邀尚恩明天跟我們一起吃早午餐。」

好的，她果然想不到。每年去Ladurée朝聖一次，是她們的神聖儀式。伊娃甚至花了很長的時間，細心地把歐卓的頭髮編成壯觀的辮子皇冠。她自己則用了Fenty的修容餅！

這已經是驚人的突破了。

她們不會邀請朋友。沒有阿姨。沒有男人。歐卓盼這個只有母女共度的豪華早午餐已經盼了一年。伊娃從沒想過會有這麼一天，歐卓會邀請其他人一起來參加——尤其是一個她兩天前才認識的男性。一個她在自家廚房狠狠詰問過的男人。

「寶貝，你確定嗎？」伊娃的問句帶著遲疑。

「我希望他能來參加，」歐卓眼中閃過神祕的光芒。「而且，我知道你也願意。」

伊娃從沒想過讓他真的進入她們的世界會是什麼樣。要怎麼在實際生活中融入彼此的生活。

但是，很好啊。很好，她確實想邀請他一起來。突然害羞了起來，她看著尚恩的眼睛，咬咬嘴唇，又低頭看著自己的腳。尚恩則坐立難安——拗著指節，咬緊了下顎。

歐卓看著兩人笨拙的小動作，滿心懊惱。要是她不知道這兩個人的個性，她會以為他們發癲了。

「尚恩？」

「伊娃？」

「你真的想來嗎？你大可以拒絕，你知道的。」伊娃想給他一個台階下。或許太快了吧。就表面上而言，只是早午餐——但就實際上而言，不光是吃一頓飯。而是承諾。她不想給他壓力，在他還沒準備好的時候就給他新的角色。

這些年來，伊娃已經把自己訓練成不要對別人有期待，尤其是男人。問也不要問，想也不要想。那現在呢？這是她想要的。

不是想要，她心想。是需要。

「你可以拒絕。」她說。

「你認真的嗎？你們兩個說什麼，我都無法拒絕啊。」

「真的嗎？」

尚恩笑開了，他的笑容令人無法抗拒。「Ladurée，我請客。」

伊娃一臉興高采烈，歐卓則像其他Z世代的孩子一樣，用他們的方法記錄值得紀念的時刻。她拍了一張照片（用肖像模式）。很突然地，她把兩人推到一起，讓他們並排站著。接著往後退，拿手機對準了他們。

「你們兩個又在一起了，該好好慶祝。你們跟高中同學有臉書社團嗎？可以把這張照片傳上去。」

「沒有！」伊娃和尚恩異口同聲地大喊。

「等等，後面那兩棵樹會弄出奇怪的陰影。樹枝都纏在一起了。」歐卓比了個手勢，要他們向右移。

他們照做了。尚恩摟住伊娃的肩膀，伊娃環住他的腰，兩人對著鏡頭微笑。

「猜猜看我在書上看到了什麼？」伊娃問話時仍保持著微笑。「樹的枝幹會一直長，長到能碰到最近一棵樹的樹梢。然後就永遠連在一起。因為，如果靠得夠近，樹根也會一起生長。地底下盤根錯節，所以不論地面上發生什麼事，它們都一直連在一起。」

尚恩把她摟緊了一點，用最輕的聲音說：「你覺得我們的根連在一起了嗎？」

「一定的。」她說。

歐卓看到兩人在說悄悄話，裝出想吐的樣子。「噁心。對不起啦。不噁心，很酷。我要習慣你們這個樣子——沒關係。」

尚恩覺得連到了大地的能量，又覺得如空氣般輕巧。

感覺就像一家人。

口袋裡的手機繼續嗡嗡作響，他依然不想接電話。他太開心了，不想管其他的事情。

星期天

第二十五章　DNA是很嚴肅的東西

Ladurée是巴黎一家歷史最悠久、最高級的茶館，在紐約蘇活區的分店開在西百老匯。來這裡用餐則是難得的經驗。這裡的法式糕點和馬卡龍非常出名，一整排的用餐區都使用絲質座椅，愈往裡走愈覺得舒適，很適合女孩子的聚會。伊娃和歐卓習慣預訂用簾幕隔開的龐巴度廳，通風又明亮的起居室，放了形似大勺的椅子，天藍色的天花板上懸著閃閃發光的金色吊燈。

感覺像來到凡爾賽宮。穿著細心選定的服飾，她們看起來也很像巴黎的公主。率性的公主。歐卓頂著高高的辮子皇冠，穿著金黃色的露肩洋裝（跟馬汀大夫鞋）。伊娃穿著大露背黑色縐紗布繞頸洋裝，覺得浪漫到不合理的地步了（搭配Comme des Garçons聯名的Converse帆布鞋）。

打扮得像個網紅，卻埋頭大吃水果塔和培根，感覺好墮落。她們的早午餐一向很隆重。但是今天加了一位特別來賓，感覺這一天染上了一層金光。

伊娃有種輕飄飄的陶醉感，就快飄起來了。當然是因為尚恩啦，不過，她今天早上也幫自己打了緊急止痛針。下了一晚上的雨，早上她喘著氣醒來，痛苦無比。劇痛跟性感洋裝不搭。謝天謝地，感謝軟糖跟預先填充好的針筒。

伊娃跟歐卓比預定的時間早到了一點。尚恩還沒到，太好了。歐卓發揮書法技能，精心幫每個人製作了講究的座位牌跟固定價錢菜單。這是一個驚喜，加了這個完美的細節，就能期待完美的早午餐。

她們邊等邊聊天。

「……歐菲莉亞一直求我跟她一起去露營，但我真的不想去。怎麼會有人喜歡露營呢？原則上，我不相信我可以睡在室外。」

「你知道的，我也不懂。」伊娃痛恨露營，歐卓應該是遺傳她的。有那麼一秒，她感受到一絲絲內疚，不鼓勵她的孩子去嘗試新的體驗。

去死啦，她心想。

「露營是一種傲慢，」伊娃說。「森林裡都是未經馴服的野生動物，過著快樂祥和的生活。我們怎麼可以假定牠們歡迎我們去玩呢？就像一隻熊闖入我們家，心想『在這裡住一個星期一定很好玩』。」

「歐菲莉亞說我是小資女孩，」歐卓的眼睛盯著設計華麗的菜單上。「我想點松露馬鈴薯泡芙，怎麼樣？」

「小資？歐菲莉亞的爸媽超級有錢！」她小口咬著瑪德蓮。「有錢的布魯克林居民老希望你覺得他們過得很辛苦。歐菲莉亞他們家開的車是二〇〇一年的福特Focus。」

「他們在布里奇漢普頓有棟豪宅！你看，好諷刺！」歐卓咯咯笑著，她最愛跟媽媽像大人一樣聊八卦。

「我覺得不錯啊，松露馬鈴薯，」伊娃認真地說，贊同最高度的墮落。「你的藝術比賽得了第一名，該好好慶祝一下。」

伊娃實在很以愛女為傲。從七年級到十二年級，歐卓繪製的莉澤特肖像脫穎而出，贏得本年度的頭獎。贏了頭獎，表示在下個學年開始時，她也可以到布魯克林博物館擔任實習生。

「你真覺得很讚嗎？」歐卓的表情羞澀，渾然不像平日的她。

「寶貝，不同凡響啊，」伊娃的眼神非常溫柔。「這個星期不太順利。但是你知道，你是我在這個世界上最愛的人，對吧？我一直都很驕傲你這麼優秀。你是我最珍貴的寶貝。」

「媽咪！我還沒吃東西呢，我不想感傷。」歐卓用亞麻布餐巾撝著臉。「我也很愛你。好啦，你要吃什麼？」

「先來點開胃的蟹肉餅。等尚恩來，再點主菜。」

事實上，不可以吃蟹肉餅，她心想。*我得塞進為文學獎預備的皮質短洋裝裡。頒獎典禮就在今天晚上九點——她的洋裝藏不住肥肉。*

伊娃絕對不會把這個想法告訴歐卓。這是很糟糕的自我形象模型。

吹了吹她的薰衣草紫丁香茶，伊娃又開始看菜單。這時，前門傳來清脆的鈴聲。尚恩來了！她一轉頭，速度快到鼻梁上的眼鏡都跳了起來。不是他，而是看起來很像遊客的老年夫婦。太荒謬了。她必須冷靜一點；她居然*出汗了*。她還一直用湯匙當鏡子檢查自己的頭髮（她把捲髮都堆在頭頂，往上梳成很夢幻的樣子）。真的太荒謬了。這幾天，尚恩已經看過她各種隨便的打扮。她幹嘛像個第一次約會的老小姐，緊張兮兮的？

得放鬆下來。可以的，看到尚恩就會放鬆了。她們的預約是十點，才過了五分鐘；他應該快到了。

此時，歐卓正在滑手機，看IG上的八卦消息。

「媽，如果可以跟好萊塢的演員約會，你會選誰呢？」

「現在的嗎？還是以前的？」伊娃又從籃子裡拿了一個瑪德蓮，細細咬著。

「現在的。」歐卓說。

「唔。拉基斯・史坦費爾德。說老實話，克里斯・漢斯沃跟連恩・漢斯沃，隨便哪個都可以。」

前門又遽然打開，帶進一陣暖風。伊娃充滿期待地抬頭一看。不是尚恩。一個模特兒，跟她的小寵物狗。她有點焦慮。

「那你呢？」伊娃裝作不在乎的樣子，看了看手機上的時間——十點十三分。

「尼克・強納斯，」歐卓透露她的心願。「可是他結婚了。」

「而且很矮。他怎麼夠得到你？」

散發出濃濃香水味的瘦長服務生過來幫她們點開胃菜。伊娃忍不住，檢查了一下手機。沒有尚恩的訊息。這真的不尋常。過去三天來，他們的簡訊幾乎沒有斷過。但是今天一封也沒有。

她還是傳了一封給他。

伊娃：我們幫你留了一個位子，上面有你的名字。是真的！很想趕快見到你。

到了十點四十分，還是沒有消息。她實在想不出理由。他不可能忘記的——都答應歐卓了。也給了她承諾。她揉揉太陽穴，在心裡提醒自己調節呼吸。沒事的。他一定會來。

「親愛的，我離開一下，」她向歐卓丟下這句話，急急離開了桌子。「得去一下廁所。」離開歐卓的視線後，她快步走到接待處。

「嗨，請問有沒有一位尚恩．霍爾留了訊息？」她問了接待處那位嬌小美麗的領檯員，她剪了小精靈般的短髮，穿著高腰緊身七分褲。「我們約在這裡。訂了十點的位置。他是不是早到了？可能他記錯時間了。」

小精靈掏出她的帳本，用鉛筆寫滿了潦草的字跡，一行行檢查。「沒有呢，今天早上沒有叫尚恩．霍爾的客人。」

「噢，」她覺得很沮喪。

「還是打個電話給他吧。常有這種事。我們在曼哈頓有三家分店。另外兩家在麥迪遜大道跟五十九街。他說不定搞錯分店了，對吧？」

伊娃忍不住拍了拍額頭。她覺得自己好笨。當然了，這就是原因。難怪！土生土長的紐約人都常常弄錯餐廳的地點，更何況他才來幾天。

說真的，麥迪遜大道的Ladurée比較好，她心想，重重地鬆了口氣。他可能去那裡了。我們應該訂那裡的。

伊娃向領檯員道謝，把正確的地址傳給尚恩，讓他別走錯了。等了整整四十秒，沒有回應，她撥了他的電話——卻直接進入語音信箱。隨著時間過去，伊娃覺得自己愈來愈可悲，撥電話問了曼哈頓每一家Ladurée餐廳，想找到尚恩在哪裡。

音訊全無。

伊娃回到龐巴度廳坐下來，心跳加速，滿手冷汗。十一點了。

「霍爾老師呢？」

「尚恩嗎？」伊娃笑容滿面，當場編了個謊話。「你猜怎麼了？我忘了告訴你。今天早上，他說他很高興我們請他一起來，但是他忘了他約好IKEA要送貨給他。你知道的，他們的送貨時間都給一個時段，比方說早上六點到下午三點。他可能在家等，所以會晚到。」

「不會吧！討厭呢。不過，我們也太晚跟他說了。我希望他可以來；我真的很喜歡他。」

伊娃努力嚥下了喉嚨裡哽著的東西。「我也喜歡他。」

「他也喜歡你，」歐卓放低了聲音說。「我為什麼要說悄悄話啊？真奇怪。你，有一個男朋友！」

「歐卓，你就愛誇張。他不是我男朋友。」

「OK，沒事啦。對了，你流汗流到眼線快暈光了。」

伊娃把餐巾對著歐卓丟了過去，咯咯笑了起來。

「要見到你爸了，興奮嗎？」伊娃換了個話題。

「當然啦，我很想他！身邊有個一點也不尖刻的人，感覺煥然一新。」

「他可以享受純粹的樂趣。」

「爸爸說，雅典娜開了一家健康水療中心。她拿到了按摩治療師的認證。店名叫『我依然挺立』。貝琳達阿姨應該會很喜歡。」

「嗯。健康水療中心可以幹嘛？」

「去角質吧，換一層新皮？」

聽了歐卓的笑話，伊娃笑了，但是聲音很空洞。十一點十七分了。他遲到了一個多小時，一句解釋也沒有。她又傳了一次簡訊，但她心知肚明，他不會回覆了。然後，她開始覺得恐慌。

親愛的上帝，她心想。*拜託，別讓他出事。萬一他又開始喝酒，怎麼辦？萬一他正躺在某條陰溝裡，怎麼辦？紐約有陰溝嗎？要是他受傷了，我找不到他，怎麼辦？他只有我一個朋友啊！我該怎麼辦？*

她突然想打電話到附近的醫院詢問，卻又否決了這個念頭。她太戲劇化了。她也不想嚇到歐卓。

就這樣，伊娃招來了服務生，用略帶顫抖的聲音點了她們的主菜。

奢華繁複、用雞蛋做的主菜上桌時，伊娃已經沒胃口了。她吃不到食物的美味。是時候鞏固藉口了。滑了一下手機，伊娃發出驚訝的聲音。「我真傻，」她說。「剛才聊得那麼開心，他傳了簡訊，我半天都沒看見。IKEA晚到了，所以他沒辦法來。他說錯過了跟你見面的機會，他難過死了。」

「是嗎？」

「不知道你們兩個在希西家聊了什麼，不過他真的變成你的粉絲了。」

「我們有一種連結，」歐卓神祕一笑。「告訴他，沒關係，等我從爹利福尼亞回來再找他。」

伊娃點點頭，點得有點太快了。「沒問題，寶貝。」

「媽，你為什麼一直動來動去？你又那樣了，用三倍速抖右腿。」

「不知道為什麼，」她的口氣乾巴巴的，一次把大約十四根薯條塞進嘴裡。「可能想上廁所吧。」

「去廁所之前，我先跟你說一件事。我覺得，我有喜歡的男生了。」

伊娃差點被嘴裡的薯條噎死了。「什麼？是誰？代數班的達希・莫瑞提嗎？」

「咦，才不是呢。我才不會跟赤夏中學的男生交往。他是長得很像尚恩・曼德斯，但是他沒有靈魂。嗯，這個人叫錫安。他是雅典娜的教子。」

「喔，他是你繼母的旁系親戚，對嗎？你們小時候在一起玩過。」

「對啊，他現在很帥。你看一下他的IG。」

歐卓把她的手機推過去，伊娃細細打量了一下這個男生。他最新的發文是自己的照片，正在參加足球賽，留著懷舊的立體平頭。帥，確實很帥。

「你一定要告訴我所有的細節，不然我就死了。」

「我當然會告訴你！」歐卓微微一笑，眼睛亮了起來。「你也要告訴我哦。在我回來之前，你也要跟我說尚恩的事。他答應我了，他會對你好。」

「真的嗎？」伊娃的雙手開始顫抖，她乾脆把手壓在屁股下面。

「他敢對你不好，就死定了，」歐卓吃了一大口食物。「有需要的話，我會變得很野蠻。」

伊娃想擠出一個微笑，卻笑不出來。恐懼的感覺消失了，取而代之的是受傷和羞辱。十二點了，尚恩放了她鴿子。看著時間滴答滴答地過去，想辦法撒謊安撫歐卓的感受，她覺得很痛心。尚恩的失約對伊娃來說已經夠糟了，對歐卓來說又是另一個問題。

之前那一次的粗心大意，讓她飽受傷害，她不能讓他也傷害歐卓。為什麼要花時間跟歐卓培養感情，而且，老天啊，還答應要對伊娃好——結果卻不遵守承諾？伊娃很憤怒，她放下了防衛，讓自己去信任這個人。還燃起了希望。

結了帳，帶著歐卓的行李上了叫來的Lyft，前往拉瓜地亞機場——尚恩依然音訊全無——伊娃的昏亂已經發展成一團亂七八糟的情緒。對尚恩是遏止不住的憤怒，但是歐卓要離開了，她要珍惜每一分每一秒。

趁歐卓去Hudson News買雜誌的時候，伊娃又打了兩次電話給他。最後的努力。但是沒有意義，伊娃早已經明白了理由：早午餐的壓力太大，他承受不住。這不是憑空亂想。就連她自己也覺得邀請尚恩參加專屬母女的約會，有點太快。但她本來相信，他們有更深的連結，他們的根連在一起。對吧？

或許她錯了。然後，伊娃失望到了極點。

尚恩改變主意了。想放棄她們。想放棄她。伊娃對他來說太麻煩了。到最後，他還是不想跟她在一起。接受一個女人，跟她的女兒，壓力確實很大。昨天很好玩，但是回到家，拉開了距離，他就發現他不想要一個速成家庭。

也合理。

尚恩可以過沒有負擔的放蕩人生，不需要對任何人負責。他的書讀起來就是那樣——如夢如幻、沒有束縛、全是氣氛——因為他就是那種人。悍然抗拒扎根，沒有照顧別人的義務。不需要報備行蹤，不需要出席，不需要守住諾言。

他們確實有過一段戀情，伊娃也不能怪他再度愛上她。但他讓她相信他準備好了，這就是他的錯了。

也給了歐卓錯誤的信念。

她做了座位牌。她很興奮，因為能看到我興奮的樣子。

陷入了各種情緒——羞辱、憤怒和難過——伊娃找了個藉口，說要去廁所。她覺得眼淚要掉下來了，不能讓歐卓看到。一進了廁所，眼淚並沒有落下——她盯著鏡子裡的自己，做了十二種鬼臉，也無濟於事。

你就是個大白痴，她對自己說，臉上像結了一層冰。*這一課，你要學多少次才能學會？*

排在達美航空的報到隊伍裡，伊娃突然覺得很絕望，她一定會很想念女兒。過去這個星期有很多突發的緊急事件，但歐卓一如以往，不會有事。她明年能繼續在赤夏中學就讀。她會在爸爸家玩一整個暑假，痛痛快快地，或許去過了繼母的健康水療中心後，會變得（更加）激進。或許，她能有機會體驗到初戀的滋味。雖然伊娃不在身邊陪著，但是沒問題，因為她知道她養出了一個強壯、聰穎、沉著的女兒，能照顧自己。她的寶貝長大了。

伊娃跟歐卓牽著手，走向安檢的隊伍。寶貝女兒的暑假要開始了。伊娃把歐卓一把摟進懷裡，緊緊抱著她。

「再見了，寶貝，」她放開了手。「玩得開心點，知道嗎？也要注意安全。」

「我會的——不要擔心，」歐卓微微一笑。「媽，還有一件事。」

「什麼事？」

「我知道你幫尚恩捏造了那個IKEA的藉口。我知道你很難過他沒來。但是給他一次機會吧。他人很好。我知道他是好人，說到人的個性，我的判斷力超乎想像。你會推開不安全、不確定的東西，可是媽媽，愛情就不安全，也不確定。愛情就是高風險。去冒險吧。」

伊娃目瞪口呆，不知道該從哪裡回起。她只能喘著氣大笑，笑聲很緊張。「你從哪裡學到的？什麼愛情就是高風險。」

歐卓轉了轉眼珠。「沒想到嗎？碧昂絲的《Lemonade》專輯我可是倒背如流。」

說完這句話，這名聰慧的小女孩就走了。接著，伊娃從拉瓜地亞機場叫了Lyft，直接前往赫瑞修街八十一號。她按了兩次門鈴。他沒有應門。

伊娃預料到了，他早就走了。

尚恩的確早就走了。這天早上大約七點，電話響個不停，把他吵醒了。他跳起來，在黑暗中摸著找到了手機，立刻想到伊娃可能出事了。

「伊娃嗎？你沒事吧？」

「嗨，霍爾先生。我是普羅維登斯警局的瑞德警官。」

「誰？」

「羅德島的普羅維登斯。」那個嘶啞的男聲向他解釋。

「喔，好的。」他抹了抹臉，倒回枕頭上。「這麼早打來，有事嗎？」打給我，究竟為了什麼？他心裡想著這個問題，突然湧上了一股恐懼。

「嗯，有個壞消息。」

在幾秒鐘內，他完全清醒了。

「阿泰。」

「對。」「阿泰怎麼了？」

「我現在在羅德島醫院。昨天下午，阿泰出了意外。跟一個假釋中的年輕人扭打。他中了好幾槍……看起來不太妙。」

「老天啊。天啊。什麼？在哪裡？他是不是……」

「我們只知道，槍手從他那裡偷了兩百塊。他可能認識阿泰的姊姊普琳瑟絲。他們在榆木區一棟廢棄的房子裡。阿泰提到錄音室的事情。」

尚恩盯著牆壁。他快要不能呼吸了。

「霍爾先生？」「但是，他可以撐過去。對吧？他不會有事，對吧？」

「醫生還不知道。你在附近嗎？他要找你，我找不到他的監護人。」

「我馬上就到。」

「感謝。我剛說了，他找過你。他現在自己一個人在加護病房。」

尚恩知道，那種無助又害怕的感覺——困在醫院裡，沒有可以信任的人在旁邊，沒有人在乎你是死是活。沒有爸媽衝進來救你。就是他媽的成人該做的事。

他必須信守承諾。

「好。好，OK，我馬上到。」

在狂亂中，他訂了今天早上唯一一班去普羅維登斯的班機，九點三十分起飛。回程是下午四點，還來得及參加文學獎頒獎典禮。

尚恩用清晰的頭腦下了定論，這是他的錯——因為，他別無他法，因為，他的思緒自然就往這個方向走。阿泰打電話給他，他沒有接。阿泰一直在找他，他卻忙著享受他無權享有的快樂時刻。

在旅途中間，因為擔心阿泰的情況，加上自我厭惡，他幾乎無力思考其他的事情，卻突然想到了一件事。他坐在那裡，渾身僵硬，慢慢地深吸了一口氣，立刻出了一身汗，覺得又黏又刺。

伊娃。伊娃跟歐卓。

他忘了。他忘了，因為他從來沒有被人需要的經驗。身為暢銷作家，他是很多書迷最喜歡的人。但是，沒有人真的愛過他。起碼，從小到現在都沒有。

尚恩現在有人愛了。尚恩覺得很快樂。毫無疑問地，他知道自己搞砸了。他太天真了，還以為能快樂一輩子。

但是，尚恩天生就不適合這些感覺。

下午，伊娃回到家的時候，已經放棄了希望，尚恩不會打電話來了。伊娃沒脫下早午餐的漂亮洋裝，小心地躺到了被子上，額頭上頂著冰敷袋，打電話給自己的前夫。

「伊娃！」特洛伊的聲音既清晰又熱烈，跟平常一樣。「嘿！剛送歐卓上了飛機。」

「太棒了。雅典娜一整天都在準備要給她吃的療癒食物。當然沒有麩質。都是純素的。奇亞籽冰淇淋。雅典娜太厲害了。」

「聽起來很好吃，」她很有禮貌地評論。「你呢，特洛伊，還好嗎？」

「很棒！但是，應該沒有你那麼棒吧。聽說，你有男朋友了。」

「那孩子真不能保守祕密。」

「是祕密嗎？」

「不是，應該不是吧。」伊娃把冰敷袋滑到眼睛上，壓住蹦、蹦、蹦狂跳的眼窩。她無意識地撫弄著貝雕戒指。「可以問你一個問題嗎？我是不是很難相處？」

「才沒有，」特洛伊不假思索地說。「只是，我還沒準備好。你很難懂，你知道嗎？我以為你是一個需要解決的問題。可是你需要的不是解決。你需要了解。我太年輕了，也很害怕，想不到關鍵。」

沉默了一會兒，她蜷起了身子。「特洛伊，謝謝你告訴我。」

「那，他能讓你開心嗎？我的意思是真的開心。」

「事實上，他可以。」

「我一直在想，有沒有人可以讓你開心大笑。我們在一起的時候，我覺得有人把你的微笑都偷走了。」

*確實是這樣，她心想，*抱住了肚子。

「我希望你們在一起會很快樂。」

「謝謝，」她心懷感激，能有特洛伊跟她一起撫養歐卓。「好好照顧我的寶貝，好嗎？她很堅強，但是也很脆弱。不要讓她胡思亂想，陷入書本和藝術之中。一定要叫她出去玩。她跟雅典娜的教子有約的話，一定要有大人在場。」

「為什麼？」

「還有喔，她不喜歡乳酪跟調味料。」

「我知道。她也是我的女兒啊。」他笑了起來。「歐卓沒事的。等她到了，就會打FaceTime

給你。你好好照顧自己。拜，伊娃。」

「拜拜，特洛伊。」

伊娃躺了兩個小時，無情的、猛烈的憂鬱一波波襲來。上一次離開尚恩以後，她花了好多年的時間才釋懷。或許這一次會容易一點。

等她終於起身後，她脫掉了洋裝，坐到桌前，啪一聲開了電腦。

她談戀愛不太高明。但是敘事呢？她是一把好手。

希西堅信，再過幾個小時，她會拿到最佳情慾羅曼史的文學獎。伊娃不這麼認為，但拿到的話，也能推她的電影一把。重拾活力後，她在網路上搜尋艾瑞克．康布斯，昨天認識的導演。他的IMDb頁面內容豐富，看來他是內行人。有了他的願景、悉妮的製作技藝，和她的文字，她的電影會照著她的期望拍出來。他們會促成這件事。

臉上糊滿了睫毛膏，身上只穿了男生的四角褲，她打開了《受詛咒的戀人》第十五集的草稿。明天就是截稿日，她可以寫得出來。她要化心碎為勝利，把這本鬼東西寫出來。

幾分鐘後，她什麼靈感也沒有。她乾脆爬進衣櫃，拉出一個小塑膠桶，裡面裝了三本寫得滿滿的筆記。她坐到地板上，抽出她的日記。都是很久以前的日記了，滿是灰塵，紙張也舊了。這些本子跟著她，從媽媽住過的無數棟公寓，到學校宿舍，最後來到她布魯克林的家裡。每一本的封面都用麥克筆草草寫了名字，青春期的伊娃寫的字都圓圓的。

一本給她媽媽，莉澤特；一本是外婆可洛蒂德；一本給她的曾外婆德爾菲娜。

發黃、印了橫線的頁面上填滿了筆記，取自母親半夜訴說的家族故事；通常是她約會回來，吃了鎮定劑暈沉沉的時候。網路調查。在貝兒花兒的臉書社團中匿名探詢。打電話給路易斯安那州的檔案處。從小她就想辦法搜集資料，但從未親身前往貝兒花兒。這是她一輩子樂此不疲的事，把繼承到的碎片拼在一起。這些故事是她的血脈。

興之所至，她打了電話給莉澤特。

「媽？」

「克雷？」

「誰啊？」

「什麼？」

「你現在的男朋友叫克雷嗎？我的聲音很像他？」

「珍納維伊芙，你嗓門好響。我正在睡午覺！做了一個超甜蜜的美夢，夢裡有克雷。他不是我的男朋友。」

「那他是誰？」

「專業的復活節兔子，住在附近。」有答案，沒解釋。

「很好。好啦，我也不想吵你，但是我有事情要問你。」

「一星期兩次？我真是受寵若驚。你從來不問我任何事情。」

莉澤特一直不懂。伊娃有多需要她，隨時都需要。她只是不能跟她住在一起。

「媽，你以前有一本舊剪貼簿。很舊很舊。有護角，框了黑白相片的？我想看外婆跟曾外婆的照片。不管顏色是不是都褪光了，還是拿給我看。」那本相簿，莉澤特只讓她看過兩次。「就是……你可以把那些東西都用電子郵件寄給我嗎？馬上就寄，可以嗎？」

莉澤特沉靜了一分鐘。伊娃納悶她正在做什麼。不知道她的房子是什麼樣子。不知道她穿什麼衣服。「你很愛聽可洛她們的故事。」

「我愛聽你講的故事。你很會講故事。」

「嗯哼，你以為你的才華從哪裡來的？」伊娃可以聽到她聲音裡的笑意。「多采多姿的不是只有你一個。」

「相信我，我知道。」

「DNA是很嚴肅的東西，我告訴你。」莉澤特打了個呵欠。「我馬上用電子郵件寄給你。說謝謝。」

「媽，謝謝你。」

「寶貝，不用客氣。」

不到五分鐘，五張掃描圖出現在伊娃的收件匣裡。她立刻打開來看——差點停止了呼吸。她嚇到了。

第一張照片是她的曾外婆德爾菲娜。一定是德爾菲娜，因為她看起來二十出頭，照片一角草草寫了一九二二，她的橄欖膚色確實可以裝成偽義大利人。她蹲坐在一架老福特轎車的引擎蓋上，豐潤的嘴唇和鐘形淑女帽都是財富的象徵。伊娃立即注意到她交叉在大腿上的細巧雙手，車子和精緻的服裝都變成模糊的背景。

她細巧的雙手，和她的貝雕戒指。

第二張照片是可洛外婆。雙眼明亮的美人，頂著四〇年代的勝利捲髮，聰穎的表情不像這個年齡該有的樣子。貝雕戒指則戴在中指上。

第三張照片是莉澤特本人，全名瑪莉－特蕾絲・默西耶。是選美比賽的照片——可能是七〇年代晚期，因為她頂著雪橇姐妹的髮型。她媽媽披著優勝者的披風，一臉勝利的表情，手上也戴著貝雕戒指。

伊娃的戒指不是追求者送給媽媽的禮物。代代相傳下來，融入了這些女人的愛怒與熱情。她的母系。她的家人。她們的故事，跟戒指一樣，現在都是她的了。

終於，她知道該寫什麼了。

第二十六章　六月的七天

文學獎用一個詞來形容的話，就是盛大。黑人出版界用以自我頌讚的絕佳機會。非裔移民的後代習慣把「自我頌讚」轉為藝術形式，所以他們的慶典都非常熱鬧。

此外，也是第一次對大眾開放，並且在BET.com上直播。贊助商有Target百貨公司、Cîroc酒精飲料、Essence黑人時尚網站、Nike跟美容品牌Carol's Daughter。絕對是專業生涯中的重大時刻，但伊娃覺得自己飄在矛盾的感覺中。各種矛盾的感覺。寫了好幾個小時後（邊寫邊哭，邊哭邊寫），她已經神智不清了。痛得發暈。吃藥吃得瘋了。對自己寫下的東西驕傲無比。非常想吃格子鬆餅。被塑身衣綁得發癢。當然，還有她的心緒。

伊娃滿心憂傷。她靠著寫作度過了，因為她就是這麼會寫。但是心中無助、灼熱的疼痛太痛了。忽視，無濟於事。她不想讓心痛變成她的主宰。

但是，她的決心絕對超越了她的難過。她要參加文學獎，不只因為被提名了，還有她的任務。每寫下一個字，她的目的也跟著變得更清晰。伊娃．默西聚焦未來和她的下一步，沒有人（包括尚恩跟她自己在內）能動搖她。

這個新的伊娃，自由的伊娃，再也不想被生活干擾。有多久了？她一直活在驚恐中，不敢展現真實的自我。讓別人看到她生活中的混亂，跟她為了維持表象所付出的代價，就會得到力量。

這一個星期釋放了她。不論她願不願意承認，尚恩都是主因。

跟他在一起，她覺得很自由。

叫他去死啦，她邊想邊閉緊了眼睛，希望能把他那張俊俏的臉龐趕出她的腦海。

他不是主角。我才是。佔據所有我需要的空間。抬頭挺胸，深以自己為榮。超讚的媽媽，超讚的作家，每天都要克服很可怕的障礙，就要寫出一生最佳的作品，他媽的翹屁股頂著這件洋裝。

伊娃穿著復古的Alexander McQueen，跟希西借來的。一件長袖皮質短洋裝，有銳利的肩線，是相當挑人穿的哥德風紫色（「非常像〈Disturbia〉那首歌裡面的蕾哈娜！」希西說）。因為她真心要展現真實的自己，她搭配了白金材質門環外型的耳環，跟Stan Smith球鞋。

這套衣服象徵她的作品。吉雅的代表色是紫色。賽巴斯汀的獠牙是白金材質的銀灰色。今天晚上，她要跟這兩個角色道別。

但是，現在她得先坐在Cipriani Wall Street炫目宴會廳的圓桌旁。這裡本來就很有戲劇效果，寬闊的內部像座大教堂，天花板有一英里高——今天晚上又增添了哈林文藝復興運動的變裝皇后。作者的桌子共擺了四十張，裝飾了奢華的銀色和黑色桌巾，以及從爵士時代汲取靈感的擺設——巨大的水晶香檳杯，從中流出巨大的珠串。燈飾掛得很低，地板上用聚光燈打出了「二〇一九年黑人文學傑出獎」。全女性的節奏藍調樂團穿著一九二〇年代的流蘇洋裝（打扮跟樂團的「高級黑人烤肉會」歌單不太搭，有法藍基比佛利及迷宮樂團、瑪麗·布萊姬、婷娜·瑪莉、庫爾夥伴的快節奏暢銷歌曲，也有泰迪·賴利製作的幾位歌手）。在中間有一個小舞台，跟裝飾藝術風格的講台。

就像以電影《大亨小傳》為主題的婚禮。但是沒有蛋糕，只有獎項。

這時，伊娃正為剛贏得最佳歷史小說的作家鼓掌，得獎人已經淚眼汪汪。淌著感激的眼淚，她感謝她的能量療癒師，以及李佛．波頓主持的《閱讀彩虹》——然後司儀、《最後的幫派大佬》及《黑人當道》的演員珍妮佛．路易斯宣布中場休息，吃飯時間到了——珍妮佛剛出了一本回憶錄，書名是《黑人好萊塢之母》。她穿著青綠色寬鬆長袍，繫了腰帶，戴著同色頭巾，十分華麗，像個非常時尚的算命師。

服務生送上脂肪已經凝結的炙燒雞肉，樂團奏起像極了原唱的〈Gin and Juice〉——喝得微醺的人紛紛下了舞池（貝琳達也去了，慶祝自己贏了最佳詩集）。在大廳的最後面則是站立區——大多是粉絲、讀者跟推書網紅——他們在跟作者要簽名，狂熱更新社群媒體，但被提名人則大多因為緊張，都留在座位上小口吃著雞肉。

桌次按獎項安排，每一桌都有獨特的氛圍。

最佳女性愛情小說的作者很迷人——化著煙燻妝，穿著鑲亮片的衣服，像是Bravo電視台實境秀的明星重聚一堂。最佳傳記的那一桌則坐著五十多歲的女性，有學者風範，髮型像賀錦麗，身邊坐著寵愛她們的第二任丈夫。在最佳政治／當代事務書的那桌，有六位傳統黑人大學的校友，用指頭當成兵器，在iPhone上快速發推文，身上飄出鬍鬚護理油跟大麻的味道。此時，坐在最佳運動書記的podcast兄弟正在激烈辯論NBA的選秀盛會，想讓唯一一位女性提名人留下印象——這位美女一臉無聊，她本來是WNBA球星，後來開始寫書，如果跟這兩位比賽灌籃，她絕對不會輸。

伊娃這桌則是最佳情慾羅曼史的提名人——一群看起來不像會寫這類作品的女人。情慾作家一點也不像性愛成癮的蕩婦，大多是舉止有禮的母親，穿著最好的、適合去教堂聚會的衣服。伊娃跟同桌的人認識很久了：艾班妮．布蘭尼根（《刺客的激情》）、邦妮．聖詹姆斯（《她的慾望，如此黑暗》）、喬治亞．辛頓（《情慾招領》）及蒂卡．卡特（《邪惡執行長第七部：為你淫蕩》）。她們每年都一起提名。每年的贏家都是貴婦邦妮．聖詹姆斯，她的女主角是一個性愛成癮的女人，在第二次世界大戰期間的巴黎擔任女間諜。

今年的得獎者應該也是邦妮，所以伊娃跟同桌的作家與其他人相比，都不太有壓力。其他人都緊張兮兮的，快喝醉了，但文明的情慾作家都在聊工作。

除了伊娃以外。她心不在焉地聽著女生的對話，一邊瞄著宴會廳的大門。尚恩還沒來。他應該不敢來了吧？如果他來了，她要怎麼辦？

都無所謂了，她邊想邊把香料飯塞進嘴裡。

「艾班妮，做了水晶指甲後要怎麼打字？」喬治亞問。

「那種喀噠喀噠的聲音，聽起來很有勁。」她甩了甩手指。「ASMR！蒂卡，你最近在幹什麼？」

「我開了共同線上課程，教羅曼史寫作。」

「好棒啊。」伊娃說，她根本不知道什麼是共同線上課程。

「最近的工作坊要教學生寫到性愛場景時怎麼把保險套也寫進去，」蒂卡用模仿上流社會的聲音說。她來自阿拉巴馬州的加茲登，可是講話的方式好像影集《王冠》裡的演員。「我們有責任要提倡安全性行為。」

「媽呀，拜託你，」喬治亞發出嘲弄的聲音。「情慾小說女王贊恩說過，如果因為我的主角在配偶探視時讓她妹妹孩子的爸爸赤身裸體，讀者就選擇不採取安全措施，那她的問題不是用保險套可以解決的。」

蒂卡挑起了一邊眉毛。「贊恩說過這種話？」

「嗯，差不多是這個意思啦，」喬治亞喘了口氣，換了話題。「伊娃，這位太太，最近在幹什麼？」

「我嗎？」陷入沉思的伊娃還沒準備好貿然加入對話。「沒什麼，幾乎都在聽講謀殺的podcast。」

蒂卡用叉子向她指了指。「第十五集不是要出了嗎？」

「噢，」她臉上浮現了恍惚的微笑。「你知道的，我很迷信。我不能跟別人聊現在在寫的東西。」

「伊娃，一直這麼神祕。」蒂卡報以假笑，喝了一口Prosecco。

「非常神祕，」艾班妮表示同意。「聽說你有男朋友了！什麼時候的事啊？告訴我們到底是幾點。」

「別鬧她了，」邦妮終於開口了。她是一個務實的人，六十多歲，不論在做什麼，看起來都像她寧可花時間追《227》。「這裡又不是學校裡的咖啡廳。」

不是嗎？伊娃心想，看到坐在宴會廳另一邊的希西傳了一大堆簡訊來。稍早的時候，伊娃告訴她尚恩失約的事情——現在後悔了。

今天，下午 9:23

希西女王

親愛的，你還挺得住嗎？

今天，下午 9:25

希西女王

他有消息了嗎？

今天，下午 9:29

希西女王

如果他不來，我就殺了他。不對，我會讓你先殺。

今天，下午 9:33

希西女王

伊娃！看一下你的臉書社團。我會負全責。我已經在打草稿了，我要寫信給餐飲公司，派對上有一個服務生在窺探你們。紅頭髮那個。我怎麼知道她是《受詛咒的戀人》狂粉？她看起來很有經驗！

伊娃現在沒辦法面對希西的簡訊，她也絕對不想去看她的粉絲社團。接下來就是她的獎項了。她只想把頭抬高，看完頒獎，然後回家。她張了幾次嘴，想加入對話，但喬治亞的工作經驗談像放連珠炮，根本找不到插嘴的地方。她很愛用羅曼史作家的行話，聽了讓人惱火。

「……在我最新的作品裡，我無法決定要給女主角HEA還是HFN。」（從此以後一直幸福快樂，跟只追求當下的快樂。）

「她的男人配得上快樂的結局嗎？」艾班妮問。

「難講。他介於沙文男跟沙文渣男之間。」

「我好愛寫沙文渣男，」蒂卡嘆了口氣。「誰不喜歡性感壞男人呢？」

「大家都常高估性感壞男人。」伊娃喃喃自語。

「你的吸血鬼賽巴斯汀就是沙文渣男，他超讚的。」艾班妮大聲讚嘆。

「他不是吧？」伊娃反駁。「每次跟吉雅做完愛，他醒來的時候，就離她半個世界遠。他知道因為詛咒，他們注定要分開。但他還是要跟她上床。一點也不性感，」她用力甩了甩頭髮。「只是病態。」

「吉雅也該負責任吧，」喬治亞指出。「她不是典型的TSTL女主角」——生活白痴——「不過也差不多了。我沒有惡意吶。」

「我知道。吉雅絕對是TSTL。」伊娃表示贊同，眼窩也開始顫動。

可以等一下嗎？她心想。我現在沒辦法處理偏頭痛。先讓我度過今晚吧。

「她是有法力的女巫，」伊娃邊說邊在包包裡撈她的軟糖。「但在我的書裡，她都要努力施法，回去找一個憂鬱的吸血鬼。如果吸血鬼獵人敢去跟蹤她的男人，就倒楣了。她從沒想過要救自己。要找出破解詛咒的方法。或至少對著某個普通人下愛情的魔咒，才能享受正常的戀情。」

「可是，那就結束了。」蒂卡說。

伊娃軟弱地一笑，太陽穴痛得像插了刀子。「對啊，不就是這樣嗎？」

她的話還沒說出口，就出了一身冷汗。宴會聊天聲十分噪雜，舞池傳來喧鬧的笑聲，樂團的低音樂器轟隆作響（現在激動地唱起了702樂團的〈Where My Girls At〉），再加上這桌的對話，她起床時的輕度偏頭痛突然暴增到「可能引發嘔吐」。

她需要趕快來一劑止痛針。

「親愛的，沒事吧？」坐在她旁邊的貴婦邦妮輕聲問。其他人還在聊她們的沙文渣男。

伊娃點點頭，吞下了軟糖，用菜單搧了搧自己。她像是著火了。

「我知道了！」邦妮捲起Chico外套的袖子，抓住伊娃的手腕，然後突然把她的雙腕壓到她的杯子上，裡面裝了冰涼涼的雪碧。伊娃嚇到了，驚叫了一聲。但是，用不了幾秒，她覺得冷靜下來了。速度媲美機關槍的心跳甚至緩和了一些。

「更年期的招數，」邦妮眨了眨眼，她這招還真有效。「聽我說，不管是什麼問題，你都能克服。我們有膽量，也有魄力。勇敢又進取。」

「下一本書的標題就用這個吧。」伊娃顫抖著，勉強擠出感激的微笑。她很快地推開椅子，說：「失陪了。我得打個電話給我女——」

話沒說完，她就住嘴了。每次痛到要打針時，她就抬出這個藉口。她也養成了依賴性，是時候改變了。所以，她決定採取全新的做法。

「你們知道嗎？我其實不是要打電話給歐卓。」伊娃挺起了胸膛。「事實上，我……我有一種看不見的障礙。」

「看不見的什麼？」艾班妮問。

「障礙。我的頭快炸開了，真的很難受，難受到在我眼中，艾班妮的鼻子跟臉模糊不清，我也很擔心我可能會吐在這件借來的Alexander McQueen洋裝上。我的視線邊緣像是磨破了，還會捲起來，就像紙張著火了。你們能想像嗎？我小的時候以為每個人都有偏頭痛。二年級的時候，我告訴老師，她以為我媽給我吃了LSD迷幻藥。真的，不誇張。」

邦妮抓住了她的手。「哎呀，親愛的。你要不要來一顆阿斯匹靈？」

伊娃忍不住笑了。

「邦妮，謝謝，但是不用了。如果阿斯匹靈有用，我會變成一個完全不一樣的人。像克莉絲·泰根一樣活得輕輕鬆鬆！跟h好脾氣的流行樂舉行結婚，主持競賽節目。也可以當推特上最有趣的人。我可以比泰根還泰根。」

伊娃說個不停，沒注意到其他人看著她，好像以為她瘋了。

「說老實話，我剛吃了止痛藥。現在我要去女廁，給自己打一針Toradol。」她往自己的大腿戳了一下。「沒事啦，我一天到晚在打。想多吃一點雞肉的話，可以把我的拿去。免費的蛋白質，幹嘛浪費呢？十分鐘後再見啦！」

伊娃開始口齒不清了；視線也變得模糊——但是感謝上帝，她異常興奮。就一個小小的（但極其重要的）坦白！她覺得放下了包袱，釋放了。勝利地咧嘴而笑，她很有自信地離開座位，大步穿越無恥。她按著太陽穴，像彈珠機裡的彈珠，穿過人群構成的迷宮——卻被卡利勒從側面撞了上來。他攬住她的腰，一個大動作讓她往後一倒。她毫不遲疑地用手肘攻擊他的肋骨，並忽視他的哭號（「姐，這種暴力有意義嗎？」），走向宴會廳後方。

在她和通往大廳的出口之間只留下站立區的粉絲、讀書會成員及Goodreads的比賽得獎人，來支持自己最愛的作家。他們充滿活力，穿著T恤，背包上印著自己最喜歡的書。一個女人的打扮完全模仿蒂芬妮·哈戴許《最後一隻黑色獨角獸》的封面照。另一個女人則想說服塔雅莉·瓊斯在她的 iPhone 手機殼上簽名。

伊娃掃視著人群，想找到開口，這時她注意到後方的一群人。他們聲音特別響。身上的顏色特別鮮豔。

而且很面熟。他們是……等等……

等一下。

穿著球鞋的她大概只有一六〇公分，踮起腳尖，她看到了女巫帽、掃把、白金的S戒指。

一個女人舉著標牌，上面是伊娃跟尚恩一起吃冰淇淋的照片。她用麥克筆寫了祝福伊娃跟她真實生活中的賽巴斯汀今晚得大獎！有個男人把尚恩的照片轉印到T恤上，加上《受詛咒的戀人》第一集裡面寫的：「他的眼睛是一種奇怪的青銅色，像是一杯被陽光照亮的威士忌。」

另一個女人的紅銅色鮑伯頭看起來非常眼熟，她揮舞著手裡的海報，上面寫高中時代的戀人→最暢銷的作家！#SebastianAndGiaAreReal（賽巴斯汀跟吉雅確有其人）。

高中時代的戀人？可是……沒有人知道……

伊娃眯起眼睛看著那個女人。紅髮鮑伯頭。她一把摀住了嘴。在希西的派對上，那個在她旁邊晃來晃去的服務生！她立即打開臉書，查看最新的社團文章。

《受詛咒的戀人》團隊社團

重大粉絲消息……

在布魯克林的一場派對上，我看到伊娃跟尚恩・霍爾。非常親密。我偷聽到，他們高中時就是男女朋友。我也偷聽到，他就是賽巴斯汀的原型。孩子們，我們找到我們的賽巴斯汀了。

#staycursed

伊娃的偏頭痛讓她五官都要融化了，糟到不合理的地步。現在，她還發現，她最好的朋友可能不小心雇用了一名《受詛咒的戀人》粉絲來分送蝦子。

伊娃滿心恐懼。她想釐清真相——對著那個偷聽的服務生走過去，命令她不准再散布謊言。

可是……她沒有說謊。尚恩確實是賽巴斯汀。他們念高中的時候確實是戀人。每個作者都有靈感的來源，她的繆思正好是個真人。這是真相，也是她的過去，不需要隱藏。

這些消息要是在一個星期前曝光了，她就死了。可是在今晚，伊娃願意接納。她確實做過這件事。這些年來，她確實把粉絲攪進了這股狂熱中。她終於看到，他們的投入讓她必須繼續寫下去。對她來說，賽巴斯汀跟吉雅是重擔。但對讀者來說，他們是生死與共的愛情。他們要支援的目標。

那時，即使頭痛欲裂，愈來愈想吐，她突然心中一片清明。這就是她不想要的東西。她想要穩定的愛情。平凡到不能寫成小說的愛情。累積日常生活中微小卻平凡的時刻——而不是高風險的起起落落。她想要一段不論什麼時候、都是由她自行選擇的愛情。

她忍住了淚水，穿過人群。趁著看到她的人還沒反應過來，伊娃突然熱情地抱住一個戴著白金獠牙的粉絲。

大家跟著驚呼了。

「伊娃．默西，只要我還有一口氣在，我就支持你！」戴著獠牙的粉絲大聲說。「你為什麼抱我呢？」

「感謝你多年來的支持。這裡有好多厲害的作家，你卻挑了我。謝謝。」說完，她就往出口走去。沒有重擔，沒有束縛。

尚恩在大廳裡來回踱步，門縫中傳來降低音量的音樂聲跟掌聲。他已經踱步踱了好久，開始擔心自己沒有勇氣走進宴會廳。

大廳裡空無一人，只有幾個攝影師跟初級公關人員在攝影背板前逗留。門不時打開，讓人匆匆通過進入休息區。但是沒有人去煩他，也不意外。他的表情讓人望而卻步，不敢攀談。

在機場的廁所換裝後，他用最快的速度，沒來得及檢查自己的外表。他視線矇矓，沒刮鬍子，穿著Tom Ford的鈷藍色西裝；他不記得買過這套衣服，也不記得自己帶了這套衣服。從頭到腳都痠痛無比，身上的每一條肌肉都繃緊了一整天。什麼都沒吃。仍覺得天旋地轉。他失去了阿泰。

尚恩到醫院的時候，阿泰已經接上了呼吸器，沒有反應。尚恩握住他又大又軟的手，希望他能醒來。他跟他討價還價，允諾阿泰他會盡一切努力保護他的安全，每個月會去一次普羅維登斯——兩次也可以。他會在城裡買一間公寓，阿泰可以住在那裡。尚恩告訴他，他再也不需要為了錢鋌而走險，他會供給阿泰一切需要。最後，他反覆唸誦行星的名字，唸到聲音哽咽，因為徒勞無功無法繼續下去。

沒有用。阿泰走了。尚恩只能跟他道別。

失去了阿泰，感覺好沉重，好刺痛。雖然覺得被掏空了，他還是逼自己向前。他現在只能認真思考要對伊娃說什麼。

這一次，他要做好準備。不要像一個星期前的突然現身一樣，即興發揮。對伊娃要慎重一點。

他在飛機上寫了一整篇講稿。

開著租來的車前往文學獎時，他在車上反覆練習。

現在來回踱步時，依然在演練。

尚恩做好了準備。但伊娃猛然衝進大廳的時候，他嚇到了。

她的呼吸急促紊亂，又縮了縮身子，用指節壓住太陽穴。他看到她的表情一暗，接著……空無一物。她面無表情，變得有如堅冰。

尚恩把背好的講稿都忘光了。

「哈囉，」她說。

「嘿，」他的聲音嘶啞，自己都不認得。他好幾個小時沒開口了。他清清喉嚨，對著她走過去。她把雙臂交叉在胸前，他接收到了訊息，在離她幾英尺的地方停下腳步。

天啊，伊娃實在太美了，即使現在她冷漠無比。尚恩的胸口一緊。

「對不起。」他擠出了一句道歉。

「不用道歉。」

「我可以解釋。」

「我也可以。」她的口氣乾淨俐落，往前站了一步，

拉近兩人的距離。「我相信你有很好的理由，才會放我們鴿子。可能你忘了。可能速度太快，你承受不住了。也合理。但是，你不只對我失約；你也對我女兒失約。你不能答應小孩一件事，然後人就不見了。」

這句話就像對著他的下巴重重打了一拳，只是伊娃不知道理由。

「相信我，」尚恩說。「我知道。」

「只是不重要的早午餐，但是我以為……」伊娃閉上嘴巴，吞了口口水，又開口了。「我知道，才過了一個星期，可是感覺……」

「很久很久。」他說著又哽咽了。

就在此刻，一群女人衝過了大門，前往女廁，宴會廳的聲響充滿了大廳。她們匆匆經過，沒有理他們。

「對不起。我很抱歉，讓你們失望了。歐卓……真的很棒。你們兩個，我都配不上，我……我從來沒有對誰負過責任。第一次碰到。我還不知道該怎麼辦。」

伊娃靠近他，掃視著他的臉龐。他不敢看她的眼睛，但他可以想像到她看到了什麼。兩個大黑眼圈，兩天沒刮的鬍碴，五官都刻著悲慟。

「看著我的眼睛。」她說。

尚恩的視線與伊娃交接時，他的心燒了起來，爆開了，就像壽命將盡的電燈泡般即將熄滅——他不知道，為什麼生命中最甜蜜的事情都會沾染悲劇。

「你怎麼了？」

他抓抓下巴，把手塞進口袋裡。剛才那群女人又衝回了宴會廳。伊娃跟尚恩聽到珍妮佛・路易斯要求大家回座，準備頒下一個獎項。

他們仍站在原地。

「告訴我，發生了什麼事。」她輕聲說。

「我有一個學生，受了槍傷。」說出他的名字。「阿泰。他……沒有人可以幫他。他一個人在醫院裡，很痛，沒有爸媽照顧。就跟我們一樣。你記得嗎？」

伊娃瞪大了眼睛，點了點頭。

「他打了好多通電話。但我沒時間理他——我覺得很快樂，就不想管他。我他媽的快樂死了。」尚恩搖搖頭。「今天，他死了。他就這麼走了。十三歲。才十三歲。我答應他我會隨傳隨到，可是我沒理他。」

「尚恩。」

「可能，碰到我的人就會這樣。我不配得到家人的愛。我不能——」他被打斷了，伊娃抱住了他——她抱得很緊，他快不能呼吸了。「別說了。你當然會有家人愛你。不是你的錯。」

尚恩失去了感覺，不知道怎麼反應。但是，過了一會兒，他環住了她的腰，讓她貼緊自己。終於，他覺得肌肉放鬆了。他無力地靠著她，把臉埋進她的頸窩裡，釋放他的悲慟。

「不是你的錯。」她反覆地說，親了親他的太陽穴。

尚恩點點頭，但是她的話沒有意義——就是在一個人難過的時候，其他人必須對他說的話。他還是把她抱得更緊了一點，用拳頭攥住她的皮洋裝。

不知道到了什麼時候，他們聽到宴會廳裡模糊不清傳來珍妮佛．路易斯的聲音，宣布下一個是伊娃的獎項類別。

「時髦的人兒，快回座位！現在要頒發最佳情慾羅曼史！性愛作家，你們在哪裡？我說啊，要是我把滿腦子的髒東西寫出來，你們都要失業了。邦妮，我看到你了。你知道的，我比你更下流！」

「輪到你了。」尚恩說。

「我知道。」

兩人仍抱著對方，動也不動。他們聽到遠處珍妮佛的聲音對著麥克風轟隆作響，要文學獎的主席把信封遞給她。她開始唸出被提名人的名字。

「不是你的錯。」伊娃又說了一次，這次提高了音量。

尚恩心想，說不定她是對的。或許真是這樣，這些事都不是他的錯。或許，這世界上真的有人能放自己一馬。或許，如果他沒有害死養母，沒有在伊娃醒來前消失，在阿泰需要他的時候也陪著他，他就可以放過自己。如果他無法赦免自己，原諒自己，他就無權跟伊娃在一起，藉此逃避問題。他只會把這些魔鬼帶進她的生命裡。

此時，有生以來第一次，尚恩放下他非常想要的東西，做出第一個真正負責任的決定。

「不行，」他說。「我們不能在一起。」

伊娃輕輕嘆了一口氣，脫出他的懷抱。她捧住他的臉，讓他把額頭靠在自己的前額上。

「不行，你還做不到。」

「還有路易斯安那……」

「我自己一個人去吧，」她的口氣很確定。「沒關係。」

「我不想讓你或歐卓難過，」他的聲音帶著認命的悲傷。「我還不夠好，配不上你們。可是我願意努力，變得更好。我向你保證。」

尚恩不敢相信要結束了，他們的戀情如一縷輕煙，一下就消散了。他實在不知道伊娃在想什麼。她看起來很堅定，下定了決心。

「不要向我保證，」她低聲說。「我們的承諾不能長久。」

「伊娃……」

「不要苛責自己。」

「我盡量。」

「你會喝酒嗎？」

「不會。」

「會自殘嗎？」

他的眼中閃過無比的傷痛，伊娃放開了他的臉頰。

「尚恩，怎麼了？」

「離開你，比什麼都痛。」

伊娃的呼吸變得急促，她閉上眼睛，想忘掉他臉上令人心碎的脆弱。沒想到，第二次失去尚恩，雖然已經是成人了，她依舊心如刀割。

太難受了。然後，在他察覺不到的情況下，她裝出堅強的樣子，純屬珍納維伊芙的那種裝模作樣。她交叉雙臂，抬起下巴，表現出勇敢的模樣。

「我有一個想法。或許，我們應該把彼此放進回憶。」她用力聳了聳肩。「你知道的，每十五年見一次，六月，七天。留下一些回憶。然後繼續人生。」

「或許吧。」他看著她。

珍妮佛．路易斯又從宴會廳裡傳出來。「得主是……」伊娃跟尚恩依然站在原地不動。

「伊娃．默西！得獎作品是《受詛咒的戀人》第十五集！」

尚恩立刻把她擁進懷裡，一臉開心。她無力地放下舊時的武裝，讓自己盡情享受他的擁抱，吸入他的氣息。最後一次吧。

「你得獎了，」他輕聲說。「你得獎了！」

她轉過臉，對著他。他吻了她，這時候顧不得剛才說的話了。輕柔的、又苦又甜的、流連不去的吻，穿透了她的身體。

伊娃輕聲說：「但我也失去了你。」她的聲音好低，低到尚恩以為是自己的想像。

站到講台上，伊娃抓住了冰涼沉重的獎牌。燈光令人目眩，彷彿把飛刀插進了她的太陽穴，也看不清楚台下觀眾的臉——太好了。天曉得，她根本沒準備得獎感言。

「謝謝大家。真的，只想說謝謝大家。你們應該無法想像這個獎對我有什麼意義。我跟書中的角色一起成長。他們在我的DNA裡。我很驕傲，我的讀者跟我一樣愛他們。所以，要說這句話，我也很難過：不會有第十五集了。」

在後方揮舞著女巫掃把的男人發出刺耳的尖叫聲。

「對不起。」她吞了一口口水。「我有半輩子都藏在這些人物後面。我一直都在躲避。這麼多年來，我一直很害怕。不敢深究自己的身分，就怕找到不堪入目的歷史。可能會遇到妖魔鬼怪，可能會挖掘出祕密。最好都埋起來。我以為，如果心裡有惡魔，我就不能成功。但是，一個完全體悟的人，心裡一定有魔鬼吧？沒有人期待男人要完美無瑕。女人就該承受大大小小的創傷，繼續活下去。扛起全世界的重擔。但是，整個世界都在跟我們作對的時候，最糟糕的做法就是把不好的東西埋起來。面對這些事情，我們才有能力去反擊整個世界。

「我寫了吉雅，一個全力保護男友的女巫，但我不想寫了，我要為自己奮鬥。我甚至不確定我是誰了，因為我躲了好久。但我確實知道，我是德爾菲娜的曾外孫女、可洛蒂德的外孫女，跟莉澤特的女兒。我的家族有好多好多怪人、外人、格格不入的人。我自己就適應不良。我只想為所有人發聲。我要開始寫她們的故事，也是我的故事。

「但我會一直感激《受詛咒的戀人》，跟我的讀者。我真希望，能給你們一套完整的書，綁個蝴蝶結送出去。但是我不能。這是一個我不想結束的愛情故事，怎麼寫得出結局呢？」

說到最後這一句，她快說不出話了。

「不論如何，」她繼續說。「謝謝大家。謝謝你們讓我為你們而寫，還寫了這麼久。」

一個小時後，尚恩上台領取藍斯頓．休斯的終生成就獎。他站在講台上，保持緘默，過了五秒，十秒。二十秒。沒有人看得懂他的表情。

除了伊娃以外。

最後，尚恩把麥可風朝上，說了七個字。

「給適應不良的人。」

他簡短的感言上了推特，被瘋狂轉推，《受詛咒的戀人》和《小八》的粉絲都開始自稱#MisfitHive（適應不良群），就這樣，二〇一九年的文學獎落幕了。

後記

七月四日，在貝兒花兒，午夜時分。珍納維伊芙·默西耶，很久沒回到家鄉小港口的孩子，坐在姐姨家客房的窗前，望著窗外。除了偶然照亮夜空的爆竹，外面是絲絨般的一片漆黑，屋外的湖水反映出彩虹的顏色。

地平線看起來無邊無際，非常完整。世界上彷彿就只有那個沼澤湖泊跟充滿戲劇效果的天空。適逢美國國慶——伊娃覺得充滿勇氣，

於是拿起了電話。

今天，上午 12:47

伊娃：不會太怪吧。只是想知道你好不好。

尚恩：噢！嗨！我很好！

伊娃：太好了！真的很好嗎？

尚恩：不好。我很難過，努力讓自己不難過。一直在找事情做。每天跑八英里。研究健康飲食，應該說又在研究。

伊娃：是嗎？你吃了什麼？

尚恩：這個嘛……我去了Whole Foods，不知道吃什麼，結果去小酒館吃晚餐。你吃過Entenmann的檸檬糖霜蛋糕嗎？都是不天然的成分，他媽的好吃。不知道。可能我已經在苦苦掙扎了。我真的不知道該怎麼度過悲慟。

伊娃：沒有人知道該怎麼做。你要不要找心理治療師聊一聊？

尚恩：或許吧。別說我的事了。告訴我貝兒花兒怎麼樣。我想知道。

伊娃：這裡是天堂。又濕又熱，鬧鬼的天堂。充滿了生命力。感覺就像，很多人三個世紀前在這裡定居下來，就不走了。所有的居民都是親戚。超市的收銀員問我「我是哪一家」，我說我姓默西耶，她舉出了九項證據，說我們是表親。這個小港口的人個子都不高，農場跟田地傳了好幾代，故事、恐怖、憤怒、才華、恢復力、秋葵湯跟文化也傳了好幾代，我覺得好自在。每個人都長得跟我好像！

尚恩：每個人都跟你很像！他媽的，太美妙了。

伊娃：☺

尚恩：伊娃，聽起來很具啟發性。可以打電話嗎？我想聽你的聲音。

伊娃：我還沒準備好要跟你講話。

尚恩：好吧。我懂。看到你的簡訊，也就夠了。

兩天後……

一如往常在曼哈頓下城跑了八英里後，尚恩倒在華盛頓廣場公園中間的草地上。他渾身是汗，黏黏的，心情很不好。照理說，跑步應該要讓他覺得很開心。在跑步時，確實很開心。但是跑完後，心跳如雷，胸膛發熱，最黑暗、埋得最深的思緒突然出土了，既清晰又響亮——這時，他只想做一件事。可是，還不行。尚恩不想冒險，不想傷害她，必須找一個自救的方法。

他想跟她聊天。

尚恩平躺在地，離一群正在冥想的哈瑞奎師那學員只有六英尺——她的簡訊傳來時，他就是這個模樣。

語音記事。就是她的聲音。

「尚恩？嗨。我說過，我還沒準備好跟你講話。現在還是不行。我還不能聽你的聲音，但我知道你心裡難過。所以，讓你聽到我的聲音，應該有幫助吧。我就講一下，好嗎？唔。要從哪裡說起？嗯，我住在妲姨家。我在『貝兒花兒克里奧爾』的臉書粉絲頁發文，說要找租屋處，她就來跟我聯絡了。她全名是艾妲。在這裡，有兩個字的全名太長了。還有，她其實不是我的阿姨；她是我外婆第二任丈夫的姪女，不過沒有人管這麼多。你應該會喜歡她，因為……」

尚恩閉上眼睛，咧嘴一笑，雙手疊放在胸膛上，慢慢進入了夢鄉。

同一天……

今天，下午 3:23

尚恩：在幹嘛？

伊娃：縮在牆角。

尚恩：為什麼？沒事吧？你怎麼了？

伊娃：我快嚇死了。姐姨的房子好迷人。但是，他們家從一八八〇年代就住在這裡。超級老的房子，有負子蟲，現在我床上有一隻超大的。

尚恩：超大，有多大？

伊娃：像克里斯．克里斯蒂，好嗎？像菲爾舅舅。超級大。

尚恩：太好笑了。你在南方，對吧？你必須習慣。想辦法把牠弄進玻璃罐，放到木蘭花樹的樹蔭下，倒一點薄荷茉莉酒，然後快跑。

伊娃：我看到姐姨用大拇指壓碎了一隻。就在廚房的流理台上。喀嚓一聲，好像有骨頭一樣啊，尚恩。我就崩潰了。你知道的，我覺得姐姨跟親人一樣。但是她摁死蟲子的時候，我突然發現……哇，太太，我們是不同世界的人。對不起，要走了，牠在動了！

過了一天……

今天，下午 2:40

尚恩：你被負子蟲吃掉了嗎？

伊娃：對啊，我在牠的喉嚨裡給你發簡訊。在幹嘛？

尚恩：那裡很潮濕，我在擔心你的頭痛。

伊娃：要聽真話嗎？快痛死了，就是現在。還躺在床上。

尚恩：可惡。我可以幫得上忙嗎？小港口有沒有Seamless？

伊娃：吃不下，整個反胃。你可以幫一個忙，你知道嗎？講故事給我聽。原創的故事。說老實話，不要故事，寫一首詩給我吧。

尚恩：你的要求好高。唔。我根本不會寫詩，但是我懂你要什麼。等等啊。

尚恩：……

尚恩：……

尚恩：從前從前有個女孩，她的名字叫伊娃 我一看到她，就喜歡上她 真希望我能住進她的酒窩裡但願人生也能那麼簡單地離開她，我就是個大傻瓜 從前從前有個男孩，他的名字叫尚恩為了不讓她痛，他不忌諱殺人放火只願能回到過去，改變從前要是這首詩還不算爛透了伊娃也只能怪她自己了

伊娃：這是我這輩子最愛的詩了。

尚恩：還有改進空間，但是我想不到怎麼跟珍納維伊芙押韻。

第二天……

費比安娜．杜普雷太太——大家都叫她費媽媽——已經一百零一歲了，頭上纏著銀白色的髮

辮，顴骨就是標準休休尼人的樣子，沒有牙齒。整個小鎮的人都認識她，她是數學老師，已經教了四代貝兒花兒的孩子——在聖法蘭西斯教堂後面那間很小的學校裡，這所教堂是美國第一座由黑人建立的教堂，也是貝兒花兒的中心。費媽媽認識德爾菲娜、可洛蒂德、莉澤特跟其他默西耶家族的人——伊娃就打了個電話去費媽媽的祖父建造的農舍，費媽媽跟她孀居的姪女住在那裡。

姪女給伊娃送上了一些小點心（肉餡餅、果仁糖、兩片胡桃派、茶點跟檫木茶），伊娃在費媽媽搖搖欲墜、刷成白色的門廊上坐下。靠在籐編躺椅上的費媽媽開始娛樂伊娃，說起過去的故事。精準度令人目眩。費媽媽不記得早餐吃了什麼，卻記得一九三九年她帶頭抗議，不該讓青春期的可洛蒂德接受驅魔。

「你外婆在大太陽下工作，突然就發作了，頭很痛，什麼毛病都有。她生病了，但是跟巫術沒有關係。她爸爸是個傻瓜，被她嚇到了，就是那樣。一九三九年的秋天吧，他的背很痛，他認為是可洛害的。耶書、馬迪、謁瑟夫。」耶穌、瑪利亞、約瑟夫。「他背痛，因為玩女人，賭馬又賭輸了，跟他自己的女兒沒有關係。男人的不幸為什麼要怪到女人頭上？我啊，就沒有結過婚。不不不，不用了，我不是那種瘋女人。我才不想卑躬屈膝，忍耐男人。反正，可洛長大了，嫁了一個跟她爸一模一樣的男人。膽子很小。有一年春天，他們種的東西都乾掉了，先生跟爸爸跟同樣那個神父，奧古斯丁，第二次幫她驅魔。她也不反抗。安靜了好幾個月。然後在小屋裡開槍殺了她先生。大家都說，他在小屋裡唱聖歌，神聖的歌詞刺激了她身體裡的魔鬼，她就開槍了。我才不相信。你外婆才沒有魔鬼。她一直學不會直式除法，但是她很乖。飯煮得超棒。開槍也超準。」

伊娃專心聆聽，但一下子就陷入了沉思。有生以來第一次，她看到自己與先人非常不一樣。她應該是家族裡第一個得到愛情的女人，幾乎啦。

德爾菲娜、可洛蒂德跟莉澤特一直都不能依靠她們的男人。因為那些男人不容許她們展現自我——處處打擊她們真實的靈魂。但對伊娃來說，尚恩正好相反。

費媽媽還想透露更多細節，但這時伊娃的手機響了。伊娃連聲道歉，急忙走下門廊的台階，坐到舊輪胎做成的鞦韆上；鞦韆掛在一棵老無花果樹長滿樹瘤的粗大枝幹上。

「嗨，媽咪。」歐卓的聲音如鈴聲一般清晰，聽起來很興奮。

「親愛的！我好想你啊。」她氣都快喘不過來了。上次跟歐卓講電話，已經是三天前的事情。

「我收到包裹了！裡面有你的貝離戒指，」她的聲音充滿熱情。「我嚇到了；你真的要給我？」

「真的。我覺得，現在應該屬於你。」

「為什麼？」

「說來話長。等見面時我再告訴你。」

「好啊。媽咪，還有啊。有件事，很急。」歐卓壓低了聲音。「我跟爹利福尼亞的朋友在購物中心，剛好碰到『他』。」

「不會吧。」

「我發誓。我們四個人，買了冰淇淋在那裡聊天……呃，他好帥啊，但是我不知道他喜不喜歡我。我不知道怎麼撩他。」

撩！接下來這五年，伊娃要怎麼活？「嗯，」她冷靜地開口了，「你們在幹嘛？」

「剛才這個小時嗎？不理他。我連看都不敢看他。好難喔；我寧可跟他當朋友就好。」

「但是……你們已經是朋友了，不是嗎？」

「天啊老媽你什麼都不懂！」

「親愛的，旁邊還有人，不要那麼大聲。」伊娃瞥了一眼門廊，看到費媽媽睡著了，一頭銀髮在燦爛的陽光中閃閃發亮。

「媽咪，霍爾老師好嗎？」

「應該很好吧。但我想聽你說『他』的事情。」

歐卓不理她，說：「他要到我的學校教書，你會不會覺得很奇怪？是說，你們沒事吧？」

「歐卓，我們是大人了。沒事的。我們還是朋友。」

「對啊，他也這麼說。噢，你下次找他的時候，跟他說，我的繼母雅典娜有一個皮樣囊腫。醫生取出胞囊的時候，裡面有指甲。」

「你們究竟聊了什麼？」

「照我的話告訴他，就對了。愛你唷，拜！」

然後，就碰到了意外。伊娃想從輪胎鞦韆上起來，腳卻纏住了掛著的繩子。她絆倒了，跌到地上，古老的樹枝啪地一聲斷了，對著她落下。斷裂的那頭落在地上，離她的脖子只有幾英寸。她差一點就死了。

這不是第一次，伊娃曾有兩次瀕死的體驗。第一次在威斯康辛大道的那棟房子裡。第二次則是差點被快樂棒害死。這是第三次了。

伊娃相信徵兆。她知道她要碰到驚天動地的大事了。只是不知道是什麼事。

等她終於把自己跟鞦韆分開，拍掉牛仔短褲上的灰塵，對著自己罵髒話，卻看到費媽媽醒來了。

老婦人笑了笑，發出輕快的笑聲。「默西耶家的女人。你們確實很容易把自己纏起來，對吧？」

三天後……

今天，下午 3:14

尚恩：我要離開赫瑞修街八十一號了。

伊娃：你不是租了整個夏天嗎？

尚恩：我當時沒想要待那麼久。唉，現在得找新房子了。我現在在皇冠高地，要去看一間公寓。甘迺迪炸雞是在搞什麼？學肯德基嗎？

伊娃：你可以住在我家。

尚恩：絕對不行。那就太過分了。

伊娃：不會，不會的！到暑假結束前，我家都沒有人。你可以幫我看家。真的，那就幫了大忙了。

尚恩：感覺好奇怪。

伊娃：一點也不奇怪。

尚恩：你確定嗎？

伊娃：確定，別再問了。還有，皮樣囊腫是什麼東西？

尚恩：啊，你跟歐卓講到我了。

伊娃：不是，我們說的是她的繼母雅典娜。她有一個皮樣囊腫。

尚恩：可以問歐卓雅典娜有沒有拍照。

那天傍晚……

今天，下午 5:35

伊娃：嘿。我剛到紐奧良。我找到曾外婆德爾菲娜的房子了。那個不知道為什麼，就拋棄了剛出生的可洛外婆，搬到紐奧良，扮成偽義大利人的曾外婆，記得嗎？我找到她家女僕的曾孫女，一起喝咖啡。她說曾外婆並沒有丟下可洛。德爾菲娜的丈夫看到剛出生的可洛膚色很深，不像他們兩個，就說她偷人——那時他們正在聖法蘭西斯教堂望彌撒！他就把她趕出小鎮。她當然沒有偷人。我們都知道，黑人有不同的膚色，深淺程度也有不同。但是德爾菲娜一直不能原諒自己拋下了孩子。你記得嗎？她在浴缸裡溺死前，用唇膏在浴室的磁磚上寫了一句話。偽白成功，意思是能裝成白人的黑人。她不光寫在牆上，聽說，還寫在自己身上，全身都是。她的白人兒子付了一大筆錢給紐奧良警察局，不讓醜聞登上報紙，也抹掉了紀錄，才不會戳破他的「種族純化」。

尚恩：聽了……好嚇人。膚色主義真的很殘忍。我們應該還有很多不知道的事情。她怎麼說？

伊娃：相當激烈。

伊娃：……

伊娃：……

尚恩：沒事吧？

伊娃：有時候，真希望你在這裡。陪著我一起體驗。

尚恩：我也很希望能跟你在一起。

第二天……

今天，下午 2:15

伊娃：過去二十四個小時，我都在幫你們傳話，所以我決定開一個三個人的對話。你們自己聊吧。

歐卓：嗨，霍爾老師！

尚恩：嗨，默西－摩爾小姐！還好嗎？加利福尼亞好不好玩？

歐卓：好玩，但是今年有點不一樣。我覺得我看世界的角度更加……人類學了。從人的家鄉觀察到人類的差異。北加州有一種特別的口音！大家的打扮也跟布魯克林的小孩不一樣。比方說，他們都穿Fila，而不是愛迪達。你知道的，我一年比一年更注意怎麼穿才酷。

尚恩：很不錯啊。要酷跟知道什麼才酷，是兩件事。

歐卓：霍爾老師，你懂我的意思。你喜歡我們家嗎？

尚恩：很喜歡！但我很想你們。一直看到你們的東西，但是看不到人，真不好受。

歐卓：你覺得寂寞嗎？

尚恩：有一點。嗯，你媽媽不准我找你做心理治療，但是……

伊娃：尚恩。

尚恩：……有一個很親近的人死了，我很難過。心理治療也沒有用（不是在說你）。有什麼好建議嗎？

歐卓：霍爾老師，你真的應該去做心理治療。男性黑人都不看心理治療師，這是一種流行病。

第二天……

「大家好。我叫尚恩，我有酗酒的問題——以前也吸過毒。我不想來這裡，但是有一個小女孩告訴我，我必須把我的問題說出來，實際上，她只有十二歲，但是她真的很……聰明。所以，我就來了。就這樣吧。嗯，謝謝你們讓我參加。」他頓了一下。「好多帥哥跟美女。」

公園坡戒酒無名會的格林伍德浸信會分會成員異口同聲地說：「尚恩，你好。」

「他寫書比他講話厲害多了。」後方一名醉眼惺忪的紅髮男人低聲說。

接下來的那個星期一……

在尚恩搬進來那天，伊娃從IKEA訂了五盆巨大的龍血樹給他。

「可以保護你。」附上的便條寫了這幾個字。

尚恩不知道有什麼含義，但他很認真地澆水。他甚至把植物搬去曬太陽，加強光合作用。但是它們一株一株死掉了，彷彿有某種順序。尚恩也不敢把它們丟掉，因為是伊娃送的禮物。

不過，他卻注意到一件很有趣的事。他周圍都是死掉的植物——但他覺得心情變好了。

那天的深夜……

伊娃一整天都在寫作，現在視線都模糊了。她在姐姨準備的床上縮起身子，稍事休息。打開聯絡人，她滑到了尚恩的名字。想了一秒，她撥出了電話。

「是……你嗎？」

「哈囉，」她輕聲說。「我只是想聽聽你的聲音。今天，我在可洛外婆家寫了三章。就在我媽小時候的臥室裡。」

「感覺怎麼樣？」

「超現實的感覺，」她說。「你知道嗎？我沒有小時候的臥室。住過太多房間，都記不清楚了。」她抓起墊著的枕頭，放到胸前，靠著它蜷起身子。「可以問一個問題嗎？」

「看是什麼問題。」

「怎麼看？」

「別管了，我就想說這句話。」

「我是認真的，」伊娃說。「你覺得，我們兩個人，對彼此的感覺，會消失嗎？因為我有種感覺，應該不會。刻意去抵抗的話，似乎……」

「沒有意義。」

兩個人都沉默了，伊娃聽到電話那一頭傳來窸窸窣窣的聲音。

「要聽真話嗎？在你家裡，到處都能看到你。每個東西都有你的味道。我完全不想出門。只想留在這裡，被你包圍。」尚恩停了一下。再度開口時，他說話的聲音很小。速度很慢。彷彿他還在猶豫，不想承認他要說出口的真話。

「我一直在遊蕩，從沒到過一個我不急著離開的地方。」

掛了電話以後，伊娃瞪著天花板，感覺瞪了好久好久。要是再有一次機會，她能信任尚恩嗎？相信他永遠不會離開？

三天後……上午 9:10

「嗨，」伊娃說。他們現在每天早上一起來就會通話。「你在幹嘛？」

「沒幹嘛，正要去布朗斯維爾的基督教青年會教籃球。」

「布朗斯維爾？你什麼時候開始打籃球啊？」

「我不會啊，我打得很爛。但我有一個領悟。我需要指導孩子。以前我做錯了，干涉太多。我想拯救他們，因為我救不了我的寄養家庭。也救不了你。很不健康。教籃球的話，我只要從場邊大喊鼓勵的話，幫他們建立自信，就可以回家了。我指的是……你家。」

「聽起來很適合你，」她說。「嘿。問你一件事。如果我要你來這裡，你會來嗎？」

「你要我過去？」

伊娃停了一下。這不健康。不對，他們不應該見面。暫時分手，不就是為了把注意力放在自己身上？處理掉過去的創傷？分開來進行？但是，伊娃腦袋裡有個反對的聲音，說他們在一起的話會更強壯，她無法忽視。

不論女性祖先遭逢了什麼詛咒，都已經被伊娃打破了。她愛上的男人能包容她的一切。她只是不知道她有沒有足夠的信念去接納新的戀情。

「嗯，如果你需要我，」尚恩說，「我就過去。」

那天下午……

歐卓跟暑假的朋友，還有「他」，在洛杉磯的威尼斯海灘上燃起了篝火。很好玩，但是篝火？沒有必要吧。氣溫接近攝氏三十二度。她穿了一件短版上衣，搭配高腰牛仔短褲跟人字拖。正是盛夏。幹嘛製造出更多熱氣呢？她很喜歡加利福尼亞，但是她一直不懂當地人的想法。

她也很想念媽媽。她們才剛講過電話，她的口氣好嚴肅。而且心神不定，彷彿跟歐卓隔了好幾個星系。歐卓很了解母親，所以她知道哪裡出錯了。她知道少了什麼。只有一個人可以幫忙。

歐卓滑了一下手機，打電話給她心目中最懂暗中謀劃的人。

還是那天下午……

今天，下午 4:17

希西：你可以幫我一個忙嗎？

尚恩：不行。

希西：我知道，快來不及了，但我需要幫亞特蘭大的桃樹書展找一個座談委員。

尚恩：不行。

希西：拜託啦！我的作者生病了，找不到替代的人。書展的主辦單位特別打電話給我，要我推薦一個人。我真的備感榮幸。

尚恩：但是我已經退出寫作行列了。我放棄了。我是全職老師，兼職的籃球教練，只是我連罰球都罰不進。而且，我要幫伊娃看家。

希西：好啦。他們會支付所有的費用！就一個週末。我不會告訴別人你還欠我一命。

那個星期五的晚上……

伊娃很喜歡亞特蘭大。起碼是她眼中的亞特蘭大。之前只是去參加書展跟開簽書會——來去匆匆，只去過觀光景點，那些大多數人會去的地方。但是，亞特蘭大感覺生機蓬勃，東西好吃，還有講話像饒舌歌手安德烈3000的帥哥。此外，也是希西出生的地方，必然多采多姿。

希西邀請她到他們的家鄉參加肯恩的「最高機密超級驚喜」五十歲生日派對，伊娃想都沒想就答應了。而且，希西還願意出賓客的機票。

貝兒花兒已經變成伊娃的第二個家。因此，她差點拒絕了希西，因為在同一個週末，當地要舉行乳豬派對。這是克里奧爾的傳統，在戶外舉辦慶典，燒烤全豬、跳柴迪科舞、玩遊戲跟聊八卦。聽說，伊娃的叔公T雅克每年都會贏得烤豬比賽，今天的競爭很激烈，因為她的遠房親戚北鼻布巴已經花了整整三個月的時間調味豬肉。此外，伊娃的旁系親戚巴貝特－愛黛兒要負責藝品攤，有人在聖法蘭西斯教堂的鬆餅早餐看到她把滴著楓糖漿的培根餵進一個年輕工頭的嘴裡，那人高大魁梧，又不是她的未婚夫，伊娃超想聽八卦。

小鎮生活太美好了。伊娃也沉浸其中，像妲姨說的「從頭到腳」。她找到了家人。事實確是如此。

但是，蛋糕市集、乳豬派對、星期五晚上在（一九〇九年成立的）提貝特兄弟聚會所跳舞，都不夠，都無法讓她忘了他。

尚恩是她無法逃避的回憶。永遠不會切斷的過去。甩不掉的悸動。或許這只是她的包袱，要承擔一輩子想念他的重量。誰知道呢？什麼時候他才會願意定下來，全心陪伴她？現實是，他永遠到不了那個地方。

但是說老實話——有關係嗎？或許，他的情緒永遠都無法真正穩定下來。伊娃本人也不是心理健康的閃亮模範。或許，他們永遠脫離不了災難——但是，他們就不能彼此支持，一起成長嗎？沒有人是十全十美！真實的、成人的愛情，或許就是那樣。無論世界變得有多慘，都能毫無畏懼，緊緊抱住對方。對彼此的愛激烈到能平息過去的恐懼。就他媽的*在旁陪伴*。

伊娃嘆了口氣，能享受這個短短的週末旅行，心中充滿感激。心裡一直在開辯論會，她也累了。希望換個環境以後，頭腦也能清楚一點。

這是她離開布魯克林後第一次好好打扮，她也費了一番心思。煙燻眼妝；掠到一側的蓬鬆捲髮；長袖的黑色碎花短洋裝。伊娃到了漂走咖啡廳，一家嘈雜的地中海餐廳，她覺得自己很美——也很高興她早到了十五分鐘，才不會破壞驚喜。這家餐廳好好看。原址的倉庫經過整修，宜人的空間走鄉村風格，燈飾掛得低低的，流洩出輕柔而清脆的音樂聲，敞開的窗戶帶進溫和的晚風。裡面一個人也沒有。

伊娃知道貝琳達不能來，正在巡迴簽書。她也不確定還有哪些賓客，顯然大家都沒到，餐廳裡只有俊男美女服務生，穿著好像鄉村搖滾樂團。

塗著大紅色唇膏的領檯員敲敲她的肩膀。

「您好。」她的口音很甜膩。「請問您是伊娃．默西嗎？」

「對，我來這裡參加希西．辛克萊爾的驚喜派對。」

「沒錯，」她拖長了聲音說。「這邊走，在庭院裡。」

「謝謝，」伊娃輕聲說，撥了撥頭髮，跟著服務生走過空無一人的餐廳。「請問，希西是不是包場了……」

伊娃說不下去了，還倒抽了一口氣。庭院裡幾乎是一片黑，以星空為頂篷，打造出浪漫的花園風格咖啡廳。彩繪花盆裡放了一叢叢梔子花，夜晚的空氣裡瀰漫著它們醉人而熱烈的香氛。

領檯員帶她到了一張小桌子，完美無瑕，鋪了俐落的白色桌巾，混搭的餐盤迷人之至。

「您比較早到，」領檯員請伊娃坐下，「不過其他人馬上就來了。我們經理說，I-85公路上出了小車禍。大家應該都塞在車陣裡。您一定是剛好錯過了！」

「噢，有道理。」

領檯員點點頭，從容地離開。伊娃喝了一口水，掏出手機。她想發訊息給希西，但又覺得希西應該很緊張，因為派對就要開始了。在揭露驚喜前，一定是一團混亂。

她又沉浸到最近的壞習慣裡，雖然有罪惡感，但可以帶來愉悅。在頂不住的時候，她會反覆看她跟尚恩的簡訊，在腦海中重新體驗他們的戀情。一切都是真實的，讓她覺得很安慰。

她懶洋洋地從桌上的花瓶摘了一朵梔子花，邊讀簡訊邊用鼻尖壓著絲絨般的花瓣。好真實。她幾乎能從簡訊中聽到他的聲音。聽到他慢吞吞、帶著華盛頓特區口音的嘶啞話聲，想起他的聲音到了晚上就變得更慢更低沉，那時候很晚了，該睡了，但是他們只想更了解彼此，停不下來……

天啊。他的聲音。

「伊娃。」

伊娃轉過頭來。尚恩。他站在庭院的入口，旁邊是剛才那位領檯員，她對著伊娃眨眨眼，微微一笑，就跑進去了。

她一定是在做夢。伊娃緊緊閉上眼睛。再睜開眼睛的時候，他就在她面前；穿著短袖平織紋扣領襯衫跟黑色牛仔褲，既清爽又性感。她的腦子還來不及指揮她張開嘴，他就抓住她的肩膀，把她拉起來，拉進自己的懷裡。

「尚恩！」她倒抽了一口氣，手裡的梔子花壓爛了。「你……你……為……什麼……」

「希西沒說你也會來！」

「我當然要來——是肯恩的生日！她怎麼能邀請你但是不告訴我！」

「肯恩的生日？我來參加桃樹書展。」

「從來沒聽過有什麼桃樹書展。」

「我也沒聽過！但是我哪知道？我從來不搞這些東西，所以希西叫我……」

「希西叫你來亞特蘭大？來這家餐廳？今天晚上八點？」

他們慢慢地鬆開彼此，但仍抱著站在一起。

尚恩遲疑了一下，說：「她說，這是座談委員的晚宴。」

「但是你不喜歡人群！你要怎麼熬過整個晚上？」

「戒酒無名會的學長說，我要挑戰社交的極限。我成長了！」

在那張浪漫的桌子旁邊，他們看著彼此，發現再一次，希西用了她無限大的能力來精心策劃這一切。他們聽到在餐廳裡面的領檯員對服務生說：「保羅，不用拿酒單過去。氣泡水就好。他們都不喝酒。」

尚恩抓了抓下巴，笑了起來。伊娃笑著嘆了口氣，抬起頭，看著星空。

他們上當了。

等他們靜下來，周圍只有寂靜的夜，發覺只有他們兩個人。他們渴望獨處，已經很久了。伊娃拿起仍捏在手裡的梔子花，在鼻子下揮了揮。她想為這段記憶留下搭配的香氣。

「你會叫我去路易斯安那嗎？」尚恩問。

「會。」伊娃凝視著他的眼睛。「你會來嗎？」

「我已經打包好了，就在等你問我。」

「我覺得，我們不該就這樣結束。」伊娃把花攢到胸口，她心跳得跟打鼓一樣。

尚恩捧住了她的臉。「不會結束，對不對？愛你，永遠不會結束。不論你是珍納維伊芙，還是伊娃。不論是十多年沒見到你，還是每天早上起來都能看見你的臉。我愛你。你就是我的家。我會永遠愛你。」

伊娃對著他眨了眨眼睛，轉了轉眼珠。「永遠？」

尚恩點點頭，他的嘴角上揚，很慢，充滿自信。

「噢，好吧，」她輕聲說。「我就是你的。」

尚恩笑容滿面，把手沿著她的頸背往上插進了她的頭髮裡。他輕輕抓了一把頭髮，讓她的頭往後仰。

蟋蟀的唧唧叫聲非常適合慵懶的盛夏，空氣中隱隱流動著梔子花的香味，餐廳的服務生很識趣地不過來，讓這對愛人享受他們的時刻。

他們親吻著對方，從這裡，重新開始。

致謝辭

我要感謝我的家人，尤其是我的媽媽安德瑞亞．薛瓦利耶．威廉斯，跟我們所屬的克里奧爾家族（不論遠近），這個家族的歷史太棒了（但是，要注意了，遠遠比不上默西耶家的勁爆）。

非常感謝我的父親，歐德瑞德．威廉斯。我一直想不到書名，向他描述了情節，他鄭重地說：「《*Seven Days in June*》！」不需要繼續想了。老實說，我鬆了一口氣，也有點嫉妒他的機智。

我也要感謝幫我治偏頭痛的麗莎．亞布隆醫生，感謝她的才能，沒有她，我無法保持清醒，一個字都寫不出來。

謝謝我的經紀人雪蕊絲．費雪，除了有幽默感，她的直覺也非常敏銳，總能懂我——也謝謝我的編輯希瑪．瑪哈尼恩，她聰明得不得了，說故事的技巧高超，讓這個故事發出更美妙的聲音。

非常感謝我耀眼又有智慧的女兒莉娜，對一個一直在寫作的媽媽，她非常有耐心——也會給我最佳的「歐卓式」忠告。我都聽進去了！

最後，我深深感謝我的法蘭契斯科，他給我的啟發都具備深遠的意義，在不可能的情況下，也給我空間（實際的跟隱喻的）寫了這本書。有了他，一切都有可能。

18

愛你，不只七日

Seven Days in June

愛你,不只七日/蒂婭.威廉斯作；嚴麗娟譯. -- 初版. -- 臺北市：
春天出版國際文化有限公司, 2023.10
面；　公分. -- (Lámour love more；18)
譯自：Seven Days in June.
ISBN 978-957-741-753-4(平裝)

874.57　　　112014924

ISBN 978-957-741-753-4
Printed in Taiwan

作　者　蒂婭・威廉斯
譯　者　嚴麗娟
總編輯　莊宜勳
主　編　鍾靈

出版者　春天出版國際文化有限公司
地　址　台北市大安區忠孝東路四段303號4樓之1
電　話　02-7733-4070
傳　眞　02-7733-4069
E－mail　frank.spring@msa.hinet.net
網　址　http://www.bookspring.com.tw
部落格　http://blog.pixnet.net/bookspring
郵政帳號　19705538
戶　名　春天出版國際文化有限公司
出版日期　二〇二三年十月初版

定　價　460元

總經銷　植德圖書事業有限公司
地　址　新北市新店區中興路二段196號8樓
電　話　02-8919-3186
傳　眞　02-8914-5524
香港總代理　一代匯集
地　址　九龍旺角塘尾道64號 龍駒企業大廈10 B&D室
電　話　852-2783-8102
傳　眞　852-2396-0050